나!테러리스트

나! 테러리스트

초판 1쇄 펴낸날 2009년 12월 14일

지은이 정경환
펴낸이 강수걸
펴낸곳 산지니
등록 2005년 2월 7일 제14-49호
주소 부산광역시 연제구 거제1동 1493-2 효정빌딩 601호
전화 051-504-7070 | **팩스** 051-507-7543
sanzini@sanzinibook.com
www.sanzinibook.com

ISBN 978-89-92235-78-5 03810

값 15,000원

* 이 책은 부산광역시 2009년 '문예진흥기금' 을 지원받았습니다.
* 이 도서의 국립중앙도서관 출판시도서목록(CIP)은 e-CIP 홈페이지(http://www.nl.go.kr/cip.php)
  에서 이용하실 수 있습니다.(CIP 제어번호 : CIP 2009003821)

정경환 희곡집

나!
테러리스트

산지니

희곡은 미완성이다

20살. 성인이 되길 얼마나 기다렸는지. 머리를 산발같이 기르고 신나는 일들을 만들어서 호탕하게 웃으면서 길에선 언제나 담배를 물고 내 멋대로 옷을 입고 다녔다. 난 아직 세상을 아름답고 밝게 보고 싶었는지 모르겠다. 고민도 하지 않았다. 무엇이든 명확하게 드러나는 것이 싫었고 모든 것들이 베일에 싸인 것처럼 보이는 것이 더 좋은, 아직 취기 어린 미완성의 시절이었다.

시시해졌다. 1년이 지나자 갑자기 철이 든 것도 아닌데 모든 것이 부질없고 무력감이 찾아왔다. 말문은 닫혀버리고 겨우 말을 해도 초라한 허풍과 허탈한 내 자조만이 실없이 내뱉어졌다. 몇 달의 자기비하 기간을 보내고 문학을 해야겠다고 생각했다. 한동안 목적 없는 독서의 시절을 보냈던 사춘기를 믿었을까? 글에 대한 안목도 초라하기 그지없던 시절, 작가가 되고 싶었다.

의문

내가 믿고 소중하게 생각해온 것들이 갑자기 아니라는 생각. 젊음을 암울하게 보낼 거라는 예감이 찾아왔다. 그 후 난 뭔가에 짓눌려 있던 나의 의식들을 미워하면서 역설적인 행동으로 나를 합리화하고 닥치는 대로 세상을 상상했다. 그 과정에서 나의 상상에 비참하게 내동댕이쳐져 구렁텅이로 빠진 인물들은 수도 없었다. 어쩜 인간의 삶과 역사가 그렇게까지 더럽고 구역질이 날까?

시간은 흘러 세상과 사람이 철이 들어 앞만 보고 내달릴 때까지도 난 홀로 새벽 불안과 번민과 함께 겨우 잠을 잘 수 있었다. 그때 연극이 내게 찾아왔다.

거짓은 자유롭다

세상의 모든 것은 진실만 이야기하고, 연극의 모든 것은 상상이며 거짓이다. 가장 암울한 상태, 좌절과 불안 속에서 새로운 개벽의 날을 맞이하듯 한눈팔지 않고 연극의 거짓에 자유로워하며 희곡을 쓰고 연출했다. 경제적 절박감을 애써 외면하면서 내 정신의 무자비한 시간과 함께 오늘까지 왔다.

원시적인 본능이 꿈틀거리는 연극

연극은 영상이 가져온 무한대의 환경에 비해 한정된 무대라는 한계가 있다. 무대라는 한정된 시간과 공간은 오히려 관객의 상상력을 자극하면서 더욱더 인간에 가까워진다. 규정지을 수 없는 그 무엇, 은유와 운율로서 인간의 여백을 찾아내는 작업. 육체와 육체가 부딪치는 본능. 말로 다하지 못하는 상징, 그리고 이미지. 이것이 연극의 미학이었다.

이것들을 맨눈으로 목격한다는 사실. 이보다 진실은 없었다. 이 매력은 한 인간이 어느 날 자기 위선으로 덧씌워져 자기도 모르는 사이에 다른 가면을 쓰고도 자기 자신인 양 착각하는 모순을 알게 했고, 진정한 자신을 인식하게 만들어 부끄럽게 했다. 나 자신의 해석되지 않던 위선과 모순들이 연극 속에서 삶겨버린 것일까? 난 연극과 씨름하면서 날 발견했다. 나에게서 연극은 이렇게 구원이며 종교가 되었다.

하지만 아직도 자기 위장의 방편이 되고 있는 것은 아닐까? 의문 속에서 난 지금까지도 지하 극장에 있다.

이 희곡집에서 〈난난〉은 20대에 소설로 구상해두었다가 희곡으로 바꿔 발표했고, 〈배몽〉은 첫 번째 이라크 전쟁 때 파병 문제로 남의 나라 전쟁에 간섭해야 하는 우리나라 현실이 초라하게 느껴져 어린 시절 월남전의 기억을 더듬어서 만들었고, 〈나의 정원〉은 어른이 되어 그저 신나게 지내다가 우연히 보게 된 사진과 영상들, 전율을 경험한 사건이라 한 번은 이야기해야 계속 글을 쓸 것 같았다.

〈아름다운 이곳에 살리라〉는 극단 창단 10주년 되는 해, 힘든 생활에 찌든 내 모습이 거울에 비치는데 다시 한 번 용기를 가져보자는 생각에 창작했다. 무엇 때문에 아직도 연극을 하고 있는가? 초발심은 남아 있는가? 인생을 연극과 함께 하겠다는 다짐에 대한 답으로서 만들었다.

〈나 테러리스트〉는 시놉시스만 구상하고 있다가 부산시립극단 소극장 페스티벌에 참가하게 되고 마침 8월 중에 공연을 하게 되어서 광복절 기념으로 만들어보았다.

이 책에 실은 작품은 공연했던 희곡들만 모았다. 지난 과정의 상처와 흔적이다. 다음 희곡집은 신념과 사랑이 주제가 될 것이고, 그 다음 희곡집은 자유가 될 것이다.

연극하는 사람

연극은 희곡을 자산으로 연출자는 형상화를 연구하고, 배우들의 표현과 음악, 미술 등 여러 요소들이 첨가되면서 무대 위에 막이 오르게 된다. 그리고 관객을 만날 때 비로소 한 작품이 완성된다. 이렇게 연극은 참 많은 사람들이 만나야 한다. 사람에 따라 다르겠지만 사람과 사람이 만나는 것만큼 힘든 것이 없다. 사람이 뭔가? 참 많이도 다르다. 이 다름이 만나서 연극 속에서 같은 목적을 향해 나아가는 것이 신기하다. 도를 닦는 사람처럼 연극하는 사람들은 잘도 만나고 의식을 공유하고 잘 참는다. 연극을 통해서 인간이 달라진다.

나도 참 많이 변했다. 겸손하고 조금은 사람답게……. 내 작품과 함께 하며 열정을 나누었던 출연 배우와 스텝들을 기억한다. 독한 사람 만나 고생 많이 했다. 같이해서 행복했다.

작품속의 인물들

작품을 통해 많은 인물들을 만들면서 만났다. 석주, 윤대장, 아빠라고 불리는 남자, 동수 그리고 아들 등……. 이들의 고통과 희생 아래 내 작품의 토대를 쌓았다. 그들도 얼마나 아팠을까? 미안하다는 생각밖에 안 난다.

…….

신세 진 많은 분들이 생각나면서 일일이 찾아가서 고맙다고 진심으로 손 한 번 잡고 싶다. 이 소박한 희곡집이 그분들에게 그나마 나를 이해해 달라는 조그만 변명이라도 되었으면 좋겠다. 특히 나의 이기심과 경제적 무능력으로 가장 고통받은 나의 영원한 동지이자 연인, 내 새끼들에게… 사랑한다.

아직도 소년 같은 희망과 꿈을 꾸면서 이 작품집을 보낸다.

2009년 늦가을에

정경환

_ 차례

나의 정원

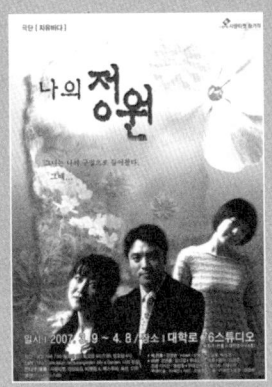

2001. 9. 21~9. 28 / 자유바다 소극장 / 최재형, 손성숙, 엄지영, 김경준(연주)
2004. 12. 4~12. 18 / 자유바다 소극장 / 강혜란, 이창수, 엄지영, 이영웅(연주)
2007. 3. 9~4. 8 / 대학로 76 스튜디오 / 신혜정, 오일룡, 박선영, 김경준(연주)

무대

소파 하나. 소파 뒤로 하얀 천. 구멍 뚫린 구조물. 나머진 자유로운 어지러움….
공간은 어느 가정의 거실이다. 하지만 시간은 자유롭다.
인간의 기억은 현재와 과거가 동일한 시점에서 일어난다.

1. 나를 말한다.

조명 들어오면 세 사람 등장. 구조물에 아빠, 앉아 있고 엄마와 딸은 서 있다.

아빠라고 불리는 남자.
엄마라고 불리는 여자.
딸이라고 불리는 여자.
남편이라고 불리는 남자.
아내라고 불리는 여자.
지영이라고 불리는 여자.
재형이라고 불리는 남자.
귀순이라고 불리는 여자.
여우라고 불리는 여자.
늑대라고 불리는 남자.
나쁜년이라고 불리는 여자.
씨발년이라고 불리는 여자.
개새끼라고 불리는 남자.
그냥 여자라고 불리는 여자.
여성이라고 불리는 여자.
당신이라고 불리는 남자.
여보라고 불리는 여자.
날라리라고 불리는 여자.

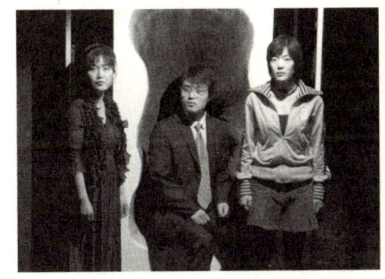

아빠	한 남자가 있었지. 난 그 남자를 모른다고.
엄마	한 여자가 있었지. 난 그 여자를 모른다고.
아빠	한 남자가 있었지. 난 그 남자를 너무도 잘 안다고.
엄마	한 여자가 있었지. 난 그 여자를 너무도 잘 안다고.
아빠	왜? 그게 나니까?
엄마	왜? 그게 나니까? (딸이 그 둘을 무표정으로 쳐다본다. 암전)

2. 일상이 되어버린 권태

찢어질 듯 피아노 음이 이어진다. 비명 소리. 엄마 등장

엄마 (핸드폰을 들고) 여보세요! 딸? 맞지? 와주어야겠어. 어서… 내 정원이… 너무 더러워…. 도와줘…. 아니야… 네가 와야 돼…. 아주 큰 쓰레기야…. 혼자선 못 치워…. 미안해. (다급해지며) 그래 안 돼, 그럼 늦어…. 지금… 당장… 어서… 미안하다고 했잖아…. 네가 아니면 안 돼…. 빨리 지금…. (수화기 내려놓으며) 고마워. (뜨개질을 한다. 뭔가 생각이 난 듯) 안 나가세요? 아직 안 일어나세요?

다시 음악, 평화롭다.

엄마 (시집을 읽고 있다.) 한심하군… 이 꼴로 내가 한가하게

16

詩나 읽고 있구먼. (심심해한다.) 일상이 되어버린 권태야… 뭘 할까? (생각난 듯) 오븐에 하얀 치즈를 발라서 … 쏘시지를 넣고 …다음에 스테이크 소스를 바른 다음, 그래 피클? (허탈해하며)… 아니 쉰 김치? …차라리 쉰 김치로 부침개를 해먹는 게 좋겠군.(웃음)

엄마, 콤팩트로 화장을 열심히 한다. …입에서는 즐거운 듯 흥얼거린다.

3. 1980년 광주. 그날 – 아빠의 상처

아빠 등장, 구조물 앞에 앉는다. 구조물 뒤로 시체 같은 느낌, 알 수 없는 여인

지나간다.

아빠   1980년 5월 20일.
달이 없는 밤이었다.
그날 밤은 신경질이 날 정도로 바람 한 점 없었다.
그래! 어두웠다.
돌아버린 세상 꼴만큼이나,
어둠 사이로… 어렴풋이… 뭔가가 지나간다.
병사 한 놈이 달려갔다. 총소리 따따당.
등 뒤로 퀭한 구멍!
총구가 들어간 구멍보다 너무나 큰 가슴 구멍!

그때, 바람이 불었다. 여자였다.
구멍 뒤로 살덩이가 삐져나왔다. 난 유심히 보았다.
왜 그렇게 열심히 보았을까?
옷고름 사이로 삐져나온 그녀의 가슴이… 십팔!
왜 그리도 예뻤을까?
쓰러진 그 뒤로 피는 철철 넘치고 있었는데….
눈에 들어온 구겨진 허벅지살이… 만져보고 싶었다.
그녀는 나의 구멍으로 들어왔다. 그때,
이놈은 뻗쳐온다.(자위한다. 조명 out)

엄마, 이상한 듯… 뒤로 간다. 다시 비명… 상기된 표정…. 전화기를 들고 다시
들어와서 이야기한다.

엄마 개를 한 마리 키웠지. 이름도 짓지 않고 그냥 개새끼라고
    불렀지. 제법 말을 잘 들었어. 그런데 왠지 정이 들지 않
    았어. 특별히 잘못한 것도 없는데. 어쩜 주는 밥이나 잘
    먹고 그냥 퍼질러 자는 것만 해서 그런가? (일어서며) 왜
    이리 막막할까? …기억나는 것이 왜 하나도 없지? 그래도
    살아온 세월이 있는데…. 그 흔한 추억이라는 것이 없네.
    (웃음) 다시 돌아가는 거야… 식물성으로. 여긴 나의 정
    원이야. 난 꽃이 아니야. 나도 이 정원의 주인이야. (향수
    를 뿌린다.)

4. 두 女子. 그리고…

딸 등장, 주위를 둘러보며… 향수냄새가 지독하다.

딸   (무대 뒤에서) 엄마! (무대로 나오면서)라고 불리는 여
자… 여자. (엄마, 여전히 자기 일에 열심이다.) 쓰레기
는? 빨리 가야 돼…. 쓰레기만 치우고 갈 거니까…. 왜 이
렇게 됐어? 대단한 당신들의 정원이. 도대체 무슨 일이
있었어? 귀찮게 하지 마. 나도 바쁜 사람이야.

엄마   창문 좀 열어주겠어? 어두워….

딸   밖을 좀 나가봐. 왜 못 나가? 아빠라는 남자는 미쳤어. 너
도 정상은 아니야.

엄마   (조명 밝아지며) 자 어디부터 시작할까? 먼저 물부터 줘
야겠지. …아니야 …지난밤에 비가 많이 왔으니까….
음…그래? 흙갈이부터 해줘야지. …그래 넌 쓰레기부터
치워줘.

딸   어디 있어?

엄마   뭐?아! 쓰레기? …저기 있잖아.(흥얼거린다.)

딸, 퇴장

딸   (무대 뒤에서) 아빠! (무대로 나오면서)라고 불리는 남자.
(이거저것 살펴보다) 죽은 거야? 병신. 결국 이럴 거면…

이제 와서…

엄마 좀 더럽지…. 내가 예전 같지가 않아.

딸 이제 어떻게 할 거야?

엄마 (밝아지며) 그러니까… 정원을 깨끗이 청소하면 될 거야… 어려운 것 없어.

딸 넌 이게 쉬운 일이라고 생각해?

엄마 고함지르지 마. 쉬운 건 아니니까 널 부른 게 아니겠어? …하지만 어려운 것도 없잖아…. 자, 여기 이걸로 먼저 털고… 다음… 그래, 이건 어디로 갔지? (웃으며) 내가 요즘은 깜박해…. 나이 탓인 것 같아. 그래, 여기 있네. (파리채를 집어 들며)

딸 그것 아직도 있었네. 빨리 버려. 난 저걸 보면… 어서 치워. 창밖으로 던져버려. (창밖으로 버린다.)

엄마 얘!(정지)

이때 아빠, 딸이 던져버린 파리채를 들고 들어온다.

아빠 야 이년들아! 뭣들 하고 있는 거야. 이러니 내가 집이라고 와봐야 쉴 수가 없어. 어딜 싸돌아다녔어? …집 꼴은 엉망이고. (넘어진다. 발에 채인 것을 집어던진다.) 아예 집 채를 쓰레기통으로 만들어버려. …저년은 누군데 여기 있는 거야 쫓아내. 저년은 내가 보기 싫다고 했잖아.

딸, 화를 내며 나간다.

엄마   그만하세요. 제가 잘못했어요. 오늘만 용서해주세요.

아빠   용서?

엄마   아뇨 죄송해요.

아빠   금방 용서라고 했냐? 하하하 용서? 용서라….

엄마   아니에요, 잘못했어요.

아빠   대단한데, 말도 잘하고. 이젠 막간다 이거야? … 너 요즘 이 정원을 떠나 몰래 나가는 걸 알아. 나가니까 세상 좋지? 돌아다니니까 네가 병신같이 느껴지지. …비참하기도 하고. 누가 널 보고 뭐라고 하지? 왜 이렇게 사느냐고, 차라리 도망이라도 가라고 하지 않았어? 하하하… 아니야 어쩜 이러니 차라리 죽자 뭐 그런 생각이 나지. 아니야. 아니지. 그 인간을 죽이자.(자기 목을 조른다.) 아악.(소리 지르며 쓰러진다.)

딸   (무언가를 들고 뛰어 들어온다, 어린애 분장) 엄마, 왜 그래? 아빠는 왜 이러는가 말이야. 무서워. 아빠가 괴물 같아. 무서워. 도망가고 싶어.

엄마   (애를 안으며 흐느낀다.) 내가 왜 이래. 왜 이렇게 됐지?

아빠   (일어나며) 너 거기서 뭐해? 사라지라고 했잖아. 이리 와, (웃으며) 이리 와 내가 이뻐해줄게.

엄마   손 치워, 이 악마야!(정지. 암전)

암전 속에서 남자,

아빠   (엄마를 구타하며) 조용히 해, 어디서 고함이야 이 나쁜
       년!(퇴장)

5. 만남, 그리고 과거

엄마   그래, 난 나쁜 여자였어. 지난 과거는 날 이렇게… 미안
       하다…. 그땐 아무것도 아닌 것은 아니지만 그게 이렇게
       까지…. 무더웠지… 5월이었지만 몹시도 더운 날, 한 남
       자가 있었지.

엄마의 1인 2역

젊은 날의 엄마   아름다운 세상이여… 이렇게까지… 난 정말 행운아
       야. 오늘이야, 바로 오늘! 이 여잔 나의 여자야!
엄마   (일어나며, 옷을 추스른다.) 날 정말 사랑했나요?
젊은 날의 엄마   아니야… 미친 거야. …널 보면 그냥 사랑? …아니
       야, 난 미쳤어.
엄마   그럼 날 버리지 말아요.
젊은 날의 엄마   아니야… 내 세상이야… 내 목숨이 다하는 내 세상
       이야. 네가 있는 한 난 사라지지 않아… 사랑해. (생각에

잠긴다.)

딸 　그런데? 다음은?

엄마 　다음? (깨어난다.) 그래, 다음이 문제였지. …우린 하루도
　　　만나지 않으면 안 되었지. (추억에 잠기며) 다음? 그래,
　　　거의 매일… 만나지 않으면… 아무것도 할 수 없었지.
　　　나, 그리고 그 병신 같은 남자. (슬픔에 잠긴다.)

딸 　그럼 그게 나야?

엄마 　아니야. …네 아빠를 만나기 훨씬 전.

딸 　아빠가 나의 아빠란 건 사실이군.

엄마 　눈물이 앞을 가렸지. 최루탄이 심한 이유도 있었지만…
　　　난 어떻게 할지를 몰랐어. …울면서 돌아다녔지, 그날도.

젊은날의엄마 　나, 군대 가야 돼… 영장 나와서… 미안해.

엄마 　난 어떡해요?

젊은날의엄마 　기다려… 소금만 참으면 내 씩씩하게 돌아올게.

엄마 　기다릴게요. …(입덧) 나쁜 새끼. (딸, 엄마 어깨를 잡고,
　　　암전)

6. 낙태

수술실 침대에 누운 엄마

엄마   (절대자를 향해) 난 나쁜 여자에요. 난 죽어야 돼요. 이렇
       게까지 해야 하나요. 선택이 이것밖에는 없나요?

       의사를 바라보며 긴장된 어조로

엄마   내가… 음… 잘못하는 건 아니죠?
여의사   왜 아니야… 잘못하는 거지… 어쩔 수 없단 말이야?

       의사, 엄마를 수술한다.

엄마   (신음소리) …지금이라도 그만두면 안 될까요?
여의사   칼! 벌써… 움직이기 시작했단 말이야… 느껴봐… 배로
       부터 시작된 그 무엇이 심장 가까이… 구멍을 만들고 있
       단 말이야… 아주 작은 구멍 말이야.
엄마   제가 죄인이에요. 잘못했습니다. …무서워요.
여의사   누구나 구멍은 하나씩 다 가지고 있단 말이야…. 망각,
       그 좋은 것. 과거로 잊혀질 뿐이란 말이야.
엄마   (신음소리)
여의사   칼!… 살덩어리… 불필요한 단백질 덩어리… 긁어내는
       거란 말이야…. 필요 없으면 버리는 거란 말이야…. (신
       음소리) 항상 고통의 소리는… 어쩜 쾌락의 소리와 이리
       도 같을까? (신음소리) 극과 극은 만나는 걸까? (신음소
       리) 그맨 좋았지. 쾌락의 나락, 저 깊숙이 울려오는 환

회… 배를 타고 심장 어디에… 자리 잡은 구멍 (아악) 그것은 새로운 고통의 시작을 알리는 나팔소리… 뿜뿜뿜. (신음소리) 이제 그 작은 구멍으로… 심장 (아악) 허파 (아악) 간 (아악) 쓸개 (아악) 그 모든 것이 쓸려 빠지는 경험을 하게 될 거란 말이야.

여의사   자… 끝.

엄마   아악 (고통과 절망의 소리) …… (암전)

다시 부분무대 조명 들어오면 엄마, 쓰러져 있다.

엄마   안 돼…. 가슴이 아파요…. 아악. (부분암전, 엄마 다시 일어나며) 모두 사라졌어. 흐흐… 너도 사라졌어. 내가 버렸어. …내가 말이야. …아가야 미안해. …너의 아빠랑 먼 여행이나 가렴. …아마도 난 죄를 받을 거야. 절대로 행복해지면 안 돼. …그래 …그래. 난 행복해지면 안 돼. 아악 (쓰러지며 뒹군다.) 가슴이 가슴이…(기절한다. 암전)

7. 아빠, 엄마와의 만남

수술대 위의 환자. 엄마로 분한 마네킹을 수술하며…

의사   앉으시죠. 어디가 아프다고 하셨죠? …아 심장. 오 하트!

마음을 다쳤다? 이런 어쩐다? 그럼 도가 필요하겠군. 칼
말이오. 여길 먼저 갈라서 마음을 찾아야겠군. …그리곤
마음을 세숫대야에 담아서 비누로 씻어내면 될까. 아니
지 병이 깊으니까 빨래판에 놓아서 박박 빨아야겠어. …
그래, 이건 아주 무서울 수 있지… 그러니까 이참에 아주
깨끗하게 해야지. 걱정 말아요… 내가 마음 저 깊숙이 눈
을 부라려서 그놈을… 당신 심장 깊숙이 (엄마의 입에 귀
를 대며) 그래요 조그만 구멍? …거기로 모든 것들이 빠
져나간다? 찾아 달라? 알았어요. 쉬운 것은 아니지만 시
간이 많이 필요할 뿐. (수술 도중에 환자를 애무하며 자
위행위를 한다.) 무슨 짓이야? 내가 왜 이러는 거야? 아
아…….

아빠의 환영 속에 알 수 없는 망각의 여인 등장

의사   오늘은 안 돼. 사라져. 오늘은 안 된다고 했잖아…. 아아아
아!(자위의 신음소리, 하지만 비명에 가깝다.) … (암전)

조명 들어오면 의사와 여인, 무표정으로 서 있다.

엄마   선생님 감사해요. 어지럽고 두근거리던 것이 없어진 것
같아요.
의사   무슨 말씀… 이제 모든 것이 깨끗하게 되었어요.

엄마, 의아해하며 인사하고 나가려 할 때,

의사   잠깐만요. 나의 귀순이. 귀여운 순이… 당신의 마음에 내가 모든 것을… 완전히 새로 칠했어요. 이제 당신은 나의 사랑스런 baby. 오 마이 베이베.(암전)

조명 들어오면 엄마의 이야기 속에서 원점으로 돌아온다.

딸   사랑했었군?

엄마   사랑했냐구? 누가?

딸   아빠라고 불리는 사람이 엄마라고 불리는 사람을 말이야.

엄마   (웃으며) 그것도 사랑이라고 할 수 있어?(암전)

아빠, 엄마, 무대 뒤에서

아빠   (무대 막 뒤에서) 이리 와? 이리 오란 말이야.

엄마   왜요? 왜 그래요.

아빠, 무대로 등장한다. 잠옷 차림에 신혼 첫날밤이다.

아빠   난 말이야… 세상은 나를 중심으로 돌아간다고 생각하며 살았어. 어차피 내가 없으면 세상도 없어진다고… 난 그렇게 살았지. 그런데 (엄마, 술잔을 들고 등장한다. 첫날

밤 잠옷 차림이다.) 네가 내 앞에 있을 때, 난 또 다음날 해가 뜬 맑은 날 아침처럼 새로운 날을 맞이하듯 널 내 여자로 보았지.

아빠   (안으려 다가선다.) 넌 내 꺼야.

엄마   (안절부절하며 술잔을 내민다.) 마시세요. 오늘 같은 날은 마시세요.

아빠   (당황하며) 그래 암 마셔야지… 오늘 같은 날은 마셔야지. 다시 밝은 해는 떠오른다! 치어스!

엄마   그래요… 치어스!

아빠, 엄마를 안으려고 하지만 엄만 계속 술만 권한다.

아빠   (마지못해 마시며) 부라보!

엄마   부라보!

아빠   우리의 사랑을 위하여!

엄마   위하여!

아빠   (술잔을 떨어뜨리며 취해버린다.) 세상은 나를 중심으로 돌아간다. (다시 엄마에게 다가선다. 엄만 피한다.) 넌… 나의 꽃… 사랑스런 나의 꽃… 이제 난 나의 정원을 만들 거야. 당신은 나의 정원의 꽃이야.

엄마   조금 더 마셔요… 조금만 더요.

엄마, 술잔을 강요하고 아빠, 화가 난 듯 병 채로 마신다. 암전

다시 엄마와 딸

딸 　　행복했군, 그때는.

엄마　　그게 네 아빠와의 첫날밤이었지. 그렇게 해서 위기를 넘
　　　　겼다.…

딸 　　영악했네. …안 그런 척하면서… 똑똑해. 하하하.

엄마　　우리도 한 잔할까? 맛이 좋을 것 같아.

딸 　　그래… 가져와. 나도 악취로 아까부터 마시고 싶었어.

엄마, 술잔을 가지러 간다. 이때 딸의 핸드폰 전화벨이 울린다.

딸 　　오늘은 안 돼요… 그래요… 중요한 일이에요… 의심하지
　　　　마요… 엄마랑 있어요. (화를 내며) 야! 병신아, 나도 엄마
　　　　가 있어…. 아저씨 정말 이래야 돼? 뭐? 이 새끼… 너 만날
　　　　때 죽을 줄 알아… 빌어도 소용없어! 알았어. 울지 마….
　　　　병신 뺙하면 울어… 알았어. (이때 엄마 들어온다.) 조금
　　　　만 기다려요…. (빠르게 전화를 닫는다.)

엄마　　바쁘니? 하지만 오늘은 날 위해 있어줘… 저 쓰레기도 치
　　　　워주고.

딸 　　알았으니까… 너도 제발 깝치지 마.

엄마　　누구니?

딸	몰라.
엄마	모르다니… 친한 것 같은데… 남자친구?
딸	왜 이래? 안 하던 짓을 하고…. 이러면 나, 간다.
엄마	가지 마… 아직 가지 마. …미안해.
딸	이런 십팔… 또 미안하다야… 그만해.
엄마	알았어. 미안해.

딸, 화를 내며 나가려다 파리채를 발견하고 주워서 일어서며 과거의 생각으로
감상에 젖는다.

딸	사랑했으면 나도 사랑을 받아야지. 그런데 나는 아빠라 는 남자로부터 여기 정원에서 버려진 꽃이 되었지.
엄마	미안하다. 다 내 잘못이다.(암전)

8. 아빠의 정원

아빠의 자위행위. 그것을 훔쳐보는 어린 딸. 둘의 시선이 마주친다. 놀란 아빠
와 딸…(암전)

조명 들어오면 아빠, 어린 딸을 때리고, 엄마, 말리러 들어온다. 엄마, 파리채를
뺏어 밖으로 던진다. 아빠, 엄마를 때리려다 딸의 표정을 보곤 퇴장

딸, 부분무대에서 들어오며…

딸   죽이고 싶었어… 그땐 내가 어려서 몰랐지만… 내가 처
음으로 알았을 땐….

엄마   미안하다, 내가 널 지키지 못해서.

딸   시끄러워… 내가 첫 가출했을 때 엄마라고 하는 여잔 어
떻게 한 줄 알아?

엄마   얘야… 너 왜 이래. 이게 무슨 짓이야.

딸   내가 뭘? 난 정원에서 쫓겨났잖아… 왜 이래… 그 잘난
아빠의 정원으로부터 말이야… 그런데 뭘? …너도 나
와… 왜 거기서.(엄마를 밀치며 달려든다.)

엄마   (딸을 때리려 하다 멈추며) 내가 왜 있는데… 다 너 때문
이야. …너만 아니면 벌써….

딸   미쳤군, 하하… 나 때문이라고? 하하하… 꼴값을 떠는군.
정신 차려 이 벌레 먹은 꽃. 나 때문이라고…. 그래, 그러
면 걱정하지 마. 난 영원히 ㄱ 악쥐 나는 정원으로부터 탈
출… 아니 추방당할 테니까….(정지)

아빠, 들어오며

엄마   어서 오세요. 얘야, 어서 아빠께 인사해야지.

아빠   시끄러워… 됐어…. 이젠 인사 같은 것은 안 해도 돼.

딸, 화내며 퇴장

엄마 왜 그러세요?

아빠 몰라? 모른다? 모른다? (표정 달라지며) 난 여기에다 꽃을
심었지. 아주, 내가 가장 사랑하는 꽃을 말이야… 난 여
기에다 내 정원을 꾸며야지… 가장 아름다운 꽃으로 말
이야… 먼저 뭘 해야 되지? 그래… 꽃! 난 가장 순결하고
아름다운 나를 위한 꽃. 행복했지… 매일 행복해서 이 정
원을 쳐다보면서…. 그런데 그 꽃에선 아무런 향기가 없
었어. 어떻게 해야 할까? (서성이며) 그런데 어느 날 냄
새… 악취가 나는 거야… 이 정원을 감싸 도는… (코를
막으며) 어디서 나는 걸까? 바로 여기야. 그 악취는 바로
꽃에서 나는 냄새였지…. 내가 가장 순결하다고 생각한
바로 나의 꽃에서 말이야. 그럴 리가… 난 돌아버릴 것 같
았지… 아니 미쳐버릴지도 몰라. 그 꽃의 밑둥치 저 밑
에… 썩은 자국… 벌레가 지나간 자국 말이야.

엄마 무슨 말씀이세요? 지금 무슨 소릴 하는 거예요?

아빠 (입술에 손가락을 대며) 쉬! …조용히 조용히….

엄마 왜 이러세요? 지금 무슨 말을.

아빠 (소리 지르며) 조용히 하란 말이야! 이런… 조용히 하지
않으면 입술을 찢어놓겠어….

엄마의 비명. 어린 딸, 놀라며 등장

| 딸 | 왜 이래! |
| 엄마 | 아니야 아무것도… 그러니 넌 네 방에 가 있어라… 놀라지 말고… 그 그냥 아빠가 몹시도 화가 나신 것 같아…. |

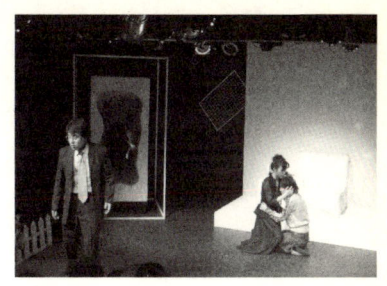

아빠   아빠? 아빠? (웃으며) 벌레 먹은 꽃잎이 떨어져 다시 꽃이라? 너도 아니야… 너도 마찬가지야… 썩은 꽃이야… 이 정원에 어울리질 않아… 나가! 나가!

아빠 퇴장. 엄마, 따라 들어가다 멈춘다.

딸   엄마, 우리 어서 도망가. 인간이 아니라 미쳤어. 아빠라고 불리는 남자는… (암전)

9. 아빠의 과거

구멍 뚫린 구조물에 앉아서…

아빠   그래, 난, 그래서… 꽃을 심으려고 했지… 왜? …그래 나도 가슴이 아파왔으니까…. (회상에 잠기며 과거의 기억으로 겁먹은 표정) 그날 빌어먹을 그날….

일어나 군인의 자세를 취하며 단호하게(아빠의 1인 2역)

젊은 날의 아빠   탱크의 우렁찬 엔진소리는 들려온다. 이제 막을 수 있는 것은 아무것도 없다. …강을 건너야 한다. 이것이 시대의 사명이다. 많은 희생이 있을 것이다. 하지만 할 수 없지 않은가? 그들을 죽여야 한다. 나 역시 그들의 희생을 애달아한다. 어쩔 수 없다….

아빠   (울부짖으며) 난 할 수 없어. 난 의사야. 사람을 살리는 의사란 말이야.

젊은 날의 아빠   넌 군인이야.

아빠   군의관도 의사야.

젊은 날의 아빠   시끄러! 지금 넌 명령에 따라야 해… 그들은 어쩔 수 없어… 죽여야 해. 아니면 우리가 죽어….

아빠   미친놈들… 안 돼!(총소리. 울부짖는 아빠. 암전)

엄마의 다리를 잡고 숨으며 울고 있는 아빠, 몹시도 겁먹은 모습이다.

아빠   난 아니야… 정말 아니야… 그들이 했어. 난 아무것도… 그런데… 난 막질 못했어. 무서웠어. 아마 그들은 날 죽이려 했을 거야… 더 이상 내가 막았다면… 그땐 그게 순리였어. … 난 그냥 귀만 막고 있었지….

엄마   잊으세요. … 당신 잘못이 아니에요…. 그땐 누구나 두려워했으니까요.

아빠   잊고 싶어… 아니 없었던 일이라고 하고 싶어.

엄마   과거는 지운다고 지워지는 것이 아니에요. …다만 …버
         리려고 노력하는 거죠.

엄마, 일어나며…

엄마   날 봐요. (객석을 보며) 나도 이렇게 살고 있잖아요. …다
         행이에요. …우린 상처 받은, 어리석은… 너무도 어리석
         은 단지 슬픈 영혼이에요.

아빠, 일어나며 상기된 표정

아빠   모든 것은 거짓이야 내가 한 것은 아무것도 없단 말이
         야… 알았어? 알았냐구?

엄마   알았어요. 그게 위로가 된다면…

아빠, 안심이 된 듯 긴장을 풀며…

아빠   여기로 와 나의 꽃…. 난 순결한 당신의 육체… 냄새가 좋
         아.(엄마를 애무하며 쓰러진다. 암전)

10. 남성과 여성

남성과 여성의 나체 마네킹을 들고 나오는 남과 여(아빠와 엄마)

남자   남자는 그걸 곤두세우지.

여자   대단히 자랑스럽게.

남자   그리곤 연약한 꽃입술에 다가가는 거야.

여자   다음 아주 격정적일수록 신나해하지.

남자   여잔 물론 대단히 흥분을 하지.

여자   입술을 마음껏 벌리고 말이야… 하지만 거짓으로 할 때
      가 많아. 그래 거짓으로… 착한 마음?

남자   그냥 즐거우라고 배려한다고.

여자   아이고, 귀여운 내 남자.

남자   율동이 격렬할수록 강하다?

여자   착각이지.

남자   그냥 자기만족.

여자   여자가 좋아할 거라고.

남자   꽃입술을 헤치며.

여자   하하 병신들…. (남과 여 서로 안으며)

남자   수정이라고 하지.

여자   정자는 난자에 의해 선택받는 약한 성이야.(남과 여, 아!)

남자   5억 가운데 선택받은 약한 성.

여자   그중 하나만 선택받는 좁은 문. (남과 여, 아! 암전)

암전 속의 아빠와 엄마

아빠   뭘까?

엄마   아들?

아빠   꽃이야.

엄마   왜죠?

아빠   난 꽃이 좋아. 사랑해.

엄마   고마워요.

아빠   사랑해.

엄마   쥬뗌무.

아빠   사랑해.

엄마   좋아요.

아빠   사랑해.

엄마   이히 리베 디히.

아빠   사랑해.

엄마   (신음소리)

엄마   띠 아므.

아빠   사랑해.

엄마   싸가포(그리스) 우히부카(아랍) 야 유블류 바스(러시아)
        여 엘스까스데 이(스웨덴) 떼 뀌에로(스페인) 아이시떼
        마스…. 아이 러브 유.(암전)

엄마, 소파에 앉아 술잔을 들고 있다. 딸, 등장하며…

딸   그만해! 난 뭐야 두 사람의 상처의 찌꺼기란 말이야… 싫
         어. 당신들이 나의 엄마, 아빠라고 날 아무렇게나, 아니
         당신들의 상처에 난 끼고 싶지 않아. …너희 세대의 불행
         에 날 끼워 넣지 말란 말이야…. 알았어? 난 내 꺼야… 아
         무도 날 마음대로 할 순 없어… 비록 당신이 엄마이고…
         아빠라고 할지라도.

엄마   처음부터는 아니야… 너희 아빤 날 진정으로 사랑했어.
         … 그걸 난 진정으로 받아들였고…. 그게 너야…. 넌 짧은
         우리 두 사람의 순결한 합의야… 비록 길진 않았지만.
         (정지)

11. 행복했던 날

아빠 등장한다. 머리에 리본을 달고 우스꽝스럽다. 귀여운 아빠의 모습

아빠   귀순아! 놀자.

아빠와 엄마 그리고 딸, 놀이를 한다.

아빠   무궁화꽃이 피었습니다. 무궁화꽃이 피었습니다.

놀이 도중. 재미없는 딸, 삐친다.

아빠, 엄마, 딸을 재미있게 해주려고 노력한다. 아빠, 주머니에서 인형을 꺼내 딸을 달랜다.

딸은 다시 신나해하고, 가족은 동요를 부르면서 밝은 음악에 맞추어 함께 춤을 춘다.

음악이 끝나면 모두들 신나고 행복해한다.

엄마   하하하… 왜 그래요?

아빠   이젠 모든 걸 새로 시작할 거야… 다시 말이야….

엄마   무슨 좋은 일이라도….

아빠   모든 것은 상념이었어. 날 용서하기로 했지…. 내가 날 용서하면 모든 것은 아무것도 아니야… 내가 날 용서하기로…. 이게 답이야…. 그래, 세상의 모든 것은 어차피 죽음에 다가가는 긴 여행이야… 난 죽으면 죗값을 받을 거야… 그러니까 지금은 날 용서하는 거야. 내일은 소풍을 가자구. 준비할게.(퇴장)

엄마   그래요…. (다시 현실로 돌아오며) …하지만 너무나 짧은 순간이었지.

아빠, 무대 뒤, 과거 속에서 다시 말한다.

아빠   그래… 내가 만든 꽃밭이야… 여기서 여생을 아름답게 사는 거야… 세상으로부터 격리된 순결한 나의 꽃들과 함께… 여기 엄마 꽃… 저기 사랑스런 나의 두 번째 꽃.

(소리 사라지고)

딸　　저게 언제야… 하하… 저런 시절도 있었단 말이지.

엄마　네가 유치원 갈 무렵까지…. 빌어먹을 그날만 아니었다
　　　면.(암전)

단란한 가정, 차를 몰고 소풍을 간다. 행복해 보이는 가족. 웃음소리

아빠　(빵빵) 왜 이리 차가 막히는 거야? (암전)

12. 기억

TV 뉴스 소리 들려오고 프로젝트에 전두환 제5공화국 탄생 대통령 취임식이
거행되는 장면이 나온다. 아나운서 등장.(딸이 1인 2역)

아나운서　정말 대단합니다. 거대한 물결입니다. 새로운 시대의 열
　　　　　망을 담은 국민들의 성원이 오늘을 있게 한 것입니다. 희
　　　　　망입니다. 낡은 시대의 부패와 정치는 사라지고 이제 도
　　　　　약을 위한 새로운 지도자의 탄생을 알리는 희망의 시대
　　　　　가 시작이 되는 것입니다. 그럼 여기에 모인 시민들의 표
　　　　　정을 살펴보도록 하겠습니다.

아나운서, 시민들의 인터뷰 모습.

시민1   아… 아 마이크가 좋군요. 나오는 거죠…. 예, 새로운 것
           은 언제나 좋은 거죠. 너무나 감격입니다. 시민의 한사람
           으로서 새로운 지도자에 대해 찬사를 보냅니다.

아나운서 모두들 새로운 지도자의 탄생으로 기뻐하는지 감격으로
           말문을 열지 못하고 있습니다. 다음 분에게 여쭈어보죠.

시민2   예 정말 기쁩니다. … 혼란과 불안, 무질서… 이 나라의
           주인이 도대체 누굽니까? …이제 진짜로 우리가 주인인
           시대에 새로운 영도자를 맞이하게 되어서 정말 기쁩니
           다. 혈서라도 쓸까요?

아나운서 예 모두들 새로운 영도자에 대한 기대와 기쁨으로 충만
           한 것 같습니다. (이때 엄마, 아빠, 다정히 데이트 모습으
           로 무대로 등장) …그럼 다음… 예, 아주 부부가 다정하
           게 보입니다. … 한 말씀 부탁합니다.

아빠   뭐 말씀인가요?

아나운서 그러니까 지금 새로운 지도자의 탄생을 알리는….

아빠   (무심하다.) 뭐가 말이오?

아나운서 아 그러니까 지금 모두 저렇게 기뻐하고 있고… 오늘 제5
           공화국의 탄생을 알리는 행사로 이렇게 모두들 기뻐들
           하고….

아빠   (카메라를 향해 고함치며 화를 낸다.) 세상은 돌았어. 미
           친놈들. 돌아가자. 집으로. (엄마를 데리고 퇴장)

아나운서 (수습하며) 혼돈과 절망의 시대에 메시아와 같이 다가온
           위대한 신 영도자의 출현에 경의를 표합니다. (암전)

13. 변태

엄마와 딸, 몹시 취해 있다. 엄마의 생각 속으로… 흰 천 뒤로 아빠 모습이 그림자로 투영된다.

아빠　(권위적이다.) 우리도 이제 할 수 있게 되었도다.

엄마　영도자이시여.

아빠　여긴 우리의 땅이자, 새로운 행복의 유토피아가 될 것이다.

엄마　메시아시여.

아빠　무엇이 두렵던가? 밖은 지옥과 닮아 있는 불구덩이와 같은 곳.

엄마　미륵이시여.

아빠　이젠 모든 것을 버렸다. 지옥의 달콤한 사탕발림의 역사를… 우린 여기에 새로운 정원을 가꾸고 행복해할 것이다.

엄마　충성…

딸　충성…

엄마　(아나운서 흉내) 우리 정원의 절대자에 대해 가족의 반응을 물어보겠습니다.

딸　왜 이래?

엄마　(관객을 의식하며) 아니 이거 테레비에 나오지요? 어메 출세 해버렸당게.

딸　그럼 시방 내가 이 정원에서 뭔가요?

엄마　물론 꽃입니다.

딸	꽃이 뭔가요?
엄마	정원에서의 여왕입니다… 아… 먼저 엄마 꽃이 있으니까… 공주입니다.
딸	그럼 아빠는? 왕인가요?
엄마	왕?(웃음) 독재자를 두려워하다 독재자를 닮아버린…
딸	벌레를 두려워하다 벌레를 닮아버린…
함께	벌레의 왕!(웃음)

천 뒤에 실루엣으로 아빠 등장. 아빠의 환청소리에 놀란 엄마.

아빠	(얼굴이 일그러지며) 이거 무슨 소리야?
엄마	(당황하며) 아니야? …아빤 우리의 위대한 영도자이시다…. 그러니까 이 정원의 절대자이시다.
아빠	좀 제대로 가르쳐… 이래가지고 어떻게 이 정원을 저 무서운 외부의 벌레로부터 지켜낼 수 있겠어… 난 다시 저 밖으로… (실루엣 조명 아웃)
엄마	다녀오세요. 우린 꽃이에요.
딸	(멍한 엄마를 깨우며, 귀에 대고) 우린 꽃이에요.
엄마	(현실로 돌아오며) 우린 이 정원의 꽃이에요. …있잖아, 세상이 참 웃긴다.
딸	왜?
엄마	난 말이다. 어떨 땐 네 아빠가 귀엽다.
딸	무슨 말이야? 무서워했잖아?

엄마   아, 나도 모르겠다.

딸   엄마, 취했구나?

엄마   그래 취했다! 우리 음악 들을까? 신나는 걸로? 오케이!

딸   오케이. 뮤직 큐!

음악에 맞춰 둘이 신나게 춤을 춘다.

엄마   그만 그만! (소파에 앉으며) 나도 상처가 아물어가고 있었지… 너무나 행복했으니까. (갑자기 웃으며) 그런데 어느 날은… 향수를 사가지곤… 몽땅 여기에다 뿌리질 않겠니.

딸   왜?

엄마   자기의 냄새가 여길… 꽃의 정원을 더럽힌다고… 그러면 꽃이 냄새를 내질 못한다고 말이야. 그리고 또 하루는… (암전)

천 뒤에 아빠 등장. 뭔가에 불만이 가득한 얼굴. 파리채를 들고 땅을 기며…

아빠   이게 뭐야? (땅바닥을 치며) 벌레새끼들… 감히 여기가 어디라고… 더러운… 갑옷을 입은 병사처럼… 더러운 것들… 이것들이 언제부터 여길 숨어 들어온 거야… 너희들은 나의 정원에 올 수 없어…. (바닥을 헤매며 벌레를 찾는다.)

엄마	그만하세요. 내가 약을 뿌릴게요. 내일요. 사람 사는 곳에 언제나 벌레는 있어요.
아빠	(무섭게 변하며) 사람 사는… 곳엔… 벌레가 있다? 사람 사는 곳엔… 말이야? …사람의 악취가 벌레를 부른다? … 사람의 악취가? …여긴 안 돼…. 여긴 나의 순결한 정원 이야…. 내가 죽는 날까지 고귀하게 지켜야 해…. 나의 순 결한 꽃을 위해 말이야…. 이것들을 용서하면… 우린 다 시 저 하수구 같은 세상에서만 살게 될 거야…. 안 돼… 방심하거나 아량은 금물이야…. 그 사이로 우리를 상처 내서… 그 구멍 사이로 저들의 구더기를 뿌리고… 결국 엔 그들의 악취로 우릴 굴복시킬 거야…. 안 돼! 죽어. 죽 어. (온 바닥을 치며 헤맨다.)

엄마는 말려보지만 몰입되어 있는 아빠 모습에 공포감을 느끼고 도망가듯 퇴 장. 암전

14. 독재

조명 들어오면 엄마, 어린 딸의 머리를 매만지며 다정한 모습이다.

딸	엄마?
엄마	응.

딸	(다리를 벌려 자기의 그것을 쳐다보고) 난 왜 그게 없어?
엄마	하하…얘는, 넌 여자야.
딸	여자?
엄마	그래, 여자.
딸	나도 (다시 그것을 쳐다보고) 있으면 좋을 텐데….

아빠 등장. 두 모녀의 다정한 모습을 천천히 본다. 소설책을 들고 들어온다. 모녀는 무심히 다정하게 이야기한다.

아빠	(책을 보며) 난 그 사람을 몰라요? (여자 목소리를 흉내내며) …닮은 데가 없어? 저 앤 누구지?
엄마	(엄마 이상한 듯 놀라 일어나며) 왜 그러세요? 갑자기… 뭐 하시게요? 이 밤에…
아빠	밤이 왜?
엄마	(긴장하며) 아니… 아뇨, 저… 뭐 하시나 해서….
아빠	안! 해!
엄마	…….
아빠	닮은 데가 없어… 하하하 발가락이 닮았다? (웃음)

놀란 엄마, 분위기를 보고는 딸을 데리고 나간다.

분위기 전환. 상기된 아빠, 생각에 몰입되어 있다. 만족한 듯 갑자기 변하며…

아빠	정점에서 누리는 자유! 아니…권위의 자유! (고함친다.)

그렇지… 어이, 여기! (엄마를 부른다. 엄마 다가오면 뒤에서 포옹하며) 꼭대기! 위엔 아무것도 없지. (머리 위를 만지며) 아래의 저 많은 아주 순진한 눈빛들… 순진함 뒤로 저 가소로운 탐욕들… 하지만 난 아니라고 생각할 때 불쌍한 눈빛으로 돌아오지. 그러나 크게 살고 싶다… 나도 저 위의 우아함으로 살고 싶다. 나도 할 수 있다. 아이 캔 두! …하하하. 그리곤 심장이 두근거리지… 이렇게 말이야…. 점점 눈빛은 탐욕으로 젖어들고… 생명을 바쳐도 저 위로 갈 수만 있다면 두려움은 사라지고… 아무것도 겁나는 것이 없어지지. 그리곤 두려움? …힘을 가지면 돼. 그렇지 않으면 굴복하지 않으니까…. 저 위엔 절벽 말고는 아무것도 없는데…. 그게 남자야…하하하.

엄마 역시 마음속 생각을 표현한다.

엄마   (도도한 여자의 모습으로) 고개를 15도쯤… 그래… 그래야… 도도하게 보이면서 빈틈이 없어 보일 거야. (객석을 바라보며) 눈엔 힘을 줘선 안 돼… 속을 보이면 안 되니까… 다음. 호흡은 언제나 밑을 깔고… 올라서지 않게 해야 돼…. 그리곤… 그래… 향기가 나야지…. 꽃은 향기가 중요해…. 천박하지 않게…. 무식하다는 것을 알게 해서는 안 돼. 그러니까 항상 조심해야 해… 은은하게 그냥 향기만 조금씩 조금씩 아주 조금씩…. 진하면 빨리 식상

해… 부족하다고 느낄 때쯤… 갈증을 느낄 때, 아주 조금
씩 말이야…. 그게 여자야. …하하하.

두 사람, 가슴에 숨겨둔 비밀을 말한 듯 시원하게 웃으며 무대를 뛰어다닌다.
이때 다시 현실 조명이 들어오면 두 사람, 두려움에 긴장한다.

아빠   난 두려웠어. …진실을 알고 있다는 사실… 저 위에서
날… 일거수일투족을… 현미경 속으로 바라보는… 난 유
글레나 아메바… 나의 움직임을 저들이 보고 있는데 난
모르고 있어… 캄캄한 밤이야. 아무것도 보이지 않아….
밖을 나가면 밀려오는 두려움… 미쳐버릴 것 같아… (엄
마가 눈에 보이자 위로가 된 듯 포옹하며 애무한다.) 오
나의 정원… 그대 꽃향기로부터 느끼는 해방, 여긴 나의
정원. 그댄 나의 꽃…. (엄마를 밀치고 일어나며) 그런데
어느 날부터 느끼는 이… 향기. 이상해… 이 냄새가 아니
야. 이상해. 뭔지 모를… 거짓의 향기. 음모의 향기. 뭘
까?… 내 것이 아닌 듯한, 불투명한 색깔… 나 혼자 모르
고 있는 듯한, 향기를 위장한… 뭐야? 악취! …당신이 가
르쳐줘. (달라진 아빠의 모습에 엄마, 긴장하며 피한다.)
…아니 아니… 알고 있잖아….

엄마   무슨 말씀이세요? …뭔 말인가요?

아빠   그러지 마. 가르쳐줘. …이 까닭 모를 향기를 말이야….
(웃으며) 당신은 내가 가장 순결하다고 믿어온 꽃이야…

난 이 정원에 그 향기를 맡아오고. 그래왔어. 그런데 이건 무슨 향기야. 이 배반의 향기… 거짓… 두려워. …어서 말해줘.

엄마   몰라요. …아무것도 달라진 건 없어요. …좀 주무세요. …피곤해서 그럴 거예요. (아빠를 위로하기 위해 애무를 하지만 아빠는 매몰차게 밀치며)

아빠   아, 아니야… 새로운 것이 아니라 어쩜 처음부터 있어온 거야. 단지 내가 느끼질 못했을 뿐… 그래 그랬을지 몰라. 하하하….

엄마   왜 그래요?

아빠   오늘부터 밖으로 나가지 마. 벌레들이 두려워. 거짓! 거짓! 거짓! (고함친다.)

엄마, 아빠의 목소리에 공포에 질려한다. 암전

15. 변신

갇힌 엄마. 무료하고 심심하다. 아빠 등장

엄마   요즘 밖은 어떤가요?

아빠   뭐가 궁금하지.

엄마   나도 궁금해요. 따분하고 심심해.

아빠	당신은 꽃이야, 여기 정원의 여왕꽃. 품위를 지켜라!
엄마	꽃이지만… 사람이잖아요?
아빠	사람이지만 여기선 꽃이야… 식물성! 더러운 세상의 벌레로부터 보호받으려면 당신은 꽃으로서 품위만 유지해!
엄마	나도 세상이 알고 싶어요.
아빠	알려고 하지 마. …아직도 밖의 세상은 벌레의 왕… 갑옷을 두른 저 무서운 바퀴벌레 같은 병정들이 설치고 있어. …조심해야 돼.
엄마	이제 저도 나가고 싶어요.
아빠	우린 감시당하고 있는지 몰라. 쉿! 저놈들은 무서운 놈들이야. (긴장하며 주위를 둘러본다.)
엄마	밖에서는 위대한 보통사람의 시대라고 하는데요.

이때 아빠 머리 위로 제6공화국 대통령 취임식에 노태우 목소리가 점점 크게 들려온다.

아빠	(환청을 느끼며 갑자기 불안해지며) 그 소리 어디서 들었어? 어디서 들었냔 말이야? (엄마의 목을 조르며 암전)

16. 압제

엄마, 꽃 장식을 하고 구조물에 묶여 있다. 등장하는 아빠. 밖에서 긴장한 듯.

집에 들어오자 여유를 보이며 안심한다.

엄마   풀어줘요, 딸이 보고 싶어요.

아빠   정말 무서워… 밖은….

엄마   안도 무섭긴 마찬가지예요.

아빠   여긴 아무것도 두려운 게 없지…. 왜? 내가 왕이니까.

엄마   그럼 나는요?

아빠   뭘?

엄마   당신은 왕이기에 무서운 게 없다면 난 왜 두렵고 불편하
　　　죠?

아빠   두렵다니? 여긴 내가 만든 정원이고… 당신은 여기 정원
　　　의 꽃이지. 내가 얼마나 정성을 기울이는데….

엄마   (비웃으며) 정성을 기울인다? (정색하며) 꽃에는 물이나
　　　주면 되고 꽃은 향기만 내면 되나요? 그게 정성인가요?
　　　나도 정원을 만든 건 아닌가요? 당신만 여기 정원의 주인
　　　인가요?

아빠   무슨 소릴 하는 거야? 왜 이래? 당신은 나의 꽃이야, 사랑
　　　스런…(애무를 하려고 한다.)

엄마   (거부하며) 여자면 다 꽃이 되어야 하나요? 그럼 꽃은 정
　　　원의 주인이 될 수 없나요?

아빠   (어이가 없다.)

엄마   왜죠?

아빠   (무표정) 꽃으로 만족해… 꽃은 식물이야.

엄마	당신은 미쳤어요!
아빠	그래, 미쳤어. (퇴장)

갑자기 개소리를 내며 미친개 흉내를 내다 다시 정색을 하고 퇴장. 엄마, 묶인
상태에서 또다시 권태로운 일상

엄마	개를 한 마리 키웠지. 이름도 짓지 않고 그냥 개새끼라고 불렀지. 제법 말을 잘 들었어. 그런데 왠지 정이 들지 않았어. 특별히 잘못한 것도 없는데… 어쩜 주는 밥이나 잘 먹고 그냥 퍼질러 자는 것만 해서 그런가? (일어서며) 왜 이리 막막할까? 기억나는 것이 왜 하나도 없지? 그래도 살아온 세월이 있는데… 그 흔한 추억이라는 것이 없네. (웃음) 여긴 나의 정원이야. 난 꽃이 아니야. 나도 이 정원의 주인이야. 아아……. (비통해하며 울부짖는다.)

딸, 등장. 묶인 엄마의 모습과 풀어달라는 엄마의 표정을 보고 놀라다가 웃는다.

딸	진짜 꽃이 되었네, 엄마. 왜 이래. 날 기다린 거야? 왜? 바보 같아. 그러니까 그런 표정 짓지 마. 난 빨리 나갈 거야. 그 남자 오면 죽을지도 몰라. 아빠라고 부르는 남자한테 말이야. 그리고 나 오면 제발 그런 표정 짓지 마… 보기 싫어. 아니, 징그러워.
엄마	미안하다.

딸	시끄러워… 병신…. 이러면 다신 안 온다. (소파에 누워 자기 몸을 더듬으며 자위하는 시늉을 하며) 나 재미있어, 요즘 아주 재미있는 일이 많아… 하하하 귀여워 죽겠어…. 남자라고 하는 것들 괜찮은데…. 아주 재미있고 귀여워…. 너도 해봐…. 나 간다.
엄마	나도 너처럼 나가고 싶어.
딸	뭐? 꽃이 어떻게 움직여?
엄마	난 꽃이 아니야.
딸	당신은 영원히 꽃으로 살아. 난 세상 밖의 벌레들과 놀 테니까. (퇴장)
엄마	(다시 절망에 잠기며 비애감에 웃음도 아닌 울음도 아닌 비명소리가 나온다.) 나는… 벌레 먹은… 꽃… 아아아….

딸, 나갔다가 다시 들어온다. 엄마를 풀어주곤 데리고 나간다. 암전

아빠 등장. 엄마가 사라진 걸 알고는 허탈해한다. 다음 그 구조물에 스스로 엄마처럼 매달린다.

부분무대 조명 들어오면 엄마와 딸, 벤치에 앉아 있다. 서로 다른 시간과 공간. 소통 없는 대사를 한다.

구조물에 아빠, 모든 것을 체념한 듯 담담한 표정

아빠	1980년 5월 20일.

달이 없는 밤이었다.

그날 밤은 신경질이 날 정도로 바람 한 점 없었다.

그래! 어두웠다. 돌아버린 세상 꼴만큼이나,

부분무대 벤치에 조명 들어오면,

딸   엄마! 저 불빛들 좀 봐.

아빠   어둠 사이로… 어렴풋이… 뭔가가 지나간다. 병사 한 놈
    이 달려갔다. 총소리 따 따 당!

딸   저 사람들은 모두 행복할까?

아빠   등 뒤로 퀭한 구멍! 총구가 들어간 구멍보다 너무나 큰 가
    슴 구멍!

엄마   우리가 돌아갈 불빛은 어디 있을까?

아빠   그때, 바람이 불었다. 여자였다. 구멍 뒤로 살덩이가 삐져
    나왔다. 난 유심히 보았다. 왜 그렇게 열심히 보았을까?

딸   이제 어떻게 할 거야?

아빠   옷고름 사이로 삐져나온 그녀의 가슴이… 십팔! 왜 그리
    예뻤을까?

엄마   …나…….

아빠   쓰러진 그 뒤로 피는 철철 넘치고 있었는데… 눈에 들어
    온 구겨진 허벅지살이… 만져보고 싶었다.

엄마   다시…. 돌아가야겠어.

아빠   그녀는 나의 구멍으로 들어왔다. 그때, 이놈은 뻗쳐온다.

(자위행위를 한다.)

엄마. 부분 무대에서 이동. 소파에 앉는다.

엄미와 아빠, 서로 다른 공간 속에서 소통 없는 대사를 한다. 마치 죽은 사람과
대화하듯.

엄마 그만하세요. 제가 잘못했어요. 오늘만 용서해주세요.

아빠 용서?

엄마 아뇨. 죄송해요.

아빠 금방 용서라고 했냐? 하하하 용서? 용서라….

엄마 아니에요. 잘못했어요.

아빠 대단한데 말도 잘하고… 이젠 막간다 이거야? (몹시도 흥
     분되어 상기된 얼굴빛으로) 너 요즘 이 정원을 떠나 몰래
     나가는 걸 알아. 나쁜 년! 오늘은 어딜 갔다 왔을까? 그래
     신이 났겠지. 즐거웠을 거야. 물론 나도 즐거웠지. 오늘은
     소녀 환자 하나가 병원에 왔는데 너무나 예뻤어… 그냥
     보낼 수 없었지. 그녀의 가슴을 열었지. (신음소리) 이건
     복숭아! 갓 익은… 숨이 막힐 것 같았어. (성기를 만지려
     하다가 다시 정색하며) 나가니까 세상 좋지? 돌아다니니
     까 네가, 병신같이 느껴지지. 비참하기도 하고. 누가 널 보
     고 뭐라고 하지? 왜 이렇게 사느냐고. 차라리 도망이라도
     가라고 하지 않았어? 하하하… 아니야 어쩜 이러니 차라
     리 죽자 뭐 그런 생각이 나지. 아니야. 아니지. 그 인간을

죽이자. (자기 목을 조른다.) 아악. (죽지 않자 소리 지르며 쓰러진다.)

아빠, 다시 일어나 엄마가 매달렸던 구멍 뚫린 구조물에 가서 넝쿨을 감아서 목을 매달아 죽는다. 음악이 흐르고…….

엄마, 딸에게 전화한다.

엄마   (핸드폰을 들고) 여보세요! 딸? 맞지? 와주어야겠어. 어서. 내 정원이 너무 더러워… 도와줘. 아니야. …네가 와야 돼. 아주 큰 쓰레기야. 고마워. (뜨개질을 한다. 뭔가 생각이 난 듯) 안 나가세요? …어, 아직 안 일어나세요?

음악이 계속 흐르고, 엄마의 뜨개질은 계속되면서 서서히 암전

달궁맨션 405호 러브스토리

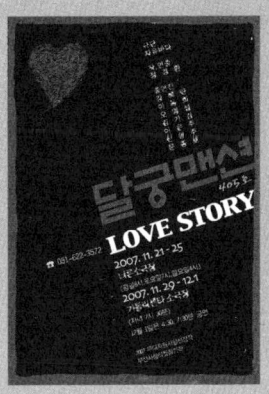

2005. 12. 27~12. 31 / 소극장 너른 / 송가영, 권혁철, 강혜란, 장우성, 심인보
2006. 2. 21~2. 26 / 소극장 너른 / 송가영, 권혁철, 강혜란, 장우성, 심인보
2007. 11. 21~11. 25 / 소극장 너른 / 이은주, 이동희, 오영섭, 문종보, 강혜란
2007. 11. 29~12. 1 / 부산 가톨릭센터 소극장 / 이은주, 이동희, 오영섭, 문종보, 강혜란

등장인물

동거남
동거녀
집주인
배달남
할머니
조각가
바람남

무대

재개발을 앞둔 서민 아파트. 거실에 소파와 작은 탁자 하나.
복도가 보이도록 벽은 기둥으로만 표현. 우측으로 조각 작품이
어지럽게 널브러져 있는 작은방이 있다.

때

어느 늦겨울

프롤로그

음악 들어오면 객석에 앉아 있는 동거남과 동거녀

동거녀 무심하고 외로운 흰 연기 두 줄기가 바람 없는 하늘로 오
       르고 있었다. …그 연기를 물끄러미 쳐다보고 있던 그 남
       자… 내 가슴엔 그때… 별안간 말없는 슬픔이 북받쳐 올
       랐다.

동거남 땅 속으로 꺼져버릴 것 같은, 소리도 눈물도 없는 그런 슬
       픈… 정작 사랑하는 여인과 작별할 때에도 깨닫지 못하
       던… 저항하지 못할 슬픔이 구름처럼 가슴을 에워싼다.

동거녀 그 흰 연기… 내 가슴에 처음으로 슬픔의 씨앗을 묻어준
       그 흰 연기… 그 두 줄기 흰 연기에 내 일생이, 내 운명
       이… 이어져 있는 것 같다.

       동거녀, 무대를 지나며

동거녀 지친다. 기다린다는 것. 잠이 온다. 잔다. 어제도 자고, 오
       늘도 자고, 내일도 잘 것이다. 매일 매일 잘 것이다. … 새
       벽이 오지 않는 건 아닐까? 다시 자야겠다. 동이 튼다는
       착각 속에…

       벽면을 통해 무대 뒤로 사라진다.

1. 이별은 추하다.

객석에 동거남

동거남 하늘을 모른 지 이미 오래고 가슴도 식은 지 이미 오래됐
다. 그 여자의 실종을, 납득할 만한 아무런 이유를 난 아
직 발견할 수 없었다. (일어나서 객석 계단을 천천히 내
려오며) 텅 빈 마음속의 기억들… 난 무작정 바쁜 사람들
틈에 밀려 어디론가 흘러가고 있었다. 그녀와의 막연한
만남을 기대하면서 갈증 난 밤거리를 방황하고 있었다.
…나는 어떻게 헤매 다녔는지 모르겠다. 밤이 이슥해서
야 난 나도 모르게… 그녀와 살았던 아파트… 달궁맨션
앞에서 쓸쓸히 서 있는 내 모습을 발견했다.(무대로 들어
가지 못하고 계단에서 갈 길 잃은 것처럼 헤맨다.)

무대 조명 들어오면 집주인, 복도를 따라 아파트 문을 열고 들어온다.
집주인, 청소를 시작한다. 건성이다. 갑자기 생각난 듯 전단지를 찾아서 전화를
한다.

집주인 여기 달궁맨션 405호인데요… 후라이드 있죠? 한 마리
반 13,000원 하는 것… 네 그래요. 빨리 부탁합니다. …
잠깐만요? 머스터드랑 양념소스 하나 더 가져오시고요.
콜라는 당연히 오는 거죠?… 네 부탁합니다.(청소한다.)

아파트 입구… 동거남, 멀리 아파트 창가를 보며 기웃거리고 있다. … 춥다.

배달남   (등장하며) 안녕하세요?

동거남 외면하고, 배달남 지나쳐간다.
청소하던 집주인, 다시 전화를 한다.

집주인   후라이드 말고요. 바비큐 있죠?… 어디긴 어디에요 달궁
          405호. 그건 얼마죠? … 그래요… 아니 그냥 후라이드로
          할게요. 빨리 부탁합니다.

동거남, 여전히 추위에 떨며 서 있다. 배달남, 인사하며 바쁘게 지나간다. …춥다.
무대, 집주인, 다시 급하게 전화를 한다.

집주인   저번에 샐러드 좋더라. 당연히 가져오는 거죠? …달궁
          405!

동거남, 추위에 옷깃을 여미고 있다. 다시 배달남, 인사하며 지나간다.
배달남, 다시 돌아와선 눈치 보며 말을 건다.

배달남   전에 여기 사셨죠?
동거남   …….
배달남   아닌가요? …맞는데…. 잘 좀 생각해보셔요. 혹 저 모르

시겠어요? 저 배달하는데… 통닭! (반응이 없자 어색해하며) 수고하세요!

동거남   저 잠깐만 부탁 하나 합시다. 여기 한 대 때려주시오. 아주 세게… 어서, 어서.

배달남   (황당해하며) 네?… 미안합니다. 저 못하겠는데요? 그럼.(다시 돌아선다.)

동거남   비겁한 놈! 그래 확실히 비겁했어. 싫다! 이젠 끝이다! 네갈 길 가라! 그럼 안녕! 최소한 그래야 인간에 대한 예의 아니야? 시팔! 너 같은 놈 보고 세상이 뭐라고 하는 줄 알어?

집주인   여보세요? 아 저 미안한데 올 때 슈퍼 들러서 쓰레받기 좀 사다줄래요? 오면 돈 줄게… 벌써 출발했다구요? 알았어요.

배달남   (돌아오며) 저기요? 저 아까 전에 부탁한 거… 지금 해 드릴까요?

동거남   고맙습니다.

배달남   눈 감지 마시고요… 지금 합니다.(때린다.)

동거남   약합니다. …더 세게 때려줘요. 퍽 소리 나게…

배달남   그럼 많이 아플 텐데.

동거남   괜찮습니다…

배달남   코피 나면 어쩌죠?

동거남   (화를 내며 고함친다.) 좀 때려라! 때려! 세게!

배달남, 얼굴을 때린다. 동거남, 뒤로 쓰러진다.

집주인	여보세요 여기 달궁맨션인데요. 출발했어요?… 아니 너무하신 것 아니에요? 지금 배달 주문한 게 언젠데 아직 안 오면 어떡해요? 여기 달궁맨션 405호 확실히 보냈어요?…아직 안 왔다니까요? …알았어요. 2분만 더 기다리죠. …(끊는다.) 2분 내로 안 오기만 해 그냥 꾸바치킨으로 확 바꿔버릴 테니까. 에이 짱나 미치겠네.
배달남	미안합니다. 많이 아프시죠? 여기 한 번 봐요. 지금 선이 확 났어요. 이렇게….
동거남	괜찮습니다. 시원합니다.
배달남	사실 저 아저씨 며칠 전부터 여기 서성이는 것 봤거든요? 전에 여기 405호에 자주 오셨죠? 맞죠? (피하는 동거남의 얼굴을 보며) 맞네!
동거남	절 봤군요. (웃음) 하나 물어봅시다. 달궁맨션 405호 그녀… 나와 있던 그 여자… 혹…
배달남	맞아 그 아가씨. 우리 집에 주문 많이 했는데… 후라이드. 나 잘 아는데.
동거남	많이 아시네. …그래 그 여자 한 번 보신 적… 없어요?
배달남	이사 나가곤 한 번도 본 적 없는데… 왜요?
동거남	405호, 다른 사람이 살겠군요?
배달남	그럼요…. 그 후에도 이사 온 사람 아마 열 번도 더 될걸요.
동거남	그래요…. (안주머니에서 술병을 꺼내며) 여기 나하고 술 한 잔 합시다.
배달남	저 업무 중이라 안 되는데… 그래요. 한 잔만 주세요. (마

시고 잔을 넘기며) 아저씨도 한 잔.

동거남 아저씨? 아저씨는 무슨… 전… 개새끼입니다. 개새끼! 한
번 불러보슈. 개새끼!

배달남 어떻게 제가…. (머뭇거리다) 개새끼.

동거남 크게 불러봐요.

배달남 그럼 한 잔 더 주세요…. (크게 소리치며) 개새끼!

동거남 (웃음) 듣기 좋네. 진짜 개새끼보고 개새끼라고 하니까.
(배달남, 같이 웃는다.) 당신도 기분 좋죠? 자, 한 잔 더 하
세요.

배달남 어 안주가 없네. … (배달 중인 통닭을 가져오며) 이거 드
시죠.

동거남 고맙습니다. 자 한 잔 더… 내가 왜 개새끼가 됐는지 한
번 들어보실라우?

배달남 (빠르게 일어나며) 저 이거 배달 갔다 와서 들으면 안 될
까요?

동거남 어허! 이거 술 먹다 새면 당신도 나처럼 개새끼 되는데….
내가 말이오. 바로 이러다가 개새끼 됐다는 것 아닙니까?

음악

집주인 (화를 내며) 여보세요? 통닭 진짜 안 와요? 예?

암전

64

2. 사랑은 아무나 하나

동거녀, 복도를 따라 들어오다가 벽면으로 등장

동거녀   외롭고 호젓한 흰 연기 두 줄기가 바람 없는 하늘로 오르
고 있었다. 그 연기를 물끄러미 쳐다보던 그 남자… 아저
씨 나 아저씨 처음 만났을 때… (웃음) 얼마나 행복했는
지 몰라요. 지금도 행복해요. (우울해지며) 하지만 내일
은 아닌 것 같아요. 내일?… 그래요 내일. 전 지금의 아저
씨보다 내일의 아저씨와 나와 우리 아기를 더 사랑하니
까요. 니네 아빠 오늘도 안 오냐?(벽면 사이로 퇴장)

복도를 따라 주위 살피면서 집주인, 젊은 바람남을 데리고 들어온다.

집주인   괜찮지? 이만하면….

바람남   (눌러보며) 괜찮긴… 이렇게 낡은 아파트, 거저 얻은 것
아니야? 완전히 썩었구만, 요즘도 아파트 이런 데 있어?

집주인   우리 아저씨가 재개발된다고 사둔 건데, 자주 비어둬서
그렇지 이만하면 비싼 데야. 여기 앉아봐.

바람남   (삐치며) 날 이 정도밖에 생각 안 한다 이거지? …나 갈래.

집주인   어머 얘! 아이 귀여워… 이리 와봐. 너 하는 것 보고 더 좋
은 데 생각해볼 수 있어. 어서.

바람남   지금 기분 같아선 클럽 가서 좀 부비고 싶은데 누나 정성

이 가상해서 오늘만 참아보지.

집주인   너 정말 계속 그렇게 귀엽게 굴 거야. 너 정말 귀엽다. 춤
        한 번 춰봐!

바람남   (화를 내며) 언니는 좋아지다가도 이러면 싫어진다니까.
        내가 무슨 아마추어야? 아무 데서나 흔들게… (윗옷을 벗
        으며) 여기 보여? 기분 나빠서 심장 빨라지는 거.

집주인   어머 미안하다 얘…. 그렇지. 프로지. 안 그래도 너 줄려
        고… 여기 준비해 놨다.

선물을 보여준다.

바람남   (선물을 보곤) 난 현금이 좋은데….

집주인   야! 그것도 비싼 거야. 어서 춤 좀 춰봐. 넌 그때가 제일
        귀엽더라.(웃음)

바람남   알았어. (신경질 내며) 음악도 없이 추라고?… 정말 스타
        일 구기네.

집주인   나 박수 치면 되잖아. 어서. 어서.

바람남, 신나게 춤을 춘다.

집주인   어머 너무 귀엽다… 너 어서 여기 앉아봐.

바람남   왜 뭐 하려고?… 나 배고프다. 아침도 안 먹었단 말이야.

집주인   (화를 내며) 바보 같은 자식. 아침 굶으면 젊은 놈 힘 못쓴다.

바람남	나가자 어서… 배고프단 말이야.
집주인	배달시키면 되지.
바람남	나가자고… 여기 난 더 있기 싫단 말이야.
집주인	이 동네 통닭 맛있는데… 통닭 시켜줄게.
바람남	……그래. 그거라도 먹지 뭐. 소주도 시켜.
집주인	(망설이며) 소주까지? 나 오늘 빨리 가야 되는데…
바람남	(일어나며) 그럼 지금 가면 되잖아.
집주인	알았어 자식… 전화번호 알어?
바람남	내가 어떻게 알어? … 맞어. 들어오는데 복도에 전단지 있더라고. 가져와.
집주인	네가 가라. 나, 사람들 눈에 보이면 안 되는 것 잘 알면서…
바람남	알았어. 오늘만 나 특별히 많이 봐준다.(문을 열고 나간 다.)

다시 동거녀, 벽면을 통해 들어온다. 여전히 누굴 기다리다 지친 모습.

동거녀	낮밤 없이 시계소리에 시달렸다. 지친다. 눈알이 빠질 것 같은 통증이 온다. …아저씬 오늘도 연락이 없다. (전화 하는 동작을 하며) 여보세요? 뭐 하세요? 절 잊으셨나요? …심심하다.

동거녀, 다시 벽면을 통해 나가고, 문을 통해 바람남, 들어온다.

바람남 여기 전화해…. 후라이드로….

집주인 내가 하면 안 되는 것 잘 알면서… 자주 가던 모텔에서도 네가 하잖아.

바람남 (신경질 내며) 알았어. 왜 이리 불편하냐? 십팔… 여보세요.(집주인를 보며) 여기 어디야?

집주인 (낮은 목소리로) 달궁맨션 405호!

바람남 여보세요? 달궁 405인데요… 여보세요! 씨발. 전화를 끊어버리네. 이런 니기헐…

화를 내며 다시 전화한다.

집주인 왜 그래? 잘못 눌렀겠지. 다시 해봐.

바람남 그런가? 여보세요? 여기 달궁 405호인데요. 후라이드랑 소주랑 가져오세요… 뭐라구요? 장난하지 말라구요? 이 아저씨가 진짜 장난하냐? …예? 여기 빈 집 아니니까. 확실히 달궁 405니까. 알았어요? 이것들이 장사 처음 하나…. 여보세요? 후라이드랑 소주랑 가져오세요. … 아니 소스가 아니라 소주 일병 아시겠죠? 달궁 405… 부탁해요. (전화를 끊으며) 이것들이 장사 처음 하나….

집주인 너 정말 터프하다. 이리 와봐.(동거남의 윗옷 단추를 벗기며)

바람남 왜? 뭐 하려고?… 통닭 오잖아.

집주인 알면서. 잠깐만 이리 와봐.

동거녀, 복도를 따라 벽면을 통해 실내로 들어온다. 애무에 집중하던 바람남, 갑자기 일어나며,

바람남　이 집, 기분 안 나.

집주인　좋은데, 모델보나야.

바람남　차라리 거기가 좋지. 분위기 좋고… (갑자기 생각난 듯) 개새끼! 기억나? …뭐야? 거기 있던데… 무슨 모텔? …왜, 나 웨이터 새끼랑 싸운 데….

집주인　(자신 있게) 홍콩 가는 길!

바람남　그래 홍콩 가는 길! 거기가 그 새끼 때문에 그렇지… 시설은 좋잖아. 월풀… 물침대…

집주인　그래 다음엔 그곳에 갈게. 여기 앉아봐… 왜 자꾸 피해.

바람남　(주위를 둘러보며) 누가 보는 것 같아….

집주인　누가 있다고 자꾸 그래. 자 여기….

배달남, 뛰어 들어오고 치임벨을 누른다.

벨소리. 놀란 집주인은 소파 뒤로 숨고 바람남, 문을 연다.

바람남　(거만하게) 얼마냐?

배달남　(참으며) 13,000원인데… 요.

바람남　아줌마, 여기 13,000원이래.

집주인　(혼잣말로) 쟤는 눈치도 없이… (변형된 목소리로) 내가 나중에 줄게, 네가 줘라.

바람남   나중에 안 주면 안 돼.

집주인   알았어.

배달남, 이상한 분위기에 얼굴을 내밀며 실내를 쳐다본다.

바람남   뭘 보냐? 임마… 가! 이것 받고…(배달남을 밀치고 문을 닫는다.)

배달남   (퇴장하며) 개새끼. 좆만 한 게 말 까고 있어.

집주인과 바람남, 서로에게 먹여주며 다정하다.

집주인   건배하자!…뭐가 좋을까?그렇지!…우리의 사랑을 위하여!

바람남   …우리의 사랑을 위하여!

얼굴에 반창고를 붙인 동거남 등장. 복도를 서성이다가 차임벨을 누른다.

벨소리

동거남   실례합니다. …아무도 없어요?

집주인과 바람남, 남자 목소리에 놀라며 당황한다.

바람남   야! 숨어. 아줌마 남편 아니야!

집주인   (더욱 놀라며) 아니 우리 남편이… 여기 올 일이 없을 텐데… 문 열면 안 돼! 꼭 잡고 있어. 조용히!

바람남, 필사적으로 문고리를 잡고 침묵한다.

인기척이 없다고 생각한 동거남, 아쉬운 듯 돌아서 나간다.

발자국 소리에 집중하던 바람남, 문을 약간 열어서 확인한다.

집주인 갔어? …야 우리 남편 맞어?

바람남 내가 네 남편 어떻게 아냐?

집주인 어떻게 생겼어?

바람남 씨발… 몰라.

집주인 대머리 아니지?

바람남 대머리는 아냐.

집주인 (안심하며) 그래, 그럼 다행이고…. 여긴 안 되겠다. 불안
       해서… 우리 다시 모텔로 갈까봐.

바람남 난 싫어… 오늘 기분 잡쳤으니까… 나 갈래.(선물을 챙겨
       서 빠르게 퇴장)

집주인 (따라가며) 야 임마… 너 안 와! (조용한 목소리로) 이리
       안 와. 이리 와, 모텔 갈게.(퇴장)

       사이

       다시 동거남 등장. 반쯤 열려 있는 문을 보고 …눈치 살핀다.

동거남 아무도 없어요? (실내로 들어와 소파에 앉는다. 추억에

잠기며) 널 만나고 싶어. 이유는 없고 그냥 한 번 보고 싶어… 너 날 보고 뭐라고 불렀지?

동거녀, 벽면을 통해 등장

동거녀   아저씨! 언제 와요? 저 이제 지쳐가요.

동거녀, 노래를 흥얼거리며 심심함을 달랜다.

〈노래〉
내 이 세상 떠날지라도
사랑하는 그대여
나를 위해 사이프러스 나무도 심지를 마소서
다만 빗방울과 이슬에 젖은
푸르른 솔잎으로만 하소서…

동거남   (기억이 난 듯) 그래 아저씨! 맞어. 난 너보고 뭐라고 이름 지었더라? …그래. 그냥 장미! 그래 유치하긴 했지만 장미라고 불렀지. (다시 추억에 잠기며) 내가 물을 준 꽃… 내가 고깔을 씌워 바람을 막아달라고 했었지. 그리고 나보고 벌레도 잡아달라고 했던… 하지만 난 그러지 못했지. 원망하는 너의 울음, 미워하는 너의 절규… 우리가 어떻게 만났더라?

동거녀	저 지쳐가요. 가슴이 찢. 어. 질. 듯 아파가요. 어제도 자고 오늘도 자고 내일도 잘 것 같아요. 매일 매일 자는 것 말곤 뭐 하죠?(퇴장)

배달남, 뛰어 들어온다.

배달남	(문을 열며) 소주값을 안 받았는데…. 누구 없어요?(아무도 없음을 알고 돌아서는데 동거남을 발견하고) 아니 아저씨잖아요. 여기 또 계시네요? …뭘 하세요? 바로 전에 다른 사람이 있었는데… 그 사람들 없어요?
동거남	…문이 열려 있기에 그냥 들어왔습니다.
배달남	아까 보니까 다른 사람들이 있더라고요. 그 사람들 오면 안 되잖아요? 어서 나가시죠.
동거남	형씨… 그 여자 여기 다시 온 적 없어요?
배달남	예! …제가 혹 보게 되면 연락할게요. …많이 사랑했었나 봐요?

동거남, 문을 닫고 복도를 걸어가며…

동거남	아니요? 제가 그 여자를 버렸습니다. …처음 이 아파트로 그 여자와 함께 올 때가 기억나는군요.

회상에 잠기며 걸음 멈추자 배달남, 재촉하여 함께 퇴장한다. 암전

3. 하염없음 - 사랑이란

조명 들어오면 소복을 입은 할머니, 앙상한 가지만 남은 나무 화분을 밀고 들어온다. 실내 한쪽에 화분을 놓고는 나무를 정성스럽게 만지고 있다. 이때 초라한 가방을 든 동거남, 동거녀 복도로 들어온다. 문을 열고 들어오라고 재촉하는 동거남…. 마지못해 동거녀, 실내로 들어오며 황당해한다.

동거녀   정말 이렇게 해야 돼요?

동거남   그럼 어떡해?

동거녀   해도 해도 너무하네요. 정말…. 정말 무책임하신 것 아니에요?

동거남   나도 미치겠어. …지금은 어쩔 수 없다고 하잖아. 지금 고민 중이니까 조금만 더 기다려보자. (눈치를 보며) 이렇게라도 한 숨 돌리고 천천히 생각해보자고…

동거녀   제가 지금 더 미치게 생겼다고요. (배를 만지며) 이제 어떻게 해요?

동거남   (소파에 앉으며) 이렇게 된 게 모두 다 내 책임은 아니잖아? 나도 최선을 다 하고 있으니까 제발 그만해! 이 사실이 알려지면 난 매장이야, 끝이라고… 제발 우리 지혜롭게 생각을 하자. 시간을 두고…. 하여튼 모든 게 탄로 나면 모두 다 날 죽이려고 할 거야. 그러면 나 정말 미친다.

동거녀   난 아무 일 없는 줄 알아요? (울며 주저앉는다.) 내가 어쩌다가 이렇게…

동거남   알았다고… 알았으니까 제발 그만. 조용히 해. (동거녀의 울음소리 커진다.) 미치겠네. 옆집에서 듣겠다.

동거녀   다른 사람이 뭐가 중요해요. 우리가 중요하고 우리 애가 중요하지…(더 크게 운다.)

동거남   알았어, 알았으니까 제발 조용… 조용히! 정말 미치겠네.

동거남, 동거녀를 위로하며 소파에 앉힌다.

동거남   나 이제 가야 돼… 늦었어. 내일도 생각해야 되고…

동거녀   (동거남을 안으며) 안 돼요. 오늘 밤만이라도 같이 있어 줘요. 이렇게 낯선 집에… 나 혼자서 무서워요.

동거남, 마지못해 동거녀를 안고서 달랜다.
무심한 할머니, 나무를 어루만지며,

할머니   잠들면 모두가 침묵에 빠져… 난 네가 되고 너 또한 남이 된다.

동거녀   저녁엔 늘 혼자 있었어요. 혼자 밥을 먹었어요. 엄만 늦게 까지 일하시고 아버진 일찍 돌아가셨죠. (동거남의 품에 깊숙이 안기며) 아빠의 사랑이 그리워요.

동거남   잠들면 괜찮아. 어서 자도록 해. 그럼.(일어난다.)

동거녀   오늘 밤은 이불도 없잖아요. 어떻게 하죠?

동거남   이 밤에 이불 파는 데가 있을까? …나가보면 되겠지.

동거녀　아니요. 나 나가기 싫어요. (표정 밝아지며) 배 안 고파요? 나 배 고파요. 통닭 먹고 싶어요. 후라이드 시켜주세요.

동거남　전화번호 몰라… 내일 올게.

돌아서서 문을 열고 동거남 사라진다. 동거녀, 복도까지 따라간다. 사라진 동거남의 뒷모습. 아쉬운 듯 다시 돌아서는 동거녀. 이때 조명 변한다. 침묵하는 실내, 다시 유령처럼 떠도는 동거녀. 음악 낮게 흐른다.

할머니　(나무에게 화를 내며) 빌어먹을 영감탱이! 내가 당신 심보 모를 줄 알고… 이젠 불러도 대답도 하기 싫어. 평생을 날 종년 취급이나 하고… 그래 해라 해! 호랑말코 같은 영감탱이… (갑자기 생각난 듯) 자 물 여기 있소.

화분에 물을 주며, 마치 환자를 다루듯이… 나무에게…

할머니　화상아! 물 가져왔다. 약 좀 먹자!… 체하것다. 좀 천천히… 시원하죠? (멀리 쳐다보며) 다 내 잘못이야. 그리고 당신 잘못이지. 우리네 팔자가 사나워 이렇게 된 걸 누구 탓을 할 거여… 그래 누구 잘못도 아니지… 망할 놈, 청등신 영감탱이!

회상에 잠겨 눈물을 삼킨 다음 퇴장. 서성이던 동거녀,

동거녀 쓸쓸한 저녁. 뭘 할까?… 저 밖에 있는 동산에나 올라갔
다 올까? 올라가서 마른 나무와 나란히 서볼까? 석양의
여윈 내 그림자를 보고 실컷 울어나 볼까? 심심해… 아저
씬 언제 올까? 오늘밤도 나 혼자야.

암전

4. 집엔 사람이 산다.

동거남, 복도에서 문 앞을 기웃거리며 서성이고 있다. 집주인 등장.

집주인 누구세요?… 방 보러 왔어요?

동거남, 황급히 사라진다.

집주인 (사라지는 동거남이 수상한 듯) 하여튼 조심해야 돼. (문
을 열고 실내로 들어오며) 한 달이 멀다 하고 청소야….
도대체 재건축은 언제 되는 거야?

집주인, 건성으로 청소를 한다. …이때 무대 우측의 작은방 … 조각가, 작품을
만들고 있다. 배달남, 통닭을 들고 복도를 따라 들어온 다음 조심스럽게 문을
열어본다.

배달남   계세요? …아저씨! 저 왔는데요? …없어요?

실내로 들어오다가 집주인과 마주친다. 놀라 달아나는 배달남. 집주인, 따라오
며 부른다.

집주인   누구야? 통닭집 총각이잖아… 나 통닭 안 시켰는데?
배달남   혹시… 여기 있던 사람은요?
집주인   누구? … (생각이 난 듯) 작가라던가 화가라던가 그 사람?
         한 달 넘게 살고 월세도 다 안 내고 날랐지 뭐야… 이런
         나쁜 놈. 통닭도 공짜로 처먹고 날랐구만.
배달남   아니 얼마 전… 그 아저씨 몰라요? 전에 혼자 살던 여자
         에 남자. 그러니까 여자를 찾는 사람.
집주인   누구? …혼자 살던 여자? 기억 안 나네… 몰라.
배달남   (혼잣말로) 오늘 여기서 보기로 했는데… 안녕히 계세요.
집주인   잠깐! 들고 온 거… 식었는데 반값에 주고 가지?
배달남   …그냥 아줌마 드세요.
집주인   (고마워하며) 잠깐만. 학생! …어디 살아? 자취하지? 지금
         사는 데 얼마에 주고 있어? 이 집 싸게 내줄게. 여기로 이
         사와.
배달남   됐거든요!(퇴장)
집주인   (뒷모습을 보며 아쉬운 듯) 아 맛있게 잘생겼다. …통닭
         하나 공짜로 생겼네.

실내로 들어와선 갑자기 생각이 난 듯 화를 내며 작은방으로 들어간다.

작은방. 어두운 조명 아래 조각가, 열심히 작품을 하고 있다.

집주인   (먼지로 기침을 하며) 방 꼬라지 하고는… 짐이라도 빨리 빼야 할 텐데… 갈 때 가더라도 이 짐이라도 가져가지. 망할 놈… 이놈에 인간 어디서 만나기만 해봐라. 방은 개판으로 해놓고 말이야.(퇴장)

작은방

조각가   (핸드폰을 들고 고함치며) 십팔! 알았다니까요? 내면 될 거 아닙니까? 십육, 십칠, 십팔… 그래요 돈이 없습니다. …아니 연체료 다 물고 있는데 좀 늦게 갚는다고 뭐가 잘못됐습니까? 예?… 알았으니까, 그래 알았다고요. (전화를 끊는다.) 내 이놈에 카드, 박살을 내버려야지. 십육, 십칠, 십팔!

시계소리… 동거녀, 조용히 숫자를 세며 조각 작품 사이로 등장.

동거녀   16… 17… 18… 네 아빠 언제 오지? 나도 이젠 엄마가 되고, 네 아빠의 여보가 되고 싶은데… 이러다가 엄마 지친다.

조각가, 제작하던 어린 애기 모습의 조각품을 들고 작은방에서 실내로 나온다.

…자기 작품에 도취되어 쳐다보며,

조각가 어린 왕자! 널 이름 지어준 생텍…쥐베리. 이름 참 어렵
　　　　네. 내 삶만큼이나…

동거녀 (벽면을 통해 복도와 실내를 오고가며) 밤새도록 시계소
　　　　리에 시달린다. 새벽이 되어야 잠을 잘 수 있을 것 같다.

조각가 어린 왕자! 사랑하는 나의 어린 왕자! 너 또한 죽음을 아무
　　　　렇지 않게 생각하는구나. 이 육신을 묵은 허물로 비유하
　　　　면서… 죽음! 도무지 두려워하지 않는구나. 뚝딱뚝딱. 뚝!
　　　　창조! 딱! 죽음!… 시간은 이렇듯 창조와 죽음을 거듭한다!

시계소리, 커지다가 사라진다. 이때 전등이 나간 듯 조명이 어두워진다. 동거
녀, 기다림에 지친 듯 소파에 잠이 든다.

조각가 (한 손엔 촛불, 한 손에 조각품을 들고 들어오며) 어차피
　　　　인간의 삶이란 것도 이렇듯 생명과 죽음 사이의 방황이
　　　　란 말인가? 생이란 한 조각 구름이 일어남이오, 죽음이란
　　　　한 조각 구름이 사라짐으로 여기고 있구나. 그렇다. 이 우
　　　　주의 근원을 넘나드는 사람에겐 죽음 같은 것은 아무것
　　　　도 아닐 거다. 죽음도 삶의 한 과정이니까…. 옷이 낡으면
　　　　새 옷을 갈아입듯 우리들의 육신도 그럴 거다. 자 이제 네
　　　　가 살던 그 별나라로 다시 돌아간다면… 사실 이 몸뚱아
　　　　리 가지고 가기에는 너무 거추장스러울 거야. (촛불을 끈

다.) 여기도 한 번 살아보리? 사랑하는 나의 육신이여!(조
각품을 소파 위에 놓고 작은방으로 사라진다.)

조명 다시 밝아지면 동거녀, 눈을 뜬다. …소파 위에 놓인 '어린 왕자' 조각품
을 안아본다.

동거녀   아저씨, 오늘밤도 안 오겠죠?

차임벨 소리

동거녀   (기뻐하며) 아저씨다 ! 나가요.(조각품을 소파 위로 던져
버리고 나간다.)

암전

5. 기다림은 말없이 그리움으로 변한다. …눈물과 함께

동거녀, 문 앞에 서 있는 동거남의 윗옷을 벗긴다.

동거남, 무심하다.

동거녀, 세숫대야를 가져와 면도를 해준다.

동거남, 묵묵히 있다.

동거녀, 동거남의 목에 수건을 두르고 세수를 시켜준다.

동거남, 표정에 변화가 없다.

동거녀, 머리를 감긴다.

동거남, 그녀의 행동에 따라갈 뿐… 아직도 무심하다.

시계소리

동거남, 일어서서 윗옷을 입는다.

동거녀   또 언제 오실 거죠?

동거남, 말없이 돌아서선 한동안 침묵하다가 나간다.

동거녀   …다녀오셔요.

배웅하러 복도까지 나갔다 뛰어 들어와서 소파에 쓰러지며 오열한다.

6. 기다림이 오래면 아프다.

조명 들어오면 할머니, 천천히 화분으로 가서 나무를 쳐다본다. … 동거녀, 전
화를 하고 있다.

동거녀   언제 오실 거죠? 여보세요?… 여보세요?… 알았어요. 그
         래요.(전화 끊는다.)

방치된 조각품 '어린 왕자'를 발견하곤 안으면서,

동거녀   (울음) 그만 좀 울어. 니네 아빠 너 자꾸 울면 (울음) 니네
　　　　 아빠 안 온다. 자 착하지… (울음을 거두며) 내가 노래 한
　　　　 번 해볼게. 네가 섬수 한 번 매겨봐 알았지… (혼자 놀이
　　　　 하며) 몇 번을 할까?… 몇 번? 내가 그 노래 모르면 어쩌지?

　　　　 〈노래〉
　　　　 내 이상 떠날지라도 사랑하는 그대여
　　　　 나를 위해 사이프러스 나무도 심지를 마소서
　　　　 ......

할머니   (화분 주위를 맴돌며) 여기 누워봐요. …아프죠? 이 정도
　　　　 면 많이 아플 텐데… 아프면 얼굴 찌푸리지 말고 소리라
　　　　 도 막 내봐요. 화라도 내든지… 그렇게 가만히 누워 있으
　　　　 면 더 아파요. (나무를 이루만지며) 사 나리를 내리고…
　　　　 그래요 내가 주물러줄까요? …돌아보셔요. 내가 이렇게
　　　　 해주면 좀 덜 아플 거예요. …어때요? 시원해요? …그래
　　　　 요. 시원하면 눈이라도 크게 떠요. 당신은 크게 뜨는 눈이
　　　　 멋있었어요. … (한숨지으며) 아이고 이 등신, 청등신, 영
　　　　 감… 자 이리로 돌아 누워봐요. …욕창이 심창치가 않아
　　　　 요.(퇴장)

노래를 부르던 동거녀, 갑자기 쓰러진다.

동거녀   가슴이, 가슴이…

마침 복도를 지나던 배달남, 405호에서 들려오는 소리를 듣고 귀를 기울인다.
신음 소리에 놀라 문을 두드린다.

배달남   문 좀 열어보세요. …왜 그래요? 빨리 열어보세요.
동거녀   아저씨… 저 좀 살려주세요. 아저씨…(다급히 문 두드리
         는 소리 점점 커진다.)

암전

7. 사랑은 화를 낸다.

조명 들어오면 동거녀, 동거남에게 면도를 해주고 있다.

동거녀   …우린 분명 아름다웠고… 행복했으며… 사랑했어… 아
         저씨도 그렇게 생각하지?
동거남   … 딱 한 번뿐이었어… 우린.
동거녀   … 중요한 건 횟수가 아니라… 사랑이잖아요… 단 한 번
         에 모든 걸 담아낸 그런…

암전

동거남의 고함 소리와 함께 조명 들어온다.

동거남 (화를 내며) 그 자식이 널 그냥 만지고 있는데… 네 허벅
       지를 만지는데… 그래 가만히 있었냐?

동거녀 그 사람이 날 도와주려고 했단 말이에요.

동거남 아니라고 해야지. 하지 말라고 해야지.

동거녀 (고함치며) 그땐 아저씬 없었잖아요. 내가 아파서 고통스
       러워하는데 아저씬 없었잖아요.

동거남 개새끼.

암전

다시 조명 들어오면 동거남, 소파에 앉아 있다.

동거녀 그런데 왜 아저씨가 화를 내죠?

동거남 몰라서 물어 이 바보야.

동거녀 어떻게 알아요?

동거남 내가 너에게 얼마나 정성을 기울였는데… 알아, 몰라? 이
       정도면 양심이라도 있으면 한 번은 거짓이라도 사랑한다
       고 하겠다. 내가 그렇게도 싫어?(암전)

조명 들어오면 동거남, 등을 지고 서 있다.

동거녀 　저 정말 사랑해요? 한 번이라도 절 믿게 했어요? …아니 잖아요?

동거남 　그럼 이건 사랑이 아니고 뭐야? 개똥이야?

동거녀 　당신은 그저 질투일 뿐이에요.

동거남 　질투? 질투라고? 그저 질투라고… 그럼 보여주지 확실하 게 확인시켜주지.

암전

소리… 섹스하는 신음소리. 다음,

동거녀 　…정말이죠? 사랑한다는 말? 그죠?

조명 들어오면 동거남, 무심한 표정으로 소파에 앉아 있다. …동거녀, 행복한 듯 밝은 표정이다.

동거녀 　목욕하실래요? …두려워 말아요. 뭐가 걱정이에요. 이제 우린 이렇게 이 집에서 살고 있는데…

동거남 　무슨 집?

동거녀 　(경직되며) 여기 이… 집… 달궁맨션 405호.

동거남 　이 집이 왜?

동거녀 　(자신 없는 목소리로) 우리…집.

복도로 배달남, 뛰어 들어온다. …차임벨 소리. 동거녀, 문을 연다.

배달남   13,000원입니다.

동거녀   우리 집 아닌데요?

배달남   (의아해하며) 여기 달궁맨션 405호 맞잖아요? 후라이드
        한 마리 반 시키신 거 아닙니까?

동거녀   (화를 내며) 여기 달궁맨션 405호 맞는데요. 지금 우린 아
        침밥 먹고 있었고요. 아침부터 통닭 시키는 사람 있어요?

배달남   … 죄송합니다. 아 미치겠네!

이때 동거남, 문 앞으로 와선 배달남을 무심히 쳐다본 후… 복도를 따라 나간
다. 동거녀, 뒤따라 나간다.

동거녀   또 언제 와요? …다녀오서요.

배달남, 이 모습을 쳐다보곤 어색해하며 나간다.

동거녀   잠깐만요. 두고 가세요. 13,000원 맞죠? 후라이드? … 여기
        요. 지난번에 고마웠어요.

배달남   뭘 그런 걸 가지고…(좋아하며 퇴장)

동거녀, 문을 닫고 소파에 앉는다. …통닭을 먹기 시작한다. 울음소리와 함
께…. 암전

8. 이별은 어둡다.

조명 들어온다. 어두움으로…

할머니, 등장… 화분 곁으로 천천히 들어온다.

조각가, 등장… 화가 난 듯, 작은방으로 들어가서 자기 작품들을 우두커니 쳐

다본다.

동거녀, 조각품 '어린 왕자'가 탄 유모차를 밀고 들어온다.

할머니   (나무를 만지며) 이 영감탱이, 말도 못 하고 누워 있어도
투정하긴. 이리로 돌아봐요. 준비 다 하고 왔어요. …막상
가려고 보니까 할 일이 좀 많아야지. 당신 입성도 깨끗한
걸로 사고, 내 것도 한 벌 사고… 당신 먼저 가는데 내가
다 해줘야지… 나 행복해요. 이렇게 내가 당신을 챙겨줄
수 있어서. (웃음) 바보, 청등신. 당신이라면 그냥 바보같
이 아무것도 할 수 없을 것 아니야. 안 그래요? …차라리
내가 할 수 있어서 다행이야. 안 그래요? 청등신…

조각가 핸드폰 벨소리…

조각가   여보세요… 전기를 끊으시겠다구요? 그래요 전기를 쓰고
못 냈으니까 당연하신 말씀… 그래요 전기를 끊든지 말
든지… 아주 이 집 전기를 박살내시오! (조명 아웃) 와따
빠르다. (촛불을 켠다.) 사랑하는 나의 어린 왕자! 그래 이

제 떠나자. 이 집도 끝이다. 떠나자. 집세도 못 냈고 전세… 다 까먹었다. 니네 아버지, 이 못난 조각가는 만날 천날 가난하다. 예술 하다 거지됐다. 지겹다 아들아! 니놈만 나오면 여길 뜨자.(작은방으로 들어가선 눕는다.)

동거남 들어온다. …차임벨 소리.

동거녀 (좋아하며) 네 아빠다… 네 나가요!

문을 연다. 이때 조명 밝아진다.
동거남… 창백한 얼굴, 무심한 표정…. 차갑다.

동거남 오늘 낮에 월세 보냈어. …다음 달부터 10만 원 더 올려 달래. …커피 있어?

동서녀 침묵

동거남 인스턴트!

동거녀, 들어간다.
동거남, 유모차를 발견하곤 만져본다. 다음 화분을 쳐다본다.
동거녀, 커피를 들고 들어온다.

동거남   (유모차를 가리키며) 저건 뭐지?

동거녀   뭘요? … (어린 왕자를 안으며) 아 이거요? 전에 살던 사
         람이 안 가져갔나 봐요. 청소하다가 찾았어요. 이쁘죠?

동거남   이쁘긴… 버려!(뺏으려고 한다.)

동거녀   안 돼요! 내 것이에요!

         침묵

동거남   저것도? …저 화분도? …커피 다 마셨어.

동거녀   맛있어요? 맛있죠? 한 잔 더 드실래요?

동거남   인스턴트! 그럼… 인스턴트는 맛있지. 그때그때.

동거녀   저는 싫어해요.

동거남   난 한 번으로 만족해. (소파에 앉으며) 잠깐만 여기 앉아
         봐… 생각을 해봤는데… 우리 생각 다시 해보자… 너무
         힘들어….

         동거녀, 노래를 흥얼거리며 '어린 왕자'를 업는다. …동거남, 일어나서 고함치며,

동거남   너 지금 들고 있는 것 좀 치워줄래. 아니면 버리든지… 저
         화분도 좀 치워!

         암전
         조명 들어오면 동거녀는 소파에 앉아 있고, 동거남은 서 있다.

90

동거녀   말씀 계속하세요.

동거남   우린 서로 사랑했어. …그래 딱 하룻밤이었어. …힘들고,
         불편해… 알아보니까 얼마든지… 할 수 있대. 지금이라
         도 늦지 않았어. 요즘 기술이 좋아서 아무렇지 않게… 아
         프지도 않고… 우리 다시 생각해보자.

동거녀   (울음을 삼키며 애써 밝은 목소리로) 통닭 먹을래요? 여
         기 맛있어요. 저번에 왔을 때 먹어봤죠?

동거남   먹은 적 없어.

동거녀   어때요? 후라이드?

동거남   넌 맛있디? 잘도 맛있겠다. (일어나서 문 앞으로 가며)
         나, 가야 돼.

동거녀   (붙잡고 안으며) 자고 가면 안 돼요?

동거남   (고통스러워하며) 제발 날 내버려 둬!(문을 열고 나간다.)

동거녀   (따라가며) 얘… 어서 아빠에게 인사해야지.

동거남   아빠?… 아빠?…(퇴장)

동기녀   다녀오세요.

         천천히 돌아서며… 전화를 건다. 조명 어둡게 변한다.

동거녀   여보세요. 통닭집이죠?… 여기 달궁맨션 405혼데요. 후
         라이드 한 마리 반요.

         암전

차임벨 소리

조명 들어오면 실내는 어둡고, 복도에만 조명 들어온다.

배달남, 뛰어 들어오고 문을 두드린다. … 아무런 반응이 없다. 문을 열어본다.

열린다. … 어둡다.

배달남　(조심스럽게) 후라이드 한 마리 반 배달 왔습니다. 13,000
　　　　원요… 아무도 없어요?… 정말 미치겠네.(퇴장)

암전

9. 하얀 이별

조명 들어오면 화분에 하얀 가루를 뿌리고 있는 할머니… 손에 하얀 장갑, 옆
엔 하얀 보자기가 싸인 작은 상자 있다.

할머니　당신으로 해서 한 평생이 행복했어요. 고마워요… 그때
　　　　무서웠어요? …하나도 안 무서웠다고요? 고마워요. 당신,
　　　　욕창으로 등은 너무 아픈데 말도 못하지… 당신이 말은
　　　　못해도 내가 알아서… 당신 목을 눌렀죠. 잘했죠?… 당신
　　　　이 날 볼 때마다 난 알았어요. 어서 당신 손으로 날… 당
　　　　신은 내게 말했어요. 눈으로 분명… 과연 우리 마누라야.
　　　　고마워… 날 고통에서 벗어나게 해줬잖아… 있잖아. 당

92

신이 내 목을 누를 때 너무 고마웠어… (눈물을 손으로 훔치며) 그래요. 당신은 분명 나에게 말했어요… 눈으로… 자 이제 당신의 육신은 여기 이 나무 아래 고이 묻고 가요. (천천히 돌아서서 가다가 다시 돌아오며) 뭐라구요?… 그런데 어떡하냐고요? 우리 여보 육신은 누가 해주냐고요? (웃으며) 아니에요. 내 손으로 당신을 먼저 해주고 떠날 수 있어서 행복해요. 고마워요. …오늘 따라 당신 얼굴이 아주 맑아 보여요.

할머니, 웃으며 들어간다.
동거녀, 복도에서 누굴 기다리는 듯 서성이고 있다.

동거녀 (벽면을 통해 들어오며) 언제 오죠?… 하늘은 이미 무너진 지 오래고, 가슴도 식은 지 이미 오래 됐어요. 하늘만큼 살아가고 싶다가도… 가슴이 작아지면 인생이 작아지듯 그저 찬바람은 언제나 차갑고 시리나는 것.

다시 쓸쓸한 침묵…
조각가, 짐가방을 들고 작은방에서 나온다.

조각가 (전화) 여보세요? 나다… 누구긴?…네가 이 세상에서 가장 증오하는 빈털터리 남자… 벌써 잊었구만… 잘 먹고 잘 살지?… 나 이 집에서도 나가야 할 것 같은데… 방 하나만 주

라… 네 남편 부자라며… 고맙다… 그럼 나, 간다.(퇴장)

복도에는 그녀, 여전히 서성인다.

암전

10. 이별 앞에선 모든 것들이 침묵한다.

차임벨 소리와 함께 조명 들어온다. 배가 만삭인 동거녀, 밥상을 들고 들어온다. …동거남 앞에 놓는다. 밥상 앞에 동거남, 빈 그릇들을 하나씩 만져본다. 마지막으로 숟가락을 들고 있다 놓는다.

동거남   나 밥 먹기 싫어!(일어선다.)

동거녀   알았어요.(밥상 들고 일어난다. 부른 배가 힘들다.)

동거남   장난 그만해.

동거녀   알았어요.(밥상을 놓고… 뱃속에서 베개를 꺼내서 내팽개친다.)

동거남   이제 그만하자. 우리 이제 그만… 이 집 너 줄게.

동거녀   알았어요. …짐은 제가 챙겨놓을게요. 한 번은 오세요.

동거남, 문 열고 나가려는데 동거녀, 부른다.

동거녀   잠깐만요. 얼굴 좀 봐요.

동거남, 돌아선다.

동거녀   이제 됐어요. 안녕.

동거남, 문을 열고… 복도를 따라 천천히 나간다.

동거녀   안녕… 얼굴… 죽을 때도 그 얼굴만은 가슴에 묻고 갈 거
         야. 흰 무명 헝겊 속에 싸매어두고 싶었던 얼굴. 차마 바
         라볼 수조차 없어 돌아서서 울던 얼굴… 소중했으나 허
         망한 그 얼굴. 진실한 얼굴 그 얼굴은… 그 얼굴은…(박
         인희 詩 인용)

암전… 울음소리 들린다.
조명 들어오면 동거녀, 처음 이 아파트로 올 때 모습이다.

동거녀   (전화하며) 병원이죠?… 예약한 사람인데요. 몇 시라고
         하셨죠?… 알았습니다. 그냥 몸만 가면 되는 거죠?… 네.

갑자기 토할 것처럼 하며 앉았다가 잠시 후 일어선다.

동거녀   (배를 만지면서) 엄만 어릴 때부터 잘하는 게 없었어. …
         공부도 그저 그만. 솔직히 말하자면 (웃음) 사실 못했어.
         노래도 못하고 다른 애들처럼 춤도 잘 못 췄어. (배를 차는

느낌을 느끼며) 그래그래. 너무 욕하지 마. 바보 같다고…
어떻게 사람이 다 잘할 수 있겠어. 아가야. 네가 세상을 아
직 잘 몰라서 그런데… 못하는 건 나쁜 게 아니야. 나쁜
건, 진짜 나쁜 건 버리는 거야. 마음을 버리는 것. 처음 마
음을 버리는 것… 난 할 수 없었어. 날… 바보 같은 날…
사랑한다는 그 남자를 버리지 못했어. (배에서 손을 내리
고) 이제 버릴 거야. 난 똑똑해지려고… 널 버릴 거야…
안녕.

가방을 들고 천천히 문을 열고 복도를 따라 사라진다.

11. 기억 속에 시간은 멈추고, 추억 속에 공간은 떠돈다.

조명 들어오면 집주인이 앞장서고, 동거남 들어온다.

집주인   이 아파트, 밖이 좀 낡아서 그렇지 안은 깨끗해요. (문을
열고) 들어와요… 어때요… 괜찮죠?… (작은방을 몸으로
막으며) 이 방은 전에 살던 사람이 조각가인데… 놔두고
가서… 버리기도 뭣하고… 여기만 사용 안 하시면… 그
래서 전세가 싸요. 다 보셨죠? 이제 가시죠. 언제 이사 오
실래요?… 언제든지 오세요. 어차피 비어 있으니까.

동거남   저… 조금만 더 있다 가면 안 될까요?

집주인   아 그러세요. …이사 날짜 정하면 연락주세요…(퇴장)

동거남, 소파에 앉아 기억으로 괴로운 듯 고개를 숙인다. 이때 조명이 변환된
다. 어둡게… 배달남, 복도를 따라 들어온다. 차임벨 소리… 반응이 없다.

배달남   여기요? 통닭 왔습니다. 후라이드…

여전히 반응이 없다. 문을 열어본다. 열린다. …어둡다.

배달남   …아무도 안 계세요? …또 아무도 없네.

나간다. 동거남, 서서히 고개를 들고 일어난다.

동거남   난 그녀를 버리고 아무것도 할 수 없었어. …그녀를 버리
         고 …아무것도 되는 게 없었어. …이제 알았어. …사랑을
         잃어버린 사람은… 아무섯도 할 수 없다는 것을… (노래
         를 한다. 지난 그 여자의 노래를 추억하면서) 내 이 세상
         떠날지라도 사랑하는 그대여….

어둠 속에서 천천히 할머니가 걸어 나온다. …작은방에선 조각가, 작업 중이다.
…복도에 동거녀, 서성인다.
동거남, 노래 소리 더 이상 나오지 않고 허공을 본다. …동거녀, 벽면을 통해 실
내로 들어오며 노래를 이어 받아 부른다.

아름다운 이곳에 살리라

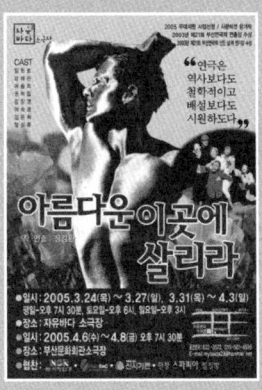

2003. 4. 9~4. 10 / 부산시민회관 소극장 / 김상훈, 이동희, 이혜영,
손성숙, 권혁철, 엄지영, 강혜란, 이창수, 박상민

2005. 4. 6~4. 8 / 부산문화회관 소강당 / 임헌호, 강혜란,
이동희, 권혁철, 이숙경, 김장영, 장성훈, 김은희

2003. 6. 1~6. 30 / 대구, 창원, 울산, 부산 순회공연 / 김혜정,
임헌호, 강혜란, 이동희, 강태욱, 박윤희, 이숙경, 박상민

무대

무대는 자유로운 곳. 텅 빈 무대

1. 무대는 우주다.

은하철도 999 음악이 흐르고 수의를 입은 아줌마 두 명 허겁지겁 객석에서 등
장하여 무대 뒤로 퇴장.

아줌마1　서라 기차야. 서라. 여기 아직 손님 있다.

아줌마2　서시오. 나 아직 안 탔단 말이오. 서란 말이오. 놓치면 큰
　　　　일인디…(퇴장. 암전)

조명 들어오면 아들역의 한 남자가 사다리 위에서 고함친다.

아들　　(절규하며) 팔아라! 내 영혼이여 여기서 잠들지 말고 팔
　　　　아 치우자. 차라리 아무것도 없는 내 영혼이라면… 여기
　　　　서 이 육신이라도 팔아버리자. 팔아라!

지나가는 행인들 등장

행인1　이보시오. 내려오시오.

행인2　빨리 내려와. 떨어지겠다. 저 사람 뭐라고 고함치는 거
　　　　요? 멀어서 무슨 말 하는지 모르겠네.

행인3　어서 119 불러… 아니야 경찰 불러야 돼. 저런 놈은 정신
　　　　병원을 보내야 돼. 차 막히게…. 하여튼 죽더라도 남에게
　　　　피해를 줘서 되나?

행인4	어서 내려오세요. 그러다가 다리 밑에 (모두들 피하며) 떨어지면 죽어. 아찔해서 못 보겠네.
아들	날 보고 내려오라고? 얼마나 힘들게 올라왔는데…. 나를 버리라!
행인1	저 사람 뭐라고 하는지 들려요?
행인3	미친 놈. 죽으려면 조용히 혼자 죽어야지…. 여기 사람들 모아놓고… 뭔 지랄이야.
행인4	(객석을 바라보며) 금세 사람들 모인 것 좀 봐. 구경났네, 구경났어. 많이들 왔구만.
행인2	구경은 구경이야. 요즘같이 재미없는 세상에… 구경이야.
아들	(객석에 앉은 사람을 보고) 저 사람들이 날 보러온 거야?
행인3	(앉으며) 스타여. 이젠 스타가 된 겨. 시방. 시쳇말로다 뜬다… 이 말이여.
행인4	죽으면 끝인데…. 정말 저러다 일 내는 것 아녀.

아들, 사다리에서 휘청하며 떨어질 뻔한다. 행인들 놀라 일어난다.

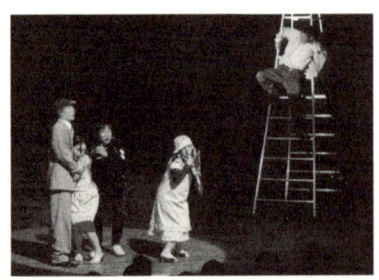

행인1	아이구. 간이 조마조마하구만. 저 바다로 떨어지면… 바로… 다이.
아들	여긴 다리 위. 저긴 깊은 물. 아니지. 겁낼 건 없지. 어차피 이건 연극이야.
행인2	저 사람 키드빚이 많을 서야?
행인3	아니야. 바람 나서 도망간 마누라 찾아달라고 할걸.
행인4	뭐라고 하는지 잘 들어봅시다. 마누라를 찾아달라는 건지… 집 나간 개새끼를 찾아달라는 건지.
행인1	개 찾는 데 저런다고? 정말 개 같은 놈이네.
행인3	마누라가 도망간 게 확률이 높아. 아니면 돈 떼먹고 나른 놈 찾아달라든지.
행인2	빨리 안 떨어지는 것 보니까… 죽을 마음은 없는 것 같아. 나 우리 마누라 잘 있는지 확인이나 해봐야겠네.(핸드폰을 들고 전화한다.)

모두들 전화기를 꺼내서 각자 기족들 안부를 확인한다.(퇴장)

| 아들 | 이건 분명 연극입니다. 난 사다리에 올라와서… 다리 위에 있는 것처럼 연기하도록 설정되어 있고… 이렇게 높은 데서 지랄하도록 되어 있죠. (고함치며) 날 돌려줘! (놀라며) 하지만 확실히 높은 곳은 떨리는군요. 연극이란 이상하죠. 사다리를 다리라고… 그것도 광안대교처럼 무섭게 높은 다리라고… (웃음) …전 분명 다리 위에 있습 |

니다. 어차피 무대 위에 광안대교를 만들 순 없죠. 영화라면… 거기에 가서 바로 찍으면 될 텐데 말이죠. 참… 연극! 갑갑합니다. 하지만 여러분의 상상력으로 이걸 이렇게 만들 수 있는 겁니다. 관객의 상상력은 좁고 한정된 무대를 우주로 만들 수도 있습니다. 연극은 관객의 상상력으로 못 만드는 것이 없습니다. (울먹이며) 이제 전 죽어야 합니다. 자살을 하는 거죠. 인간사 알고 보면, 내가 없으면 여기도 없습니다. 내가 없고… 무엇이 있겠습니까? 이제 갑니다. 나… 돌아갈래. (뛰어내린다.)

119 소방차 소리… 소방관, 뛰어 들어오는 모습 보인다.(암전)

2. 은하철도 999

조명 들어오면 한정된 탑 조명 아래, 검은 옷에 정장 차림의 의문의 사내 앉아 있다.

역무원　이 기차는 우주로 가는 999 은하철도입니다. 이제 곧 출발하겠습니다.

수의를 입은 두 아줌마, 뛰어 들어온다.

아줌마1	서시오. (자리를 잡고) 아이고 놓칠 뻔했네.(한숨 돌리며)
아줌마2	(웃음) 놓치면… 다시 가야 하는데. 벌써 장사지내고… 내 껍데기는 재만 남아 있을 것이여.
아줌마1	이 기차 놓치면 떠도는 영혼이 되는 거여…. 잡구신! 자… 인자 가드랑께, 역무원 양반.
역무원	아직 손님 한 분이 안 오셨습니다. 조금만 기다리죠.
아줌마1	얼른 안 죽고 뭐하는 겨? 싸게 싸게 움직여야제… 이왕 갈 요량이면.
아줌마2	죽기가 워디 수븐가? 뒤가 월매나 켕기는디…
아줌마1	좋은 데 가는데 뭐시? 어차피 돌아가는 것. 미련은 무신… 내사 애먹이는 서방허고 빠이빠이허니께… 속이 다 시원 허네. 지놈도 시방 40년 체중이 내려갈 것이여.(웃음)
아줌마2	새장가 가서 호강허겠네. 내사 그 양반이 먼저 가설랑은 자리 잘 잡고 있다네. 여보 내 가요!

아들, 천천히 들어오고… 그리곤 기차를 탄다.

역무원	조금만 늦었으면 못 탈 뻔했습니다. 저 자리로 앉으시죠. 자 출발합니다.
아줌마1	(눈치 보며) 어매… 젊은 사람이네. 뭔 일이여?
아줌마2	한이 많컸는디….
역무원	자 은하철도 출발!

은하철도 음악 흐르고… 신나게 달린다.

갑자기 음악 끊어진다. 모두들 정지.

아줌마1 으매! 기차발통이 구멍이 난 거여 뭐여? 잘 달리다 서긴
         왜 서?

아줌마2 안 온 사람이 또 있는가 보네.

사내와 아들 …….

역무원 죄송합니다. 잠시 출발이 지연되겠습니다. 아프가니스
       탄, 이라크 등등 갑자기 죽은 사람들이 많아서 저승길이
       많이 밀립니다. 다시 출발하게 되면 신호를 보낼 테니까
       잠시만 기다려주세요. (아줌마들 실망한다.) 아니면 여기
       서 조금 놀다가 오세요. 죄송합니다.(퇴장)

아줌마1 어디 가서 시간을 보낸담?

아줌마2 죽기도 힘들구만. 저 전쟁하는 데 구경이나 하고 오
       세.(퇴장)

의문의 사내… 무대 위로 걸어 나온다.

사내 보이지 않는 것이 보이는 것이요 보이는 것이 보지 못하
     는 것이야. 자넨 무엇이 보이는가?

아들… 서서히 걸어 나온다.

사내	보이지 않는다고? …없다. …그래 없다고 생각할 때 인간의 불행이 시작됐는지 모르지. 그대의 손을 펼쳐보게. 무엇을 가지고 있는가?
아들	…아무것도 없습니다.
사내	그런데 자넨 손에 무엇을 그리노 꽉 쥐고 있는가?

아들… 손을 펼쳐보며 궁금해한다.

사내	저리로 가세. 저기 보이나? 방금 우리가 울며불며 매달렸던… 인간의 땅… 무엇이 보이는가?
아들	전 아무것도 보이지 않고… 그냥 안개가 낀 것처럼… 아득합니다.
사내	안개 속을 헤매다 허상에 눈 먼 장님처럼… 인간이 그러하다…. 보이는 것만이 진실이라고 해온 인간의 어리석음이 인간의 불행을 가져왔지. (웃음) …자네는 지금 어디에 있는가?
아들	…현재 여기에 있습니다.
사내	현재? 현재라!… 과거가 어디에 있으며… 현재가 어디에 있는가? 과거는 과거로서 현재에 있으며, 현재 또한 과거와 미래와 함께하는 것을…
아들	전 지금… 어디에 있는 건가요?
사내	과거와 현재는 같이 있는 거야. 미래까지도… 시간은 그 자체의 거리만 있을 뿐… 자… 저리로 내려가 보세.(암전)

3. 인간의 땅

애 밴 여인들

여인1 (전화를 하며) 자기 나 무서워…. 무섭단 말이야. 자신 없
어? 지금 우리 형편에 애를 낳아서 어쩌자는 거야. 나 몰
라….

여인2 (배를 만지며) 아가야 넌 어디에서 오는 거니? 정말 궁금
하다. 예쁘게 나와라. 쌍꺼풀에 눈은 커야 되고… 다리는
날씬해야 돼. 그래야 사람 대접 받아. 알겠지. 그래… 그
래… 우리 아기 착하지.

여인3 (전화를 하며) 이 자식아! 네 새끼 나오는데도 너 아직 정
신 못 차리냐? 자식새끼 굶어 죽어야겠어. 빨리 와… 빨
리 와서 네 새끼, 그 에미 책임져 임마. 알겠어! 아이고 배
야….

산모들 진통으로 신음소리. (퇴장) 이때 건강강의 강사 들어온다.

강사 인간의 땅! 태초에 여긴 아무것도 없었다. 그것을 무라고
했지. 그래… 무!… (생각하며) 무대뽀?… 무자식?…
어?… 하여튼 무! 우주에는 하늘이 있고 별들이 반짝이고
있었지…. 땅에는… 하여튼 인간은 없었다. 이거지… 드
디어 태양은 불로 꿈틀거리고, 빅뱅으로 폭발이 일어났

108

으며… 이후 그 폭발의 에너지는 생명을 잉태하기 시작
했었지.

아이의 울음소리. 여자와 아이 등장, 몹시도 화가 났다. 애한테 쌍스러운 목소리.

여자 이런 개새끼. 꼭 지 애비 닮아가지고… 뱃속으로 다시 처
      넣었으면 좋겠네.(퇴장)

혼자 남은 아이, 울며 주저앉는다.

강사 그 애 좀 달래라. 애가 무슨 죄가 있어… 다 지 애비, 에미
      잘못이지… 어디까지 했더라? (기억이 잘 안 난다.) 저런
      망할 년, 뭐 좀 하려면 분위기 깨고 지랄이야.
강사 이리로 와…. 자꾸 울면 무서운 것 준다. 뭔지 알아?… 돈
      이다…. 아이고 무서워라.

아이, 울음을 그치고 엄마, 들어온다.

여자 죽이지도 살리지도 못하고… 아이고 내 팔자야. 내가 왜 너
      땜에 이 고생을 해야 돼. 어서 이리 와.(아이와 함께 퇴장)
강사 망할 것 그래! 생명이야! 가지고 놀아라. … (객석을 보며)
      땅에 인간은 없었지. 공룡들이 텅 빈 대가리로 조직폭력
      배처럼 설치는데, 인간인들 거기 살겠어? 너희들끼리 잘

놀아라 하고는 …이렇게 지구는 버려진 땅이 되고 말았지. 공룡들은 인간의 땅에 살육을 저지르고는 비참하게 사라졌지…. 흔적도 없이… 아니야… 그래… 뼈다귀를 남겼지…. 호랑이는 가죽을 남기는데… 이제 여기 지구는 평화가 깃들고 너무나 행복했다는 거야. 그러자 저기 은하수로부터 인간의 씨앗이 내려오기 시작했었지.

여자, 상스러운 욕설이 들리고 다시 애 울음소리

강사　좀 조용히 하자… 이래가지고 무슨 연극이 되냐?(다시 객석을 보며) 인간의 땅에 내려오신 별의 인간은… 그중 한 인간은… 이상하게 생긴 것들을 만났지. 그게 뭔 줄 알어?

배우1, 2 등장. 각각 호랑이와 곰을 상징한 분장을 했다.

배우1, 2　아담! 이브!
강사　걔네들은 흙으로 빚은 조각이고… 이상하게 생긴 거… 그러니까… 가죽은 얼룩무늬에 눈은 살벌하게 생긴… (배우1: 호랑이) 그렇지. 호랑이. 한 놈은 멍청한 눈빛에 털은 시커먼 (배우2: 곰) 그래. 그래. 곰! 하여튼 인간이 되게 해달라고 조르는데… 인간이 되게 해달라고 말이야. (흥분하며) 인간도 인간이 안 되는데 인간이 되겠다고… 인간도 아닌 것이 인간이 되겠다고… 하여튼… 그 뭐냐?

110

배우1	저는 인간이 되고 싶어요. 인! 간! 하늘에서 오신 인간님. 제발 저를 인간 좀 만들어주세요. 예?
강사	어리석은 중생아. 무엇이 좋아 인간이 되려고 하는데…. 그냥 있는 그대로 살아라. 호랑아.
배우1	(조폭처럼) 인간이 되는 방법을 안 가르쳐주면… 쓰바… 잡아먹지.
강사	저런 개 버릇… 아니니 호랑이지. 하여튼 힘센 것들이 모양은 되게 내요.
배우2	하늘에서 오신 님. 절 인간으로 만들어주세요. 그럼 예쁘게 살게요. 착하게… 말 잘 들을게요.
강사	어이구 넌 이쁘구나. 생긴 것하고는 영 딴판이구나.
배우1	(위협하며) 빨리 가르쳐줘요. 성질 급한 것 알죠?
강사	머리 없는 것들이 힘만 세요. (객석을 보며) 저기 널브러진 것들이 보이느냐?
배우2	이건 그 흔한 쑥인데요?
강사	그래. 쑥이나. 나른 것은 안 된다. 쑥이어야 한다. 그리고 저기 육종마늘. 저걸 먹고 하늘에 빌어라. 49일이다. 49일! 알겠느냐? 중간에 그만두면 말짱 황이다. 참아야 한다. 그래서 인간 한 번 돼보는 거야.
배우1	이거 먹고 죽는 것 아니야? 배고파서…
배우2	감사합니다. … 열심히 하겠습니다.
강사	이것들아. 날 따라오너라. 제발 열심히 해서… 제대로 인간으로 태어나거라. 참 인간 한 번 되는 거야. 알았지? 따라 해.

열심히 단전 수련을 한다.

여자, 남자를 때리면서 들어온다.

여자   아이구 병신아. 그래… 그걸 못 참아서 병신 돼서 오냐?
      나가서 그냥 죽어, 차라리 죽어 이 화상아.

남자   이게 어디 말 함부로 하고 있어.

여자   꼴에 남자라고 아이고 (성기를 지칭하며) 버려… 떼내서
      버려 이 등신아.

남자   이게 완전히 겁대가리를 상실했네.(웃통을 벗는다.)

여자   그래 오늘 끝장을 보자. 나도 이제 더 이상은 못살겠다.

남자, 여자, 싸운다. 배우1, 얼굴을 내밀며,

배우1 좀 조용히 합시다. 예? 이거 오랜만에 마음잡고 인간 한 번
      돼보려고 하는데… 좀 도와주세요. 예? 아줌마. 아저씨.

강사   너나 잘해 임마!

배우2 쑥이다. 마늘이다. 이런들 어떠하리. 저런들 어떠하리. …
      만수산 드렁칡이…(몰입한다.)

남녀, 싸우며 퇴장. 한 여자판매원 등장. 가방에서 뭔가를 꺼낸다. 쑥과 육종마
늘이다.

판매원	요즘 다이어트다 몸매관리다 다들 힘들어하더라고요. 남자 분들은 밤마다… 절망의 고통으로… 지방제거 한다고 이영자, 김희선 되고… 강부자, 고소영 안 됩니다. 먹는 게 중요합니다. 신토불이 아시죠? 신비의 만병통치약! 인진쑥! 이거 정말 끝내줍니다. 먹고 하루만 지나면 말하기는 좀 뭣하지만… 똥!… 그러니까 큰 것… 그거 이만큼 나옵니다. 그게 뭔 줄 아세요? 숙변이라고 하죠. 다들 아시죠? 그것 빠지고 나면 새로 태어납니다. 촉촉한 내 피부 쭉쭉 빵빵 내 몸매!

이때 고통의 신음소리 들려온다.

강사	그래… 우리 조금만 더 참자. 인간 한 번 돼보는 거야. 참 인간 한 번 돼보는 거라고… 그래. 조금만 참자.
배우1	정말 배고파 죽겠어요. 이러다 가죽만 남는 거 아니에요?
강사	원래 호랑이는 죽으면 가죽을 남기는 거야.
배우2	난 인간이 될 거야. 이런들 어떠하리 저런들 어떠하리. 일편단심 민들레야. 아름다운 여자로 다시 태어나는 거야.
판매원	아름다운 여자가 되려면 집념이 있어야 합니다. 다시 태어나는 거죠. 그리고 남자 분들… (웃음) 사실 겉만 멀쩡하지 남자 구실 못해서 피 보는 사람 많습니다. 아랫도리 축축해. 세우려면 날밤 새우는 남자들. 어디 여기도 몇 분 계시죠? 손 한번 들어보세요. (호들갑스럽게 과장하며)

어머나 이리도 많아요? 저 참 좋은 사람입니다. 저 분명 천당 갑니다. 구세주가 따로 있나요? 그거… 거시기, 해결해주면 바로 신이죠. 안 그래요? 우리 땅에서 난 신비의 명약 바로 육종마늘! 다들 소문 들어서 아시죠? 네. 바로 이겁니다. 하지만 제대로 사셔야 합니다. 잘못 먹으면 부작용 아시죠? 그럼……

싸우던 남녀, 다시 들어온다.

여자 (만족해하며) 자기야. 오늘 우리 맛있는 것 먹자. 힘쓴다고 고생했지? 진작 그러면 얼마나 좋아. 자기가 내 얼굴을 몽둥이로 멍들이고… 갈빗대를 박살 내도… 나… 정말 행복해….

남자 나도 남자야. 자기도 너무했어. 알지? 이래도 날 무시할 거야? 말해? 어서…

여자 응~ (애교를 부리며) 한 번 더 할까?

남자 볼키긴…

남녀 두 사람 퇴장

판매원 사람이 돈입니다! 두 사람만 밑에 잘 두면… 다시 그 사람이 두 사람을 물고 오고… 끝없이 펼쳐집니다. 이제 새로운 유통혁명! 바로 이겁니다. 세계적인 네트워크 방식을 도용한, 이것보다 더 선진기법은 이제 없습니다. 돈! 중요합니다. 제 위에 있는 분들 다 벤츠 탑니다. 아시죠? 벤츠! 그냥 초반에 조금만 고생하면 됩니다. 잊지 마세요. 자본주의? 바로 돈입니다. 인생역전? 로또? 그거 가지고 매주 질망하지 마시고, 일어서세요. 그리고 움직이세요. 세상에 인간은 너무나 많습니다. 인간이 상품인 거죠. 이제 절 따라오세요. 그곳이 유토피아입니다.

어린아이 울음소리, 남녀, 다시 싸우며 들어온다.

여자   병신 그 짓만 잘해요. 네가 사람이냐? 짐승이지. 할 줄 아는 게 그 짓밖에 없지? 마누라 패는 거 하고….

남자   자꾸 이러면 나… 죽는다….(넥타이로 목을 맨다.)

여자   그래 죽어라. 잘됐다… 돈도 못 벌어오면서… 굶어 죽나, 맞아 죽나… 그래 죽자… 이 인간아!(남자의 넥타이를 당긴다.)

남자의 비명소리. 배우1, 얼굴 내밀며 놀란 표정

배우1   (고함치며) 인간 좀 되려고 하는데 불안감 조성하네.

배우2   이런들 어떠하리… 저런들 어떠하리…

판매원   유토피아로 갑니다. 어서요 따라오세요…

남녀 싸우는 곳에 모두들 모인다. 모두 자신들의 목소리만으로 시끄럽다. 혼돈

강사   (화를 내며) 인간들아 왜 사니? (절망하며) 차라리 연극이 길… 인간사 연극이길… 조명 꺼!(암전)

텅 빈 무대… 조명 들어오면 아무도 없다. … 다시 암전.

4. 텅 빈 무대-환상이 사라지면 그 곳은 無

조명 들어오면 소극장 무대. 연극하는 동수, 고뇌하는 모습으로 들어온다.

동수   텅 빈 무대!… 헤겔이 요구한 바와 같이… 작품은 반드시 역사적 내용을 담고 있어야 한다고 논술했다. 그러니까 분명 연극의 주제는… 인간으로서 간사해지려는 군상들의 행동을 고발하는 거지. 인간이길 포기한 것들… 인간이면서 아닌 것들…(고민에 빠진다.)

의문의 사내와 아들, 혼령이 되어 소극장 무대로 들어온다.

사내   미워하지 말라. 미움이 깊으면… 또다시 그것은 돌이 되어 다른 미움으로 날아온다. 운명을 만들어. 그러면 운명은 앞에서 날아오는 돌이기에… 피할 수 있지만… 숙명

은 뒤로 날아드는 돌이라 피할 수 없다네. 사랑은 운명이
지만 미움은 숙명인 것이야. 세상사 마음먹기에… 창조
되는 것이야.

동수 　무대에는 아무것도 없다. 모든 것은 무… 그곳에 연극은
창조되는 거지. 창조? …연극은 가장 진실하고 적나라한
인간들의 삶을 재생시키면서… 우리들을 부끄럽게 만드는
거지. 우리 모두의 거짓과 치부까지 까발리면서 말이야.

아들 　친구, 나야. 나라고. 안 보여?

아들, 동수에게 다가가지만 동수, 보이지 않는다. 아들, 죽은 자기 몸을 깨닫고
실망한다.

사내 　알 수 없다네. 그게 영혼이라는 거야. 육체를 벗어버린 진
정한 나… 어때, 죽으니까 좋은가? 왜 여길 온 거지? 저
사람은?

아들 　(울먹이며) 여긴 제가 있던 연극하는 소극장입니다. …제
친구이구요.

동수 　이 자식 어딜 간 거야?

사내 　자네를 생각하는 모양인데… 만나보구려…(시조를 읊조
리며 퇴장) 울리는 저 북소리 운명을 재촉하는데 머리를
돌이키니 서산에 해가 저문다. 황천 가는 길엔 주막도 없
다는데 오늘은 뉘 집에서 자고 갈거나…

동수 　(음향실을 향해) 여기 음악 좀 틀어… 어째 극장이 썰렁

하네. 나쁜 자식 어딜 간 거야? 이게 혼자서 하는 거야? 연
극이 혼자서 하는 거냐구. 나쁜 새끼!

아들   (풀 죽은 목소리로) 나 여기 있어….

동수   자기 혼자서 잘났고… 혼자서 절망하면… 연극이 돼?

아들   미안해… 이제 어쩔 수 없어….

동수   저 하나로 고통받는 사람들… 그 사람들은 어떻게 하는
데? 사라지면 모든 것이 그만인 줄 아는 거야? 나쁜 새끼!

아들   내가 죽으면 모든 게 용서 되는 것 아닌가? 내가 사라지
면 이 고통도 없어지는 거잖아. 내가 고생시킨 사람들…
인애, 동수, 친구, 동지들 그리고 엄마… 날 잊어줘… 그
게 날 돕는 거야.

무대 뒤 소리   어이 형! 전화… 그리고 밥 안 먹어? 빨리 먹고 연습
해야지… 어서 와… 라면 퍼져… 빨리 와.

동수   야야! 조명, 음향! 라면 먹고 해.(우울하게 퇴장)

아들   이제 저 소리도 너무도 멀리 들리네. …투쟁, 연극, 동지,
정신… 모두 다 아득하네. 권력? 폭력에 대한 저항? 욕망?
사랑?… (웃음) 이렇게 난 스스로 사라졌지.

퇴장하려는데 사내, 들어온다.

사내   미련이 많으면 죽어서도 떠돈다네. 허상이야. 미움도 사
랑도… 다 부질없는… 그 수많던 인간의 정의가 무엇을
주던가? 그건 폭력이었지…. 안 그런가?

아들	(재촉하며) 어서 가요. … 어서요.
사내	연극이라고 했나?… 자넨 보고 싶지 않은가? 아름다웠다는 그대… 그리고 위대했다는 자네의 연극 말일세. 언제나 거짓과 위선으로 아름다웠던…(웃음)
아들	비웃지 마세요.
사내	비웃다니? 어리석음을 찬양하는 거지. 자네만 잘나 보였던… 위대했던 자네의… 위대했던 생애 말일세. 보고 싶지 않은가? 저리로 가보세.(퇴장)

암전

5. 절망은 연극의 에너지

창녀촌… 포주인 엄마, 의자에 앉아 한가롭다.

고함소리… 남자의 비명소리.

창녀 하나, 남자의 바지 밑을 잡고 들어온다.

창녀1	이 똥 같은 새끼야. 돈이면 단 줄 알아… 니 마누라한테 가서 해달라고 해! (침을 뱉으며) 야… 호랑말코 같은 새끼야. (도망가는 남자에게 구두짝을 던진다.)
엄마	왜 그래? 초저녁부터 고함소리 담 넘어가고 지랄이야. 손님은 왜 쫓아내는 거냐구. 잘 좀 해보지. 마수걸이 오늘

첫손님이잖아.

창녀1   변태 새끼. 언니 나 정말 이 짓 못 해먹겠어. 아니 내 변기
        통에다 머리를 처밀잖아… 안 된다고 하니까… 그냥 돈
        을 확 뿌리면서… 올라타잖아. 꼭지가 확 돌더라구… 그
        래서 그 새끼 머리를 움켜쥐고는 그냥… 개자식… 머리
        를 뿌리째 뽑아버리는 건데… 그래서 아주 영원히 못쓰
        게 말이야.(웃음)

창녀2, 군인이랑 다정스럽게 나오며

창녀2   잘 가 자기…. 제대하면 또 와. 그땐 내가 서비스 죽여줄
        게.(군인 퇴장)

창녀1   하여튼 언닌 영계라면 그저… 젊은 것 좋아하면 이 일 오
        래 못해.

창녀2   네년이나 오래 해라. 그 잘난 냄비 찌그러질 때까지….

창녀1   아이구. 자기는 벌써 찌그러졌으면서…. 칫.

엄마   (일어나며) 야 이년들아… 저기 군인 아저씨 가잖아. 여
        기요! 군인 아저씨들…

창녀1   난 군바리 싫어.

창녀2   야 이년아… 군바리가 왕인 시대야. 지금 때가 어느 때인
        데 군바리를 구박해.

엄마   야. 이년아 뭐해. 저기 대학생들 단체로 간다. …어서 잡
        아. 빨리. 여기요!(퇴장)

창녀1, 2 오빠들 여기요! 꽃밭에 물 좀 주고 가세요…(퇴장)

혈기 방자한 대학생들… 노래를 부르며 등장. 머리에 띠 두르고… 술이 많이
돼서 고성방가다.

대학생1 씨팔. 신나게 했네. 좆 나게 돌 던지고… 화염병 던지고…
개나발 불고… 속이 다 시원하네.(바닥에 앉는다.)
대학생2 개새끼들… 오늘따라 좆 나게 쏘더구만… 십새끼들.
동수 마지막이야. 이 정권 마지막 발악이지… 하여튼 속은 시
원했어.
대학생1 우리의 위대한 전쟁은 이제… 승리만이… 정의는 이렇게
위대하다.
아들 그만해…(혼자 동떨어져 생각에 잠긴다.)

분위기 싸늘해진다.

대학생1 왜 그래 기분 좋게 한 잔하고 여기도 오고…
대학생2 저 새끼 변태잖아. 기쁜 데선 우울하고, 슬픔을 보면 웃
고… 지나가는 개미를 보고도 캑캑거리고… 우리의 위대
한 철학자여! 우리의 조…물주여!
동수 하여튼 저 녀석 아니면 우리가 어떻게 이런 델 올 수가 있
겠어. …난 지금 석 달째 하숙비도 못 냈어. 아마 이제 쫓
겨날 거야. 십팔.

대학생1   배고픈 청춘이여!… 아이고 안개 속의 절망이여!… 이놈
에 자본주의의 낙오자들이여!

대학생2   (갑자기 아랫도리를 보며) 난 왜 이러지? 신나게 정의를
부르짖다가도… 그게 끝이 나면 왜 이게 생각이 나니? 정
말 이놈 때문에 미치겠다.

동수   그게 잠들지 않는 청춘의 깃발이라는 거야. 아! 너무나 젊
어서 슬픈 짐승들이여… 그래도 우리 중에 저 녀석이라
도 부모 잘 만나서 전(錢)이 말리지 않으니… 오늘 같은
날 창녀촌을 다 오고 말이야.

대학생2   그래서 우리의 리더 아니냐. 충성! 잘 인도해주시죠. 위대
하신 영도자시여!(웃음)

대학생1   어이 친구… 그런데 넌 참 이상하다. 니네 아버지 부자라
면서… 이렇게 운동의 투쟁에 선봉을 서다니?… 하여튼
괴짜야 저 녀석은…

동수   위대하신 지도자는 어떻게 하든… 전이 있어야 하는 거
야… 그래서 저 위에 계신 독재자들도 밤낮 아래위 없이
그 짓들을 하고 있는 거지.

대학생2   친구들 욕정까지 해결해주는… 오 우리의 위대한 지도자
동지!

생각 중이던 아들, 갑자기 웃으며

아들   이거야 그래 바로 이거야. (웃으며 무대를 뛰어다닌다.)

동수	갑자기 왜 그래 임마.
아들	니네들 위대하신 영도자가 어떻게 죽은 줄 알지?
대학생1	꽃밭에서 서거하신 우리의 각하!
동수	여기까지 와서 작품 구상하냐? 임마.

이때 창녀들, 들어온다. 대학생들, 즐거워한다.

대학생1	욕정에 굶주린 위선자들에게 저 아름다운 여인들은 무엇 인가?
대학생2	천사! 절망 뒤에 오는… 허무를 알게 해주는… 그래서 우 리를 유토피아로 인도하는 거룩한 성녀들이라고 할까?

창녀들, 대학생과 포옹한다.

창녀1	오빠… 아이고 귀여운 것들… 이것들 그냥 갈아 마시고 싶어.
대학생2	그래 오늘 허무의 강을 따라 만리장성 구경하는 거야.
대학생들	위선의 배, 절망의 배에 올라타라. 돛 달아라 돛 달아 라… 뱃놀이 가잔다.

대학생들, 여인과 섞이며 어울린다.

조명이 변하면 모두들 목소리들이 변형되면서 달라진다. 가면무도회처럼 가면을 쓴다. …색소리 …절망의 웃음소리.

아들   이거야! (웃음. 무언가를 발견한 듯) 바로 이거야! 자 연극
이다.

아들, 작품이 하나 구상된 듯 혼자 연기하며 환호한다.

아들   권력? 어떻게 이것을 증명하지? 그래 돈이야… 돈!… 돈?
돈은 어떻게 해야 가진 걸 알지? 그래 여자! 여자야…. 저
들이 우리가 살아 있음을 증명하지. 추악한 욕정에 빠진
독재자.

머릿속에 만들어진 독재자역, 구체화되어 무대에 등장

아들   (독재자와 함께 무리들 사이 들어간다.) 권력? 돈? 여자?
이렇게 변증법은 만들어지는 거야. 자 연극이다. 위대한
연극!

탈을 쓴 창녀와 욕정에 빠진 독재자, 앞으로 나온다. 학생들, 어둠 속에서 행위 중

창녀1   나라와 민족을 모르는 것들이 데모나 하고… 이것들을
그냥… 탱크로 확 밀어버립시다.
창녀2   각하! 이 버러지 같은 자식들을 데리고 정치를 하니 똑바

로 되겠습니까? 좀 똑바로 하시오.

총소리

독재자   김부장… 왜 이래? 왜 이래?

다시 총소리

독재자   무슨 짓들이야?

모두들 쓰러진다.
죽음의 만찬… 조명 바뀌면 함께 죽은 독재자… 혼령이 되어 일어난다.

독재자   아! 더럽게 죽는구나. …어린 여자 허벅지 만지며 놀다가
         내가 키운 개새끼에게 물려 죽다니…. 이 무슨 저주인가?
         하늘이 내린 최악의 저주! …뱃가죽이 조여온다. 썩은 피!
         …시바스 리갈과 색으로 오염된 나의 썩은 피는 아까울
         게 없지만 이 무슨 쪽팔린 저주란 말인가? …젊은 날 가
         난으로부터 이 나라를 구하겠다고 막걸리로 채운 나의
         진짜 뜨거운 피는 지금 늙은 탕아가 되어 구역질이 나서
         더럽게 퍼져간다…(다시 쓰러진다.)

아들, 자기가 구상한 연극 속으로 들어온다.

| 아들 | (광기어린 웃음) 바로 이거야 우린 이곳에서 태어났으며 자랐지… 이렇게 잘도(신난다). 새 나라에 어린이는 일찍 일어납니다. (독재자를 향해) 일어나! 일어나란 말이야!… 연극이야 바로 연극! 세상에 진실은 모두다 연극인 것이야. …나를 데려다 줘… 그곳으로… 나의 진실 사이로… |

조명 바뀌면 이때 포주인 엄마, 들어오며 놀란다.

| 엄마 | 이게 무슨 짓들이야… (광분한 아들을 보며) 아니 아들아 너… 어떻게 여길… |
| 아들 | 엄마! 엄마! (뛰어나가며) … 오 마이 달링… 엄마! 연극이야 연극… 이 세상 모든 것은 연극이야! 엄마! |

| 대학생들 | (놀라서 일어나며) 엄마?(암전) |

6. 과거는 절망까지도 아름답다

텅 빈 무대… 젊음은 그렇게 흐른다.
동수, 인애, 앉아 있다. 어느 강가…

| 인애 | 바람은 그렇게 지나갔어요. 정말 바람처럼… 이렇게 우리의 젊음도 사랑도… (일어나며) 저기 천상에 구름 지나 |

가고 파란 하늘 열릴 때쯤… 우리의 어둠의 기억은 사라
졌네.

동수 그렇게 그 녀석은 절망했지. 하지만 나처럼… 그 녀석을
구원한 것은… 연극이었어.

인애 질망? 구원? 무엇을?… 연극을 왜 하게 됐죠?

동수 난 모르겠어. 내가 연극을 알게 된 게 그때부터야. 아마
중1? 아니야 중3!… 그래 그날 여선생님이시던 생물선생
님이 우리에게 이상한 걸 가져왔지.

기억 속으로… 생물선생님 등장

생물선생님 이봐요. 학생들 잘 보세요. 단세포 동물이에요. 유글
레나, 아메바… 안 보이죠? 하지만 현미경으로 자세히 보
면 볼 수가 있어요. …이렇게 우리 눈에는 안 보이지만 자
세히, 아주 유심히… 한 눈을 감고 열심히 바라보면 그곳
에도 생명은 살아 숨 쉬죠. 너무니 신기하죠? 여러분도
아마 엄마 뱃속에서는 이렇게 시작했을 거예요.

동수 그건 별 흥미가 없었어. 그것보다도… 그 선생님의 젖가
슴이 눈부시게 느껴지던 시절이었지. 난 선생님이 가져
온 그 물건보다 목걸이 아래 부풀어 오른… 그때였지.

생물선생님 자 이제 설명은 이것으로 마치고… 저 줄부터 이리 나
와서 이걸 유심히, 아주, 한 눈을 감고 보는 거예요. …알
겠죠?

동수 우린 현미경을 보는 척하면서 선생님의 가슴을 훔쳐봤
지. (선생님의 가슴을 훔쳐본다.) 하지만 거기만 시선을
줄 수가 없었어. 그래서 잠시 현미경 속을 들여다보는
데….

생물선생님 열심히 보세요. …보이지 않는다고, 있는 것이 없다고
할 수 없어요. 인간의 눈이 그 정도예요. 자, 현미경 속을
아주 열심히 보세요. 그럼, 잠시…(퇴장)

동수 …. (자신을 향해) 변태새끼! 저 녀석도 절망 속에서 빛을
찾고 있는지 모르겠어. 하여튼 아직은 아니야.

인애 (일어나며) 연극? 멀리서 다가온 아름다운 그림자. 그래
요 슬프지만 아름답군요.

동수 (좋아서 놀라며) 연극을 하겠다고!… 이런 행운이!… 우
리 같이 해요. 이봐, 친구.

아들 등장하며… 씩씩하다.

아들 세월이 흘렀다고 달라진 건 아무것도 없지. 물론 가져갈
것도 없어… 미친놈… 그래 이거야 제대로 미치는 거야.
확실히… 허무! 그 다리 사이로 비틀거리며 달려온 과
거… 그게 진실이었어. 난 할 거야… 바람이야… 시원
해… 바로 연극이다… 이 얼마나 위대한 거짓인가!

아들, 동수를 안는다. … 다음 …인애를 업는다.

아들, 인애, 동수   (무대 중앙으로 걸어 나오며) 우린 안개 속을 걸어
                갈 거예요.
인애   왜 이렇게 안개는 아름답죠? (암전)

다시 텅 빈 무대… 소극장

사내, 아들과 나타나며

사내   연극이라? 그렇게 연극생활은 시작됐고…
아들   (절망하며) 모든 것은 거짓이었어요. 단지 난 그것을 증
         명하는 세월만 보낸 거죠. 위선이죠.
사내   거짓이라? 그래 허상이지… 무대가 왜 텅 비어 있는지 아나?
아들   …….
사내   세상에 모든 것도 이렇게 무인 것을. 텅 빈 무대처럼… 그
         런데 사람들은 이곳에 무언가를 채워 넣지 않으면 불안
         해하지. …인간의 역사는 이렇게 이곳에 이 쓰레기를 채
         우면서…
아들   지나갔어요. 이젠 다 지나갔어요. 아무것도 아니에요. 지
         금 이렇게 날 잃어버리고… 이젠 오히려 시원해요. 왜 그
         렇게 집착했는지… 단지 아름다웠다는 것.
사내   한 사내가 있었지. 짐꾼이던 이 사내는 너무나 힘이 들었
         지. 미칠 것만 같았어… 어느 날인가 낭떠러지 옆을 지나
         가게 되었는데… 너무나 고통스런 짐 때문에 그냥 뛰어
         내리고 싶었지. 그래서 뛰어내리려고 하는데… 하늘에서

들리는 말씀… 짐만 벗어던지면 되는 일… 네 몸은 왜 버리려 하는가?(암전)

7. 자본주의와 연극, 그 화려한 동거

창녀들… 위대한 절망

음악소리 들려오고 포주 엄마와 창녀 등장.

엄마　　그 녀석 그렇게 보내는 게 아니었는데… 자꾸 그 녀석이 보여. 어젯밤에 꿈을 꿨는데 악몽이었어. 그 녀석이 연극인지 뭔지를 하고 있더라고… 난 한 번도 그걸 본 적이 없는데 말이야.

창녀1　　언니가 너무 생각하니까 그런 거예요. …사실 할 말은 아니지만… 그 자식 나 같으면 안 봐요.

창녀2, 창녀1 입조심 시킨다.

창녀1　　언니가 냄비 장사한다고… 그리고 여기 오면 돈만 가져가잖아요. …대학생 땐… 코빼기도 못 봤고…

창녀2　　야, 그럼 여기가 무슨 자랑이냐? 엄마가 이 냄비 장사하는 게 뭐가 잘났다고…

창녀1　　지 학비… 또 뭐야 그 백수건달 같은… 뭐 예술?… 아이

130

고 잘난 예술?… 예술은 우리가 예술이지. …다 우리 냄비 팔아서 번 돈 아냐?

창녀2   그만 해, 언니 안 그래도 심란한데….

엄마   해라 해! 나도 니들 볼 때… 우리 새끼 끼우면서 눈치 많이 봤다. 내 그 녀석 크기 전에 이 장사 때려치웠어야 했는데… 배운 게 도둑질이라… 이 바닥 떠나면 불안하고… 네년들 보고 살면… 그래도 마음은 편하고… 화장품 장사나 해볼까?… 떠나야지 하면서도 못 벗어난 게 평생 여기다.

창녀1   지 옷 입고 먹고… 연극인가… 지랄한 돈 다 자기 엄마… 우리 (울먹이며) 영혼 팔아서….

창녀2   그만 해. 좋아할 땐 언제고. 욕은…

창녀1   내가 언제… 그냥 귀여워서…

엄마   너하고 동갑이지. 참 나도 못쓸 년이다. (담배 물고) …그래도 내가 네년들 강제로 여기 붙들어둔 것 아니다.

창녀1, 2   그럼요.

엄마   하지만 너만 한 자식 키우는 엄마로서… 사실 난 엄마도 아니지 뭐… 그놈도 참 불쌍한 놈이야. 네년들처럼…. 어릴 때 여기가 어딘지도 모르고 니들 사이에서 재롱 피우고… 이리저리 내가 전국적으로 끌고 다녔지. 인천에 옐로, 대구의 자갈마당, 부산의 300번지, 철원의 사방거리… 손잡고 다녔어요, 내가. … 나도 무심했지… 그리고 이상한 걸 물어보면 난 걔를 그냥 막 때렸어. 무지막지하게… 그땐 나도 왜 그랬는지 모르겠다. 내 마음을… 이 썩는 내 속을 그냥 개한테 다 퍼부은 거지. 미친년… 나 같은 게 무슨 에미라고… 제대로 정도 못 줬는데… 내가 내 뱃속으로 낳았지만… 아무리 생각해도… 언 놈이 애빈지 당최 알 수가 있나?

창녀1   (크게 웃으며) 나 원 참. 그걸 어떻게 알아요?

엄마   나도 잘 몰라… 그냥 재수가 없었어. …평생을 두고 구박을 했지. (웃음) 그래도 크니까 잘 자라데… 공부도 잘하고, 착하게… 그러니 돈밖에 줄 게 없더라고….(회상에 젖는다.)

회상 속으로… 아들 나타나며

아들   (무심한 표정, 손을 내밀며) 돈 좀 주세요. 연극 만들 거예요.

엄마   여기…

아들, 인사도 없이 천천히 사라진다.

엄마   (회상에서 돌아오며) 이놈의 쌍! 애. 향미야 소주 좀 가져와라.

창녀1   돈 줘요.

창녀2   이년이… 내 이름 달고 가져와.

엄마   …그놈인들 내 돈이 좋았겠니?… 연극인지 나발인지 돈
        이 안 된다더라. 그래… 하고는 싶고… 필요하니까… 그
        저 에미라고… 여기 이 돈을…. 그놈도 마음 많이 아파했
        을 거야.

창녀2   그런데 왜 그래요?

엄마   (불안해한다.) 몰라… 그냥… 꿈자리가… 뒤숭숭한 게…
        이상해…. 그만 하자. (표정 돌아오며) 야 이년들아! 뭐 해
        저기 군바리 지나간다. 어서어서… 설쳐… 여기요. 군인
        아저씨 여기요.

창녀1   나 군바리 싫어.

창녀2   이년아 아직도 군바리가 왕인 시대야. 어디 군바리를 구
        박해.

        창녀1, 2, 화색이 돌며 뛰어나간다.

창녀1, 2 오빠 여기 잘해줄세…. (퇴장)

        부분무대, 동수와 인애… 제작비를 구걸하다.
        인애, 정장차림. 가식적이다. 무대에 등장하며,

인애   …그래 나 아직 연극해… 너 남편 부자라며… 우리… 너
        입고 있는 옷이면 우리 연극 한 편 만들어… 시집이나 가
        라고? 그래 고마워…(퇴장)

동수 등장하며

동수   우리 아버지가 나 학교 다닐 때… 우리 집에 철이라는 놈
       이 있었는데… 일을 잘했지. 그래서 우리 아버지가 나보
       다도 그 녀석을 더 사랑하는 거야. 그놈, 참 우직하고 묵묵
       했지. (소 흉내를 내며) 음매음매… 그저 밥만 주면 일만
       하는 놈이야. 그런 놈을 우리 아버진 내 학비로 팔아치웠
       지. 아마 철이 같은 놈. 내가 열 마리는 잡아먹었을 거야…
       이제 그놈도 없고 아버지도 없어. 그래서 아버지가 농사
       짓던 땅을 팔았지. 이제 그것도 없어… 다 여기다 쏟았지.

       인애 등장, 동수에게로 온다. 빈손이다.

동수   미안해.
인애   네가 왜 미안해하는 거야. 우리 모두의 책임이지.

       동수, 인애를 포옹한다.
       밝은 표정의 아들, 뛰어 들어온다. 씩씩하다.

아들   뭐 해? 작품 다시 시작해야지.
동수, 인애   …….
아들   (돈을 보여주며) 궁상떨지 말고… 나 준비할게. (다른 단
       원들을 부르며) 어이 다들 연습 준비하자.(퇴장)

인애와 동수 앞으로 배우들 몰려나오며 등장한다.

배우1   야 우리의 연출. 대장은 확실해. 저 열정 무서워.

배우2   그래도 집이 잘 사니까 다행이야. 아니면 우리 벌써 쫑 났
         시. 안 그래? 이놈에 연극. 언제 이 세상과 함께 가나?

배우3   결국엔… 이놈에 돈. 정말 이거… 하늘에 번개 안 치나…
         돈벼락 맞아보게.

배우4   자 연습하자고. 우리 연출… 자기 작품 연습 잘 안 하면
         무서워져…

배우들 퇴장

인애   (심각해지며) 정말 이렇게까지 해야 되는 거야? 저 친구
         정말 괜찮을까? 걱정돼… 이렇게 한다고 작품이 될 것 같
         아? 나 정말 저 돈 가지고는 연극 못하겠어. 지 엄마 돈이
         잖이.

동수   쉿! 다른 친구들이 알면 안 돼. 그래서 더 저렇게 악 쓰며
         하잖아. 쓰린 마음을 잊어버리려고…

이때 무대 뒤… 소리 들린다.

소리   우리의 작가는 다시 우리에게 생명을 불어넣었다. …다
         시 시작이다. 부활이다. 생명이다. …신을 경배하라.

아들, 다시 등장하며

아들   다들 뭐 해 준비 안 하고… 지금 내 작품에 인물들이 놀고
      있잖아. 나한테 화를 내고 있어. 나 이 녀석들한테 욕먹
      어. 어서 연극 준비해… 연습 준비됐지? 가자!(퇴장)

동수 인애, 씁쓸하게 퇴장

8. 연극은 철학보다 위대하고 배설보다 시원하다.

아들의 연극… 연습 중.
어둠 속 무대. 조명 들어오면… 무사, 검무를 춘다.
춤과 음악이 흐른다.

무사 아래로 초라한 분장의 무리들, 고통 속에 기어 나온다.
무사의 채찍과 칼날에 무리들, 고통으로 신음소리.

무리1   찬양하라! 손을 든 자 빌 것이며… 발을 가진 자… 발을
       굴러라. 위대한 선지자여… 위대한 연극이니라.

무리2   숭배하라! 저 뿔 달린 머리 위 (머리 위로 조명 떨어진다.)
       그의 광채가 빛이 되어 우릴 구원한다.

무리3   교묘하게 꾸며라! 독선의 빛을 쏘아라! (조명 떨어진다.)

136

…연극이다.

무리4   연극! 저 얼마나 위대한 거짓인가? 공포에 나의 목을 매
         달아 저 똥개들의 먹이가 되어 저들이 침을 질질… 아
         니…폭포수처럼 철철철철… 그것이 끝나면 어둠의 절망
         속에서 신음할시라도… 철철철…

무사 퇴장하고 저 멀리 조명 비추면 무리 하나, 빛을 향해 달려간다.
모두들 그 빛을 따라 모이고 팔을 들어 찬양한다.

무리1   너희들은 무엇을 기다리느냐?
무리2   하나님이죠.
무리3   그분은 여기 없다. 부활하여 가셨느니라.
무리들   이것이 신이다. 너희들의 영혼을 평화롭게 할 것이다. 저
         기 나의 신이다. 이렇듯 신은 그때가 될 때 도둑처럼 나타
         날 것이다. …신이시여! 우린 구원하소서. 신이시여!

연극연습이 진행되면서 아들은 연출로서 작품에 임한다.
장군, 어둠의 무사들을 데리고 나타난다. 어둡고 무섭다.

장군   어둠을 사모하여 동굴을 헤매었다. 어둠은 우리의 삶이
        었으며 그 존재의 고향인 것이다. 태양의 강렬한 유혹에
        맛 들지 말라. 그 뒤는 절망의 시체들만 우리를 반길 것이
        다. 어둠은 아무것도 용서하질 않는다. 그러기에 그것은

안락인 것이다! 연극? 그 속에 함몰된 너무나 행복한 무
지여! 저 태양이 삼켜버린 육체의 폐허들을 태워버려라!

빛 조명은 사라지고 무사들의 채찍과 칼은 허공을 가른다.
무리들 울부짖음… 처절하다 못해 눈을 감고 싶다.

무사1   우릴 원망하지 말라. 절망하기도 전에 먼저 죽음의 저 개
들에게 물려 죽을 건데 이제 무엇을 더 선택하려 하는가?
우리의 칼을 두려워 마라. 조용한 침묵 앞에선 이 칼도 잠
에 빠져든다.

무리들, 겁을 먹고 경직되어 침묵한다.

무사2   안락과 평화는 육체로부터… (채찍을 휘두른다. 무리들
비명소리) 이 태초의 땅에 향기를 아느냐? 인간은 더 이
상 하늘을 믿지 말지어다. 너를 믿어라. 너의 유혹이 마음
을 따라 흐르는 그 감정의 선. 너무나 아름답지 않은가?
사랑하라. 너의 육체와 마음이 흐르는 그 욕망의 유토피
아를… 자 여기로… 어서… 평화로 충만할지어다.

무리들, 무사의 채찍과 칼을 따라 노예처럼 움직인다.
서서히 조명 밝아진다.

138

장군   시간이 다 되었다. 오! 황홀한 나의 보금자리가 그립구나.
       … 저들의 냄새가 진동하는 이 지옥을 떠나야 할 시간이
       다. 하지만 다시 돌아오면… 그땐 저 검은 연기의 아름다
       움을 볼 수 없을까 두렵구나.

       장군, 서서히 뒤로 물러나며 의자로 들어간다.
       이때 아들, 등장한다. … 이 작품의 작가와 연출자로서 의도를 설명한다.

아들   군사정권의 폭력에 대한 증오, 치열한 항쟁들… 하지만
       이제 겨우 작은 젊음으로 만난 우린… 사실 정치보다 늘
       막연히 꿈꾸어오던… 존재들… 그 상위에 존재해온 그
       무엇… 그렇게 다른 이미지들… (화를 내며) 야! 십팔 그
       따위로밖에 안 나와! (다시 설명하며) 수많은 계획들 그
       리고 질문들… 연극 속에서의 의문들… 우리 시대, 우리
       들의 꿈!… 너무나 많은 이념에 치여서 익사할 것만 같았
       지. (고함치며 배우들에게 화를 내며) 아! 넌 독재자에게
       바친 창녀역이잖아… 좀 더 음탕하게… 그리고 니들은
       핍박받는 민중이고… 좀 제대로 표현해봐. (퇴장하며) 난
       왜 이리도 우울한가?

       무대조명 들어오고 다시 무리들, 독재자인 장군 앞으로 모여들어 애원하며 울
       부짖는다. …웃지만 어둡고 우울하다.

무리1   위대하신 장군님… 우린 존경하는 장군님의 자비로우신
       영도력에 이리도 감복하오이다. 부디 우릴 버리지 마시
       오. 소인들은 어떤 희생을 각오하더라도 은혜에 보답하
       리다.

       무리들, 장군 발밑에서 아부한다. 이때 무사, 위협한다.

장군   (무사의 칼을 막으며) 누가 저들을 공포에 떨게 하였는
       가? 이제 저들 모두를 용서하라! 그리고 쉬게 하라! 이미
       왕이 된 나에게… 저들은 또… 나의 백성이거늘…(호탕
       한 웃음)
무사   너희들은 저 자비로운 목소리를 들었느냐? 들었다면 이
       렇게 앉아 있질 못하지 않느냐? 무릎을 꿇고 저 은혜로운
       은전에 입을 맞추어라.

       무리들, 환호하며 땅에 입을 맞춘다. 이때 장군… 그들에게 사탕을 뿌린다. 서
       로 가지려고 싸우고 혼란이 일어난다. 무사, 바닥에 채찍을 내리치자 무리들,
       그 상태에서 중지한다.

       장군, 만족한 표정으로 무대 전면으로 등장하며 자신의 황금왕관을 벗어 들고

장군   황금이라! 누르스름하게 번쩍번쩍 빛나는 놈. 이게 바로
       귀하다는 황금이 아닌가?(멀리 위를 쳐다보며) 빌어먹을

140

놈의 하나님이시여! 난 지금 엉터리 기도를 외우고 있는 게 아니오. 이놈이 이 정도만 있다면… (무리들을 일으켜 세우며) 검은 걸 흰 걸로, 추악한 것을 아름다운 걸로, 사악한 것을 올바른 길로, 노인이 젊은이로, 비겁한 자가 용감한 자로, 천한 것을 귀한 것으로 바뀌게 할 수 있다는 것을…

무리들, 사탕을 빨며 만족한다. …장군 역시 자부심으로 더욱더 거만해진다.

장군   이것이 있다면 신들 중에서 제일 높으신 분이라도 우리 편으로 만들 수 있다는 것을… 이 누르스름한 녀석… 이 똥색의 이 녀석은 신앙을 만들어낼 수도 있고 비틀어 찢어버릴 수도 있지. 꼴도 보기 싫은 놈을 반가운 벗으로 만들고… 문둥병에 걸린 놈에게 공손히 절을 하게 하기도 하지. 우헤헤… 어디 그뿐이랴… 도둑놈에게도 나으리 못지않은 지위나 벼슬 아니면 명예를 주기도 하지…. 늙어 빠진 여자에게 심지어 구역질할 그런 여자라도… 이놈만 있다면 나라도 사랑하겠네. (왕관을 안고 만족해하다가 갑자기 내팽개치며) 이놈이야! 바로 이놈! 권력도 이놈이 애비라고… 이 나쁜 놈. 급살 맞을 놈… 이 순진한 날 꼬셔다가 이 창녀 같은 놈… 이렇게 날 악마로 만든 놈. (다시 관을 머리에 쓰며) 아니야 귀여운 나의 다링! (장군대사-세익스피어 작 일부 인용 각색)

무사1   그거야 물론 장군께서 가진 것이라곤 표독한 얼굴… 피
맛을 안 손과 발… 그리고 저 빛나는 권위의 벗겨진 머리
(눈부셔하며) …그리고 저 욕망의 꼬랑지뿐이지요. 하지
만 장군이 지금 누리고 있는 것은 아무것도 아닙니다. 권
력이란 가진 것뿐만 아니라… 더 많이, 더 많이… 슈퍼
울트라 인간!

무리들, 사탕을 빨고 만족하며 음탕으로 빠진다. 장군 주위에 몰려들어 그를
만지며 애무한다.

무사2   먼저 돈으로 말 여섯 마리를 사서 값을 치러보시죠. 그 말
이라는 놈의 힘이 바로 장군의 힘이 되는 것이죠. 그놈을
달리게 해보세요. 그럼 장군은 다리를 스물네 개 가진 사
나이가 될 테니까요. …자 어서 달리세요, 달려요!(무사2
대사–파우스트 일부 인용 재구성)

장군과 창녀는 말을 흉내 내며 무리들과 함께 달린다. … 말소리, 개소리로 바
뀐다. 신음소리 오르가즘 절정… 아! 절망소리가 이리도 좋단 말인가.

연출로서 아들, 무대로 들어오며 배우들 사이로 들어가서 독려한다.

아들   더 음탕하게… 달리고… 달리고… 깔아 뭉개버려… 그렇
지. 그래. 좀 더…(광기 서린 웃음)

무사2　　자! 저 소돔과 고모라의 폐허를 보아라! 그중에서 한 여인
　　　　을 끌고 와라! 그리고 그 여자의 음부 속으로 저 악마를
　　　　밀어 넣어라.

　　　　무리들 중 엄마 역할 배우를 장군에게 바친다. 엄마역은 무리들의 환호 속에
　　　　장군과 하나 되어 색정이 뿜어져 나오는 광적인 춤을 춘다. 이때 아들, 신나해
　　　　하며 점점 광적으로 변한다.

아들　　그래 바로 이거야… 좀 더 그래.

　　　　무사1, 2, 아들을 장군과 엄마 다리 사이로 밀어 넣는다.
　　　　빠져 나온 아들, 마치 엄마의 음부 속에서 나온 것처럼…

　　　　아들, 침묵으로 엄마를 바라본다.

　　　　엄마, 장군과 섹스 중 바쁘다.

엄마　　(아들을 보고 놀란다. 하지만 행위 중이다.) 언제 온 거
　　　　냐? (신음소리) 연락 좀 하고 오지. (신음소리) 이렇게 불
　　　　쑥 찾아오면 어떡하니. (남자가 준 돈 줍는다고 바쁘다.)
　　　　또 돈 떨어졌구나. 잠깐만… 아! 아!

　　　　엄마, 장군과 마무리를 하고 아들 앞으로 온다.

아들   (분노에 찬 표정으로) 오 마이 다링… 사랑스런 나의 어머니! 이 불초소생이 못 볼 걸 보았나요? 이 아들이 또 잘못을 하였군요. 종아리 걷어 올릴까요? 회초리 가져올까요?

아들, 갑자기 어린아이 때 기억 속으로 빠지며 아이가 된다.

아들   엄마 엄마, 저 아저씨가 우리 아빠야? 나 과자 사준다고 했잖아. 엄마 그런데 왜 저 아저씨랑 저 방에서 싸워? 레슬링 하는 거야? 아저씬 엄마를 올라타고 깔아뭉개고… 때리고… 엄만 아파서 울고… 엄마는… 잘 싸우면 돈 주는 거야?

엄마   (무서운 얼굴로 화를 내며) 이놈의 새끼, 또 몰래 봤구나. 엄마가 손님 오면 밖에서 놀다가 오랬지. 그리고 엄마 방에 절대 오지 말라고 했잖아. 이리와 이 새끼.(울며 때린다.)

아들   (빌며) 엄마 잘못했어요. 한번만 용서해주세요. 다시는 안 그럴게요. 다시는 엄마 방 보지 않을게요. 이렇게 귀도 막고 눈도 감고 죽은 척하고 있을게요.

격렬한 음악과 엄마의 무차별 폭력… 엄마의 폭력이 끝나면 우는 아들에게 사탕 하나 물려주고 나간다.

엄마   많이 아팠지. 그러니까 다음부턴 엄마 방에 손님 오면 밖에서 얌전히 놀아. 알았지?

아들   …네.

아들, 사탕을 빨며 울음을 그친다. 하지만 증오심으로 …충혈된다. 다시 어른으
로 변하며…

아들   폭력! 그리고 사탕발림의 역사! 모든 위대한 언어들. 철학
        들… 내가 그렇게 신봉했던 이데올로기…. 모두가 거짓
        이야! (사탕을 내보이며) 이게 진실이야. 아주 달콤하
        지… 이 황홀한 맛 (웃음) 내가 연극에서 보여주고 싶은
        것은 바로 날 진실 그대로 투영하고 싶어서지.(웃음)

아들, 사탕을 빨고 있는 배우들 속으로 들어가며 자신도 작품 속의 배우가 된다.
다시 연극 연습은 시작되고… 무리들, 앞으로 나온다. 사탕을 심하게 빨며….

무리1   폭력은 그리 오래가지 않았지. 지나고 나면 그 공포도 한
        낱 꿈처럼 흘러가던데…. 자 여기 그 달콤한 사탕.
무리2   자본주의 사회는 신분상의 상하의 인격관계 일체를 파괴
        했다.
무리3   인격관계의 일체를 파괴한 뒤 나타난 것은 바로 이것이
        었다.(사탕을 내민다.)
무리4   사람과 사람 관계가 물질과 물질로서 해소된다는 것…
        이것이 자본주의인 것이다.

음악이 고조되고 아들, 무리 속에서 무리와 함께 격렬하게 사탕을 빤다. 무리들, 사탕을 가지고 이빨도 닦고, 머리도 감고… 하여튼… 아들과 함께 난장판이 된다. 무리들은 아들의 광적인 독려에 의해 몰입한다. …그래도 사탕은 달다.

아들 (무리들 앞에 나오며) 그래 열심히 아주… 미치도록… 오르가즘이 느껴지도록 말이야. 이게 아니야 더 미쳐봐. 진실보다 더 미친 연극! 야 새끼야 너무 달콤해서 미칠 것 같은 것 몰라?… 미쳐… 미쳐버려. (웃음) 그래 바로 그거야. 이제 뭔가 보인다. …저 새긴 장난하는 거야 뭐야?… 너무 좋아서 미치는 거야… 좋아서 미친다? (더욱더 광적으로 변해간다.) 오! 왜 이걸 난 이제 알았단 말인가! 오 나의 어머니 위대한 스승이시여… 엄마! 너무나 달콤한 희열이… 이렇게 좋은 것을 당신만 즐기시다니… 왜? 이제야 이것을 가르쳐주셨나요?… 그래 신음소리… 그 소리가 아니야. 폭력과 달콤한 사탕발림의 역사!… 과거는… 진실은 바로 이런 것이야? …신음소리 이렇게… 우리 엄마의 신음소리… 이런 거야. (미친 것 같다.) 오!… 연극은 역사보다도 철학적이고 배설보다도 시원하도다!

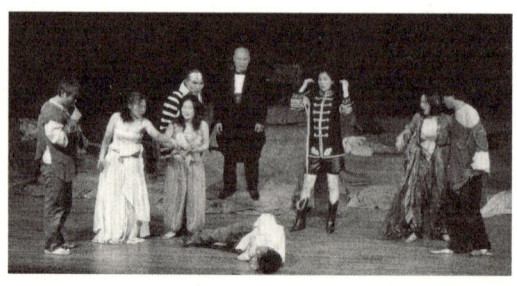

아들 대사 중에 지나친 연출의 광분에 분노한 배우들, 의상을 벗고… 사라진다.

무리1   연출은 미친 거야.

무리2   연극과 현실이 구분이 안 되는 것 아니야? 미친놈!

동수, 인애, 배우들을 말리면서 퇴장

무리 중 하나   위대한 인간은 자신을 낮추셨으나… 저 추악한 인간
은 자신을 신이라 하였다.(퇴장)

아들, 일어난다. …하지만 제정신이 아니다.

아들   나를 살리지 마라… 살아서 죽을진대… 이 고통과 상념
으로부터 날 사라지게 하라… 연극은 역사보다 철학적이
고 배설보다 시원하도다.

쓰러지며 정신을 완전히 잃는다.

잠시 후, 깨어난 아들… 아무도 없음에 실감하지 못한다. 극장에 홀로 남겨진
아들

아들   다들 어딜 간 거야? 어이 동수! 인애야! 다들 장난하지 말
고 어서 나와. 날 기다리게 할 거야. (침묵) 야 새끼들아,

셋 셀 때까지 안 나타나면 나 간다. …하나 …셋이라고 했
다. …안 나타나면 나 죽는다. (서럽게 울며) 야 십팔놈
아… 둘… 셋 한다… 셋.(주저앉는다.)

인애 나타나며… 아들을 안아서 일으킨다.

인애 자신을 알려고 하지 말아요. 모두들 형이 어떤 돈으로 연
     극을 했는지 알게 되었어요. 모두들 절망하고 있어요. 형
     만큼이나… 형의 괴로움을 이해한다고 생각하지 말아요…
     모두들… 형이 고통의 피를 가지고 연극을 해왔다고…

배우들, 부분무대

배우1 쫑 난 거지? 어떻게 그럴 수 있어. 우릴 그렇게 감쪽같이
      속일 수 있느냔 말이야…. 그게 지 엄마가 창녀… 그러니
      까 나 원 참…
배우2 세상에 어쩜 이런 일이… 나 이제 연극 못할 것 같아… 비
      열한 자식. 위선자야 그 새긴. 우리가 얼마나 존경했냐
      구… 그의 열정을. 그런데 우릴 이렇게 바보로 만들어?
동수   우린 아무것도 몰라… 모른 척하면 모든 것은 원점이야.
      우리가 저를 이해하자고… 그 친군 얼마나 괴로웠겠냐
      구. 우린… 동지야.
배우3 지금 그걸 말이라고 해! 어떻게 그 자식과 다시 그 연극을

하느냐 말이야… 그게 가능하다고 생각해?

동수 　그놈 안 하면 죽어. 우리를 속이면서까지 연극을 했는
데… 마음은 지옥이면서도 한 놈인데… 우리가 그를 위
해… 우리가 이해를 하자고. 그 녀석은… 빠진 거야. 연극
에 미친 거라고.

배우4 　빠져? 너도 정신 차려 이 새끼야! 지금 연출은 여자한테
빠졌어… 제대로 알고나 있어. 임마.

동수 　(놀라며) 무슨 소리 하는 거야? 여자라니… 그놈이 여자
를 얼마나 무서워하는데. 너희들도 잘 알잖아.

배우1 　나도 알고 있어… 하지만 지금은 아니야. 미리 이야기 안
해서 미안한데… 지금 인애 그놈과 있을 걸.

배우2 　동수 너 그 새끼 친구라고 너무 믿고 있는데… 발등 찍혀
임마. 그 새끼 피는 못 속여… 지 엄마… 창녀라며.

동수 　(허망해서 자신이 없는 목소리로) 우린 동지야. 친구라
고… 투쟁… 사랑… 우정… 아주 깊은…

친구들, 동수를 조롱하며 퇴장. 동수, 배우들을 따라가며 헛웃음만 웃는다.

다시 아들과 인애.

아들, 일어나며 인애를 느끼고 애무한다. 인애, 모성애의 심정으로 받아준다.

인애 　이제 그대에게 허락하사 정결하고 흰 세마포를 입게 하셨
으니… 하얀 순결의 저 영혼은 안개 되어 흩어지다…. 그

때에 천국은 등불을 들고 나의 구멍으로 들어오도다….
길 잃은 그대의 영혼은 마치 안개처럼 황홀하면서도… 사
탄의 등불마냥 눈이 부신 듯… 저주스럽다… 아 아…

아들, 인애를 계속 애무… 정도가 심해진다.

인애   일어나요. 다시 일어나서 엄마를 사랑해보세요. 그리고
        사랑으로 세상을 보세요.
아들   (갑자기 일어나며) 엄마? 엄마? (광적으로 변하며) 더러운
        인간. 저 구멍 사이로… 날 저 구멍 사이로… 오 사탕발림
        이여… 차라리 날 다시 그곳으로 돌려보내줘 엄마. 그 하
        수구 같은 구멍으로 말이야… 알겠어?

인애를 강간한다. … 암전

다시 조명 들어오면 인애는 옷을 추스르고 아들은 멍하니 서 있다.

아들   난 실종되었다. 나는 상실감을 이겨내기 위해 이 연극을
        구상했지만… 나를 알고 난 이후… 절망이란 (웃음) 차라
        리… 어리석던 천방지축의 내가 그리웠다. 폭력은 아주
        가까운 데 있더라고… 하지만 아주 순간적이야… 그래서
        그것은 현재 벌어지면서 언제나 지나가버리고 마는 과거
        가 되지….

인애 (시를 읽는다.) 바람은 그냥 지나갔어요. … 정말 바람처럼… 천상의 구름 지나가고, 파란 하늘 열릴 때… 우리들의 두 눈엔… 어둠의 기억은 사라지네.

아들 과거의 기억, 지금의 현실, 미래의 두려움으로서의 폭력은 늘 부족한 설명뿐이야. 왜냐하면 우리에게 폭력은 우리가 미리 알고 앞서서 경계하는 대상이 아니라 지나가고 난 뒤의 상처를 주어가며 되씹고 아픈 척 위선을 부리지. 내가 연극을 만들어서 그때의 폭력을 증오하겠다고? 아픔을 보여주겠다고? 한마디로 개좆같은 짓이라구. 내가 우리 엄마를, 친구의 여자를, 그리고 여자를… 그리고 나까지도… 난 창녀의 아들이야… 나의 연극은 이렇게 거짓이 되고 말았어.

아들, 죽음을 생각하며 퇴장한다.

인애 잠깐만요? (혼잣말로) 폭력도 결국에 용서하면 다른 폭력은 다시 잉태되지 않아요. 용서하세요.

동수, 극장으로 들어온다.

동수 아무래도 극장 문을 닫아야 할 것 같아…. 모두들 사라졌어… 이렇게…(퇴장)

인애 바람은 그냥 지나갔어요. … 정말 바람처럼… 천상의 구름 지나가고, 파란 하늘 열릴 때… 우리들의 두 눈엔…
어둠의 기억은 사라지네.

대사를 아름답게 읊조리며 퇴장. 암전.

9. 작가는 작품 속에서 신이 된다 – 예술은 사랑이다.

텅 빈 무대… 중단되었던 아들의 작품 속에 인물들 혼령처럼 등장

무리1   신이 사라졌다.

무리2   신은 우리를 버렸다.

무리3   안개다. 우린 사라져야 한다.

무리4   허무하다… 어둠이다.

무리5   신은 어디로 갔는가?… 우린 또 어디로 가야 하는가?

무리들   작가가 사라지면 연극은 없다. …고로 우리도 없다.

무리1   우리의 운명이 어찌 이리도 허망하단 말인가?

무리2   우린 그의 사랑스런 도구에 지나지 않았어. …이 무슨 비
         극인가? 아!

무리3   우린 그의 정신에 살고 그곳에서 우리를 찾고…(울음)

통곡으로 변한다.

무리4　슬프도다. 그가 있어 환희에 즐거워하고… 우울함에 절
　　　망하고… 사랑에 아파했거늘… 이제 그 누가 있어… 세
　　　상에 그 무엇을 알게 한단 말인가….

무리　신은 우리를 버렸다. …우린 어찌해야 하는가?

무리1　그를 찾아야 한다. 작가는 우리 생명의 어미이다.

무리2　하지만 그의 고뇌와 아픔을 모르는 것은 아니나… 우리
　　　가 그에게 무엇을 줄 수 있단 말인가?

　　　어둠 속에 사내와 아들 등장

사내　텅 빈 무대…. 아무도 없군.

무리3　하지만 작가는 우리를 배신했다. …우리도 그를 심판해
　　　야 한다.

　　　사내, 인물들을 보고 놀란다.

사내　이 텅 빈 곳에 저들은 뭔가? 귀신인가?

아들　놀라긴 왜 놀라세요. … 우리도 귀신이면서… 저들은 내
　　　작품 속 인물이죠… 환상이면서… 거짓이죠.

사내　그래 환상이니까 우리가 볼 수 있지.

무리들　하지만 신을 우리가 어떻게 할 수 있단 말이오?

무리1　그래 맞아 그분은 너무했다… 자기의 고통을 우리에게
　　　너무나 많이 강요했다.

무리2	그래 맞아 그의 연극은 너무나 절망적이었어… 우리도 절망하고.
무리3	거짓이면 우리도 거짓이 되고.
무리4	증오면 우리도 증오가 되고.
무리5	모든 것에 충성했다… 그리고 악마가 되었다.
무리1	창녀로 만든 놈.
무리2	거짓을 알게 한 놈.
무리3	미움을 가르쳐준 놈.
무리4	돈과 권력에 환장하게 만든 놈.

아들을 발견한다.

무리5	신이 돌아왔다…. 저기 신이 돌아왔다…. 여기 극장으로 돌아왔다.
무리1	그 신을 잡아와라…. 비록 우리의 어미이고 신일지라도 우리를 연기처럼…
무리3	바람처럼.
무리4	안개처럼.
무리5	저 자를 묶어라!

아들… 환상들에게 잡혀서 무대 중앙으로 들어온다.

아들	너희들이 어찌 나를 심판할 수 있단 말인가? 너희들은 나

의 환상이다… 사라져라.

무리1 비록 환상일지라도…

무리2 안개일지라도.

무리3 바람일지라도.

무리4 무일지라도…. 신이면 다냐?

무리5 작가면 다냐?

아들 사라져라. 이제 모든 것을 잊었다. 너희들까지 날 괴롭히지 마라. 한때 나의 분신으로 나와 함께한 적이 있었지만… 난 이제 너희들을 버린다.

환상들, 아들을 잡는다.

아들 그래 나를 원망하라. 너의 잘못이 아니다… 나의 글, 나의 연극이 잘못이다.

무리들 우리의 신은 우리를 기만했다… 그에게 돌을 던져라.

무리들, 아들을 끌고 간다.

아들, 고통스럽게 외친다.

아들 지옥이다!

무리1 지옥인 자가 만든 연극은 지옥의 연극.

아들 어둠이다!

무리4 네가 어둠일 때 우리도 어둠이 되고.

아들	거짓이다!
무리2	거짓인 자가 만든 연극은 거짓의 연극.
무리들	네가 진실일 때 우리도 진실이 되고… 아름다운 사람이 만든 연극… 세상도 아름다워지는 거야.
아들	그래 나를 용서하라. 이제 할 수 없다. 난 이미 죽었다. 나의 무지를 용서하라. 이제 할 수 없다.

동수, 인애, 극장으로 들어온다.

동수	친구. 우리가 모르는 것이 있었어. 그건 너와 나 우리 모두 연극을 하면서… 진정 망각해버린… 그건 그래도 세상은 아름답다는 거야. 비록 우리가 절망의 연극… 증오의 연극… 거짓의 연극을 해왔다고 할지라도… 연극을 만드는 마음은 사랑이라는 것을… 누가 가르쳐준 줄 알아?
인애	처음이나 끝이 같다는 거야. 연극으로 증오를 알았고 절망을 알았고 가난을 알았지만… 연극은 사랑으로 만드는 거란 걸… 누가 가르쳐준 줄 알아?

엄마, 부분무대 등장

엄마	그놈에게 줄려고… 장가가면 쓸려고… 니네들 나 창녀인 거 알지? 그래. 그놈도 무척 부끄러워했지. 내가 아니라 좀 더 좋은 부모 만났으면 저렇게 고통스럽지 않았을 텐

데…. 사실… 그 녀석… 내 친아들 아니야. 내가 우연히 내 가게 앞에서 보자기에 싸여 울고 있는… 참 예쁜 아기가 있었지…. 나 부끄럽지 않게 키우고 싶었는데…. 잘 키워서 장가도 보내주고 싶었는데…. 하여튼 연락 오면 그 사실을 알려주고 부끄러워할 필요 없다고 전해줘…. 그러니까… 이 엄마를 부끄러워하지 말라고… 그럼.(퇴장)

무리들에 의해 잡힌 아들, 풀려나며

아들   엄… 마… (울먹이며 앉는다.)
의문의 사내   그저 무라고 할까. 우리의 연극도 세상도… 이렇게 세상은 우리처럼 환상 같은 거라고…. 하지만 우리의 진정한 신은 존재가 영원하다는 것… 신은 우리와 함께 영원하다는 믿음… 그 신이 사랑이라는 것.
아들   나 돌아가고 싶어….
무리들   자기를 용서하는 자만이 사랑을 알고, 사랑을 아는 자만이 아름다움을 알고… 그것이 예술이다. 그것이 연극이다. … 인간의 땅 인간이 만든 땅… 인간이 진정한 사랑을 할 때 그 땅도 아름다워지는 거야.

무리들, 안개처럼 사라진다.

아들   살려줘. 돌아가고 싶어. 사랑하고 싶어… 아름다운 이곳에 살고 싶어.

암전

다시 조명 들어오면 119 구조대 소방관 열심히 인공호흡하며 아들을 살린다고
고생한다.
무대 밖에서 소리 들린다.

(역무원   자 우주로 가는 은하철도는 출발합니다.)
(수의복 아줌마   그 젊은이는 안 탔는데……)
(의문의 사내   …그 사람은 아직 올 때가 아닙니다.)
(역무원   은하철도 999 출발!)

기적소리 울린다. … 그리고 아들 깨어나 일어난다.

아들   아! 인간의 땅!… 공기!… 너무 좋다… 아름다워…. 아름
         다운 이곳에 살고 싶어라.

암전

나!
테러리스트

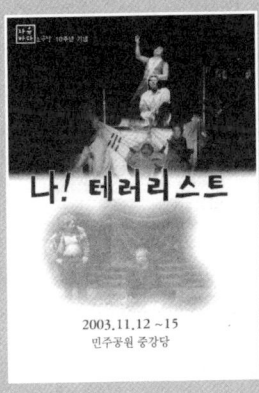

2002. 8. 14~8. 20 / 부산문화회관 소강당 / 박찬영, 이돈희, 정행심, 김은희, 김태훈, 김경준, 이창수
2003. 11. 12~11. 15 / 민주공원 중강당 / 김상훈, 이돈희, 강혜란, 권혁철, 김태훈, 이창수, 이숙경
2004. 4. 14~4. 15 /금정문화회관 소강당 / 김상훈, 이돈희, 강혜란, 이동희, 권혁철, 이창수, 김성경

등장인물

윤대장; 부랑자 무리들의 대장
오갑동; 친일파 경찰 출신의 원로인사
시인; 고문 후유증으로 약간 정신이상자
박노파; 정신대 출신
아줌마; 신분 미상의 여자 부랑자
부랑자1, 2
형사
기타 인물들

무대

건물 짓다 중단된 공사판. 중앙으로 철 구조물이 놓여 있고
무대 우측 약간의 계단 위에 변기통이 있다.

음악

라이브로 하며 적절한 효과음을 사용한다.

프롤로그 – 어느 광복절 기념일 그리고 어느 도로 위

관객 입장 후, 시작을 알리는 그 무엇이 없다. 국민의례가 시작되고… 순국선 열에 대한 묵념을 알림과 동시에 암전. 핸드폰의 요란한 소리. 조명 들어오면 차를 몰고 있는 사람들이 보인다.

국민의례 (소리) 모두들 자리에 일어나주십시오. 지금부터 광복절 기념식을 거행하겠습니다. 먼저 국기에 대한 경례… 다음으로 순국선열에 대한 묵념이 있겠습니다. (암전)

조명 들어오면 마임으로 나란히 운전 중인 무리들

젊은이 여보세요? 그래 임마… 어디? 지금 고속도로지…. 오늘 휴일이잖아…. 그래 깔치 하나 만나서 동해! 동해로 뜬다. 오예! 부웅!

무리들 (함께) 부~웅!

아주머니 자기야 뭐해?… 방콕? 방구석에 처박혀서 뭐해? 나랑 만나기로 했잖아… 뭐? 우리 신랑? 잘 지내겠지… 뭐? 나랑은 상관없잖아…. 하하!… 오늘은 나라가 주신 공휴일. 난 애국자야. 놀러 가야지. … 그래! 이따 봐 달링! 쪽쪽! 부웅!

무리들 (함께) 부~웅!

중년의 신사   뭐? 오늘이 무슨 날?…노는 날이잖아… 광복절? 몰라
            그런 거… 응? 태극기 달았냐고? 그거 지난 월드컵 때 우
            리 막내 딸년이 팬티 해 입었어요. …아하! 모텔요? 좋지
            요. 그럼 오늘 우리도 빤스 한 번 바꿔 봅시데이. 내 빨리
            가꾸마. 부웅!
무리들   (함께) 부~웅!(난폭운전하며 퇴장)

            무리들 사라진 뒤로 한 대의 고급승용차. 운전기사와 기품 있는 노신사 오갑동
            보인다. 오갑동의 차 안.

오갑동의 운전사   (무리들의 난폭운전에 놀라며) 야! 쨔샤. 운전 좀
            똑바로 해라. 새꺄. 하여튼 개나 말이나 노는 날 차 끌고
            나와가지고… 똥차 타고 다니면서… 똥칠은 해가지고…
            차가 뭐 잘못했어? 뭐 저런 꼴로… 운전이나 잘해 임마.
            (오갑동 눈치를 보며) 아따 더버라!
오갑동   (눈을 감고 있다.) 대단해 과연….
운전사   … 무슨… 말씀인지?
오갑동   … 내 나라 내 조국.
운전사   … 뭐가 말입니꺼?
오갑동   대한민국 말일세.
운전사   (무슨 말인지 잠시 생각하다가) 차가 억수로 밀리네예.
            오늘이 광복절, 노는 날이라고… 다들 처놀러 간다고…
            여짜저짜… 아따 인간들하고는… (갑자기 배가 아파온

다.) 아! 읍! 셈예? 윽!… 휴게소가 나오면 잠시 쉬도록 하
겠습니더예.

급정거하는 소리와 함께 운전사, 인시하고 퇴장. 오갑동 눈을 감고 있다. (음악
흐르며 조명 어두워진다.) 이때 의문의 무리들 등장. 수면제 묻은 손수건으로
입을 가리고 오갑동을 납치한다. (암전)

1. 윤대장과 부랑자들

조명 들어오면 노래 소리. 초라한 행색의 부랑자들, 분주히 뭔가 일하고 있다.
무표정.

시인   (등장하며) 대! 한! 민! 국! 그 위대함에… 천하고… 악취
       니는 더러움과… 비굴함으로 너희들의 나라를 만드는구
       나. (사이) 빛을 처음 본… 그곳을 조국이라 하지 않았던
       가! (사이) 역겨움으로 가득 찬… 한낱… 부름 앞에 너희
       들의 모습은 초라하다 못해 아름답구나. (뒤로 퇴장)

부랑자들, 무대장치 설치로 분주하고 시끄럽다.

부랑자1 모이면 시끄럽고… 없으면 심심하고. (배를 만지며) 냄
       새…. 하여튼 살아 있는 건 뱃가죽뿐이야.

아줌마　사람이 많으면 좋은 것인가?…그래도 없으면 …너무하지?

부랑자2　모이면 사고 치고 혼자면 절망하고…. 그래도 사건이 있으면 재미있지.

박노파　(지저분한 소품들 들고 들어오며) 이놈들아! 이것 좀 받아. 늙은이 공경해야… 복 받는 겨. (무리들 정지동작. 객석의 침묵을 향해) 말을 해! 입은 폼으로 달고 다니는 게 아니야. 말을 해. 말을… 아니지. 할 말만 해야지. (침묵의 객석을 보며) 그래, 오늘도 달라진 건 아무것도 없구나. 바보들. (혀를 차며) 날은 날이야… 그래, 좋은 날이지… 어서 준비들 해.

소품들을 진열하며 모두들 즐겁다. 무리들 웃음소리.(사이) 갑자기 긴장하며 한쪽으로 귀 기울인다. 갑자기 규칙적으로 몸을 흔든다. 기차소리.

아줌마　오! 뜨거운 심장의 말발굽소리!… 쿵쿵! 쿵쿵! 살아 있는 생명의 소리!

무리들 다함께 먼 곳을 올려다보며 긴장한다.

시인　역사의 수레바퀴는 멈추질 않네. …그때도 그랬지. …종착역은 어디인가?

부랑자1　(긴장하며) 쉬어서 가세.

부랑자2　(낮은 목소리) 쉴 수가 없다네.

164

아줌마   그들이 오고 말 거야…. 숨지 말고 그냥 보세. 그때도 그랬어.

무리들, 분주히 일을 한다. 망치소리.(음악) 이때 조용한 걸음걸이로 등장한 윤
대장, 변기통 있는 계단에 선다. 결연한 모습이다.

시인   아! 영웅들의 소리는 조용하면서도 …(망치소리)… 밀려
        드는 그 무엇이 …가슴에 뭔가를 …(망치소리)… 울컥 치
        밀어오는… 뜨거운 심장 가까이 …(쿵쾅)… 우린 모두 그
        를 영웅이라고 했습니다.

윤노파   다 됐어. 그래 아주 훌륭해… 밑바닥은 이래서 좋아. 알고
        보면 다들 일꾼이라니까.

부랑자1   (신나해하며) 시작하시죠… 오랫동안 준비해온 건데. 전
        오늘을 얼마나 기다렸다고요.

부랑자2   서두르지 마. 손님이 아직 오질 않았어…. 대장도 아까부
        터 저기서.

윤대장, 계단 위에서 침묵하고 있다.

아줌마   도대체 누굴까? 애 터지겠네.

다시 기차소리 요란하다.

시인   우리는 아직도… 우리들의 깃발을 내린 것이 아니다. …

그 붉은 선혈로 나부끼는… 우리들의 깃발을 내릴 수가
없다.(무대 전면으로 다가가며 점점 열정적이다. 마치 연
극대사를 연습하는 듯하다.)
우리는 아직도… 우리들의 절규를 멈춘 것이 아니다. 그
렇다. 그 핏불로 외쳐 뿜는… 우리들의 피 외침을 멈출 수
가 없다….(박두진의 詩「우리들의 깃발을 내린 것이 아
니다」中)

시인, 윤대장의 서 있는 계단 아래에서 윤대장의 자세를 흉내 낸다. (암전)

2. 윤대장과 그의 무리들 – 연극연습1

한정된 탑 조명 들어오면 윤대장의 비장한 모습이 보인다. 무리들, 의미심장한
눈초리. 연극연습 중이다.(장중한 효과음에 그들의 자세는 50, 60년대 영화 포
스터의 인물들을 연상케 한다. 옛날 영화 속의 배우처럼 과장된 연기)

윤대장 동지! 동지란 서로 마주보고 뭔가를 주고받는 관계가 아
　　　　니야… 바로 우리들처럼… 그러니까.
부랑자1 뭐 줄 게 있어야지 우리는.
부랑자2 조용히 해. 그래서요?
윤대장 그러니까… 동지란? 한 곳을 같이 응시하면서 그것을 성
　　　　취하고자… 같이 이렇게 어깨를 나란히 하고.

무리들 하… 고! (윤대장 뒤로 돌아가며 자세를 따라한다.)

윤대장 그런데 선배님은 안주머니에 손을 넣을 수가 없었단 말이야. (감탄사) 하지만 심장으로부터 전해오는 열기를 느끼고 싶었던 거야. (안주머니에 손을 넣었다 뺀다.) 그러나 이내 손을 빼고 말았지.

부랑자1 왜?

윤대장 심장의 열기로 데워진 총은 뜨거워서 이미 만질 수가 없었던 거야.

부랑자1, 2 감탄하며 과장된 연기를 한다.

부랑자1 이야… 이상하다! 나… 가슴이… 막 뜨거워진다.

부랑자2 난… 눈에서 불이 난다. (눈을 크게 뜬다.)

윤대장 안중근 선배만 있었던 것은 아니야. 이미 그놈! 사냥감이 그곳으로 오기 전, 먼저 다른 동지 두 명은 창춘과 차이자커우에서 그놈을 기다리고 있었던 거야.

부랑자1 정말 치밀하게 준비를… 대단해.

윤대장 (부랑자2에게 귓속말로) 준비는 철저히 했지? (어설프게 살피고 바로 자세를 다시 잡는다.)

부랑자2 지금 여기로 오고 있는 중입니다. 우리도 준비는 철두철미하게.

부랑자1 (무슨 말인지 모른다.) 철? 두? 철? 미?

윤대장 정중히 모셔 와야 한다.

부랑자2 잘들 알고 있습니다.

다시 정색하며

부랑자1 다음은요?

윤대장 (비통해하며) 다른 곳에선 실패를 하고 말았어. … 일본 군대와 러시아 군대의 경호는 아주!

무리들 아주!

윤대장 …물샐 틈이 없었던 거야. … 하지만 신념은 기적을 만들고.

무리들 만들고!

부랑자1 신념이라… 음.

부랑자2 믿을 신… 음… 그냥 념!

윤대장 의지가 중요해…. 남자의 결심은 그 의지가 어디에 있는 가에 따라 흔들림이 없어진단 말이야.

무리들 …….

윤대장 사나이들의 의지는 모이면 거대한 산을 만들고.

무리들 만들고!

윤대장 이 산은 흔들림 없이 신념을 잉태하고.

무리들 잉태!

윤대장 동지들의 신념은 마력을….

이때 갑자기 부랑자1, 얼굴이 상기되어 윤대장의 손을 잡는다.

168

부랑자1   사나이? 캬!

부랑자2   의지? 하!

부랑자1   신념의 마력? 죽인다!

부랑자2   동지! 뜻이 다르지 않다. 배신자는 없었을까?

윤대장   (잘난 체하며) 동지란! 서로 마주보는 사이가 아니야….
          그러니까 한 목표를 향해 어깨를 나란히 해서… 한 곳을
          바라보는…. 가자!

이때 윤대장, 무리들을 무대중앙 세트로 모은다. 장중한 음악. 부분무대 암전.

3. 극중극 1막 하나 – 안중근 의사

무대 위에서 윤대장과 무리들, 마네킹에 걸린 의상과 모자 등으로 의혈청년으
로 분장한다.

윤대장   (안중근 의사의 흉내를 내며) 거사를 결심할 때 그들은
          이렇게 맹세를 했다. 동지 여러분! 오늘의 이 자리는 매우
          뜻 깊은 자리입니다. 우리는 조국이 어떠한 곤경에 부딪
          치더라도 절대로 우리의 결의를 무너뜨려서는 안 됩니
          다. 오늘의 이 선서를 마음속에 깊이 새기자는 뜻에서 피
          로써 맹세합시다.

무리들 태극기를 꺼내서 펼치며 비장하게 손가락을 자른다.

윤대장   (비장한 목소리로) 그때 안중근 선배님의 눈에는 그들에
        게 나라를 빼앗기자 분통에… 자살한 원한들의 울부짖
        음… 피맺힌 비탄의 절규소리가 들려왔던 거야.

부분무대 절규의 울음소리 들리며 시인과 아줌마, (매천 황현과 유관순을 연상
시키는 의상을 입고 태극기를 들고 있다.) 등장

윤대장   (손가락으로 태극기에 혈서를 쓴다.) 見利思義(견리사
        의)! 이익을 앞에 두고 옳고 그름을 생각하고.
부랑자2 이익을 앞에 두고 옳고 그름을 생각하고,

윤대장과 무리들은 부분무대로, 매천 황현역 무대 앞으로 나오며

매천 황현역   을사보호조약이 웬 말이냐? 일본에게 주권을 빼앗기
        다니….(울음) 내 나라가 기울었는데 그저 앉아만 있을
        수 있겠는가? 이 아름다운 강산, 조상이 죽음으로 지켜온
        강토를 원수에게 내맡길 수 있단 말인가? (배를 가른다.)
        …고통 원한이 있어도 벙어리 냉가슴이나 만질 뿐… 눈
        뜬 소경이 되었으니….(칼로 가슴을 마구 찌른다.)
윤대장   (다시 혈서를 쓰며) 見義授命(견의수명)! 의로운 상황에
        서 내 목숨을 내놓는다!

부랑자1   의로운 상황에서 내 목숨을 내놓는다.

유관순역   (분노하며) 오호라 개돼지보다 못한 소위 우리 정부 대신
          이라는 작자들이 오직 자신의 이익을 위해, 위협에 겁을
          먹고 나라를 팔아먹는 도적이 되었으니 (울부짖으며) 오
          천 년 강토와 오백 년 종사를 일본에게 바치고 말았구나!
          …아! 이제 불쌍한 우리 동포는 남의 노예가 되었으니….
          어이 할꼬… 어이 할꼬….

황현, 유관순역   (함께) 새와 짐승도 냇가에서 슬피 우는데 무궁화
          나라는 이미 사라졌는가…. (통분하며 쓰러지고) 가을 등
          불 아래 가슴이 맺혀….(울며 기어서 퇴장)

          무리들 비명소리… 다함께 울부짖는다.

부랑자2   이번 계획은 꼭 성공할 것이외다. …우리 민족의 간절한
          소망이오.

부랑자1   장렬히 죽은 원한들의 한을 풀어줍시다.

          윤대장과 무리들, 횃불을 든 동상처럼 비장한 모습으로 정지. 이때 현충일에
          나오는 식전의 비장한 음악이 흐른다. 다시 음악, 기차의 기적소리로 바뀌면
          기차를 탄 듯 몸을 흔든다.

윤대장   철커덩! 창춘이요. 동지!(부랑자1, 울부짖으며 뛰어나간
          다. 퇴장. 다시 기차소리)

윤대장   철커덩! 차이자커우요. 동지!(부랑자2, 울부짖으며 뛰어
         나간다. 퇴장)

윤대장   나는 하얼빈으로. (다시 기차소리) 철커덩! 나 안중근 하
         얼빈 역에서 이토오를 기다리며…. (객석으로 숨는다.)

시인, 이토오 히로부미역으로 분장. 임진왜란 당시의 일본 장군복을 입고 입으
로 기차소리를 내며 거만하게 등장한 후 땅에 입맞춤.

윤대장   (안주머니에 손을 넣으며) 안주머니의 총은 얼음같이 차
         가운데 가슴은 왜 이리도 뜨거워지는가? 눈을 떠야 해 눈
         을(눈을 벌리며)… 차가운 백두산의 호랑이처럼 냉정해
         야 돼.

윤대장, 눈을 비비며 모자를 고쳐 쓴다. 천천히 다가가며,

윤대장   가슴도 이미 싸늘해진다. …겨레의 원수 이토오 히로부
         미! 너의 목숨도 여기가 무덤이다. 자. 마지막이다. …이
         토오는 점점 다가오고 있었다.

일어선 이토오, 무대 전면으로 나오며

이토오역   다이 닛뽄 데이 꼬꾸 반자이! (대일본제국만세)
           텐노 헤이까 반자이! (천황폐하만세)

고꾸와 와레와레가 유메미따 다이찌다.(여긴 우리가 꿈
꾸어온 대륙이다.)

고꼬니 와가 닛뽄노 미라이오 키즈끼 아게루 타메니 키타
노다.(난 여기 우리 일본의 미래를 만들기 위해 온 것이다.)

윤대장   조금만 더… 오냐… 그래 조금만 더….

이토오역   나는 해냈다. …이순신은 어디 갔는가? 그 수많던 조선
의 영웅들은 다 어디로 갔는가?(웃음) 대일본제국만세!
천황폐하만세!

윤대장   (권총을 빼서 들곤) 난 대한의 군인 안중근이다. 탕!… 너
이등방문은 죽어야 한다. 탕!… 여길 너희들의 야수의 발
로 더럽힐 수 없다. 여긴 위대한 고구려의 민족혼이 살아
있는… 여긴 대한의 성지이니라. 탕! (안주머니에서 태극
기를 꺼내 흔든다.)

이토오역   (쓰러지며) 와시노 이노찌모 잔넨나가라 고꼬마 데까…
꽥! (나 이토오 여기서 죽는다.)

무리들 등장하며 환호한다. 다들 연습에 만족해하며 의상을 벗는다.

4. 윤대장과 부랑자들의 인연

박노파   (몽둥이를 들고 뛰어 들어온다.) 누구야? 일본말 쓴 놈
이… 내 귀에 일본말 들리면 죽는다고 했지. 누구야? …

오! 그래! 나쁜 놈. 죽어… 죽어…〔시인(이토오역)을 때린 다. 시인 도망가며 퇴장〕

부랑자1 (할머니를 말리며) 할머니. 이건 연극이에요. 우린 연극 연습 중이잖아요.

부랑자2 연극에는 일본사람도 나오고, 미국사람도 나오고…

박노파 시끄러! 난 일본놈이라면 무조건 싫어. (자기의 오자형 다리를 쳐다보며 울면서) 누구 때문에 이렇게 되었는 데….

모두들 박노파를 진정시킨다.

윤대장, 옷을 벗고 일어나며 박수친다.

무리들 예를 갖춘다.

윤대장 만주! 고구려의 기상이 살아 있는 그 한복판… 우리 민족 의 혼이 서려 있는 땅… 아 광활한 대륙이여!

무리들, 감상에 젖는다.

윤대장 손님은 잘 모셔 왔느냐? 그분이 오시면 보여줄 공연은 준 비 잘 되고 있는지….

박노파 (끼어들며) 하여튼 내가 준비물은 다 챙겨놨어. 그 손님 은 누구신가?

윤대장 저에게는 스승이십니다.

174

박노파   훌륭한 분이시겠구만.

윤대장   …뭐? 그렇게까지는…. 하여튼 그분은 불행했던 젊은 날
         나의 스승이십니다. (혼잣말로) 나의 어리석은 꿈을…

부랑자2   대장님? 안중근 선배님의 거사는 너무나 감동적입니다.

윤대장   하지만 우리 민족은 이후 고난의 세월을 다시 보냈지….
         그러나 그런 민족의 울분을 다시 한 번 김구 선생은 의열
         단을 조직하시어… 풀어내고자… 동지들을 모으셨고.

부랑자1   나도 의열단에 들어가고 싶어.

부랑자2   그래서 윤대장님 밑에 들어왔잖아…. 우리에 위대한 스
         승이시여.

윤대장   부끄럽다… 선배님들하고는…. 난 아직 멀었어. (혼잣말
         로) 오늘이 마지막이야.

부랑자1   무슨 말씀인지?

부랑자2   하여튼 오늘 뭔가를 보여주실 거야. …우리에게 말이야.
         우리도 어서 준비하자구.(퇴장)

         윤대장, 혼자 노래를 중얼댄다. 오래된 노래다. 무리들, 퇴장하려다 윤대장의
         노랫소리 듣고 다시 들어온다.

부랑자2   (감동적으로) 윤대장님을 처음 만났을 때… 나는 배고프
         고 추워서 마냥 누워서 침만 삼키고 있는데… 자기 속옷
         을 나에게 입혀주더라…. 내가 세상에 태어나서 춥다고
         속옷까지 벗어주는 사람은 이 사람밖에 없을 거다. 따!

뜻! 하더라…. (비장해지며) 무조건 이사람 말이라면 막 따라가기로… 앞도 안 보고… 결심했다.

부랑자1 우리 윤대장님은 말도 참 잘한다. 나 기억나는 것 중에 이 말이 제일 감동이야.

부랑자2 그게 뭔데?…

부랑자1 사람 밑에 사람 없고 사람 위에… ??? …하늘 있다. 또 하나는 사나이는 평생 하나만 잘하면 된다. 난 평생 잘하는 것이 하나도 없었는데…. (자기 머리를 때리며) 매일 내 머리를 때리는 것이 버릇이었는데…. 봐라… 여기 머리가 안 나. 이 말을 듣고 진짜 하나는 멋지게 해보려고 윤대장 따라다닌다.

부랑자1, 2 오늘!… 뭔가… 할 것 같다.

윤대장 그곳은 정말 사나이들의 집합소였지. …아 …가슴엔 열정을 담은 분노를… 머리엔 애국심으로… 얼마나 멋있는 정열들인가? 나도 젊은 날, 대한의 남아로 태어나서 한번은 저들처럼… 총을 잡아보고 싶었다.(무리들과 함께 총을 만지며 감상에 젖는다.)

시인 어둠은 작은 방황이었으나 작은 빛은 희망이 되었으니. 아! 그러나, 그 빛은 어이하여 저리도 짧단 말인가?(암전)

5. 극중극 1막 둘 - 홍커우 공원

윤대장   홍커우 공연 장면. 연습 시작!

무리들, 일본인 의상을 갈아입으며 무대 정리로 부산하다. 무대 중앙에 일장기
걸리고 만국기 등 행사장처럼 꾸민다.

윤대장   1932년 상하이 사변을 일으켜 상하이를 점령한 일본은
         홍커우 공원에서 대대적인 전승기념 및 천장절 기념식을
         가졌다.

무리들 웃음소리. 축하 음악소리

윤대장   김구 선생의 명령을 받은 한인애국단 단원 윤봉길은 그
         해 4월 29일 폭탄 장치를 한 물통과 도시락을 들고…(갑
         자기 생각난 듯 퇴장)

윤대장, 다시 등장하며… 물통과 도시락을 들고 일본인처럼 걸어 나온다.

윤대장   일본인을 가장한 윤봉길 선배님은 오전 11시 40분 49초.
         (무리들에게 고함치며) 야야 야!… 고개 숙여! (무리들 고
         개 숙인다.) 참석자 전원이 묵념하는 시간 그 때… 도시
         락은 그곳으로 날아들어갔다. (폭탄소리)

무리들 쓰러지며 신음소리 요란하다.(반암전)

시인   (등장하며 격정적으로) 어두움은 왜 있는가? 빛이 사라졌기 때문이다. 왜 빛은 사라졌는가? 그 무엇이 그 빛을 가로막았기 때문이다. 먹구름이 꽉 하늘을 덮으면 백주에도 세상은 캄캄할 수밖에 없는 것이라.

조명 밝아지면, 무리들 쓰러져 있다.

윤대장   민족의 어둠을 윤선배는 작은 빛으로 밝히셨다. 일본군 사령관 시라카와 요시노리!

부랑자1   이테나!

윤대장   거류민 단장 가와바타 사다지의 마누라.

아줌마   나이죠또 메모!

윤대장   몸이 찢어지며 즉사. 해군대장 노무라 기치사부!

부랑자2   내 눈깔이노. 눈깔이노….

윤대장   한쪽 눈을 실명… 주중공사 시게미쓰 마모루!

부랑자1   이따이! 이따이!

윤대장   팔과 다리를 공중으로 날려 보냈다.

무리들, 마네킹 다리와 팔을 던지며… 신음소리 고조된다. 이때 박노파 뛰어들어오며 등장. 연습이 깨진다.

박노파   속이 시원하네. …좀 더 그래… 다리 들고… 팔은 빼고…
         우는 소리 좋고… 신난다. 좀 더.

아줌마   할머니, 그만해요. 힘들단 말이에요. …할머니가 해보세
         요 그럼.

박노파   조금만 너하자. 난 이 대목이 제일 좋아. …조금만 더…
         그래. 그래.

무리들, 다시 쓰러지며 신음소리, 박노파, 신나서 춤을 춘다.

시인   작은 빛줄기가 비탄에 잠긴 동굴 속을 비추니, 어둠은 한
         낱 연기가 되어 사라진다. 아! 그러나 그 빛은 어이하여
         저리도 짧단 말인가. (암전)

6. 윤대장, 오갑동을 만나다.

무리들, 조심스럽게 잠자는 오갑동을 휠체어에 태워서 데리고 온다.

부랑자2 여기 데리고 왔습니다.

윤대장   수고들 했습니다. 동지들.

윤대장, 오갑동을 보자 감상에 젖는다. 하지만 뭔가 이상한 듯… 부랑자들을
쳐다본다.

부랑자1   수면제를 너무 먹인 건가? 하여튼 아직 깨어나질 않았어.

윤대장, 놀라며 심장에 귀를 대본다. …오갑동, 코고는 소리 거칠다.

윤대장   나의 청춘에 위대한 스승이시여! …이렇게 다시 뵙게 되
          다니 …정말 반갑습니다. 만나고 싶었습니다. …정말 보
          고 싶었습니다. 이제야 내가 알 것 같습니다. 그대가 얼마
          나 위대한 스승이신가를…. 몽매한 저 무리들과 만나고
          부터 그대가 뿌려놓은 그 위대한 업적을… 이제야 알 것
          같습니다. (일어나며) 이분을… 저기에 매달아라!
부랑자1, 2   예! … 예??
윤대장   (냉정한 모습으로) 매달아라! (퇴장)

무리들, 의문 속에서 오갑동을 철 구조물에 매단다. 장중한 음악이 흐른 후, 침
묵(반암전)

7. 오갑동의 실종뉴스

조명 들어오면 부분무대 한 편에 부랑자1, 변기통에 올라간다. 엉덩이를 내리
곤 신문을 읽고 있다. 볼일 보고 있는 중. (소리; 노란 종이 줄까? 빨간 종이 줄
까? 히히히!)

여기자   오늘 오후 1시 천안독립기념관에서 거행된 광복절 행사
        에 참석한 건국유공자 오갑동은 서울로 돌아오는 중 휴
        게소에서 차와 함께 의문의 실종을 당했습니다. 그의 운
        전사에 의하면….

마이크를 운전사에게 넘긴다.

운전사   (카메라를 의식하며) 아 근까네예… 경부선 타고 올라오
        는데 마… 길이 얼매나 막히는지… 하여튼 해서… 지가
        요… 응아가 하고 싶은 거라예…. 그래서 여 휴게소에 잠
        시 들려가지고… 지는 마 그냥 퍼뜩 화장실로 뛰어가지
        고설랑은… 마… 선생님은 주무시는지… 눈을 감고 여
        뒷자리에 계시고… 지가 끊고 와! 보! 니! 까! 엄마야!… 아
        무것도 업스요. 차도 없고 선생님도. 감쪽같이 사라저뿌
        렸어요. 하여튼 마. 노력 많이 했심니더… 지는. 마 빨리
        눌라고. 딱 끊고…….

여기자   (마이크를 뺏으며) 한편 경찰에서는 금품을 노린 납치범
        의 소행이거나 본인의 갑작스런 잠적 등 다각도로 수사
        를 하도록 지시했고… 차량 서울 38도 1945번 벤츠 차량
        을 전국에 수배토록 했다 합니다. …오갑동 선생은 8대
        국회의원을 지낸 건국의 유공자로서 이승만 대통령 제1

공화국 당시 경찰간부로서 좌익검거에 공이 컸으며 대한 반공연합회 고문을 역임하신 국가원로이십니다. (여기자와 운전수 퇴장)

8. 극중극 2막 하나 – 징병과 위안부

부랑자1, 화장실에서 나와 신문을 보다가 놀라며 오갑동에게 다가와선 얼굴을 신문과 대조한다. 이때 윤대장 들어오며

윤대장   일어났는가?

부랑자1   아직…

윤대장   동지. 당신은 준비가 다 되었는지 보고 오시오.

부랑자1   네…?

윤대장   (오갑동에게 다가가며) 오 선생님 일어나시오. 이제 연극 2막이 시작됩니다. 나와 당신을 위해 말입니다. 꼭 보셔야 해요. …나를 오늘에 있게 한 당신의 그 위대한 연극말이오…. (오갑동의 신음소리, 눈을 뜬다.) 자! 시작.

일본군으로 분한 부랑자들, 일본군가 소리에 맞추어 등장. 아줌마는 징병을 독려하는 일제 때 여류인사(친일인사)로 분장하여 등장

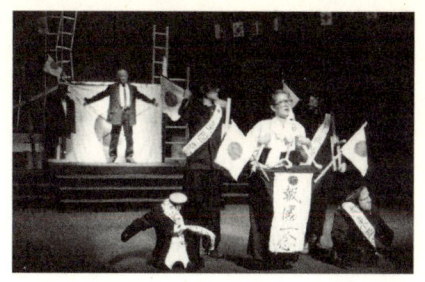

여류인사 남아면 군복에 총을 메고 나라를 위해 전장에 나감이 소
원이려니 이 영광의 날. 나도 사내였다면 나도 사나이였
다면 천황의 부르심을 입었을 것을…(울부짖는다.) 전쟁
터에선 매일 매일 천황폐하를 위하여 대 일본제국의 남
자들이 죽어가고 있다.

박노파 (뛰어 들어오며) 저런 쳐 죽일 년. 내 저년의 아가리를 찢
어놓겠어.

윤대장, 따라 들어온 시인에게 박노파를 데리고 나가기를 부탁한다. 하지만 박
노파의 흥분은 연극을 방해하고 등장인물들, 놀라며 옆으로 피한다. 윤대장, 계
속해서 연극을 독려한다.

여류인사 우리는 이번 전쟁에서 반드시 승리하여야 한다. 오… 천
황폐하의 거룩한 빛이 온 세상을 덮도록 만들어야 한다.

박노파 내 저년의 아가리를… 내 저년의 아가리를….

윤대장, 무리들 당황하며 박노파를 피해 다닌다. … 순간, 무대 어지럽다. 하지만 연극은 계속된다.

여류인사 우리는 마지막 피 한 방울까지 바쳐서 임무를 완수하여
야 하며 영원히 천황폐하의 옥체를 보위하여야 한다.

박노파 야 미친년아! (지쳐 앉으며 울부짖는다.)

여류인사 남자는 전장으로 여잔? …그래 저기 좋네. 위안부로 보
내……. (일본군, 박노파를 들고 오갑동이 매여 있는 부
분무대 위로 이동) 아! 천황의 군대를 위한 보국의 길…
아! 영광의 길이여… 나도 갈 수만 있다면… 나도 갈 수만
있다면….

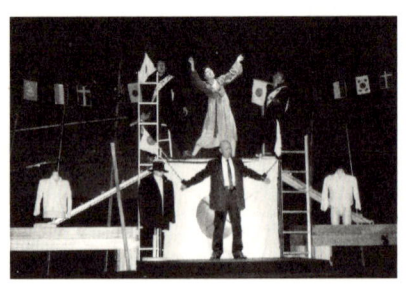

군가소리와 애절한 음악. 일본군들 박노파를 강간한다. 박노파의 비명소리

박노파 복사꽃이 만발했다. (비명) 일본군이 마을 습격했다. (비
명) 17세…(울음) 닭장차에 잡아다가… 기차에 때려 싣고
전선으로 갔다. …가는 도중 기차에 몸을 던져 죽는 애들
도 있었다. …너무나 어여쁜 복사꽃이… 투신자살자가

발생하자… 그놈들은 처녀들의 그 아름답고 백옥 같은 순결한 꽃을 찢어 먹었다.(일본군들 달려들며 박노파 위에 올라탄다.)

박노파의 비명소리 처절하다. 지켜보넌 윤대장, 울분을 참지 못하고 오갑동에게 다가간다.

윤대장   (고함치며) 그대와 난! (이때 무리들 놀라 동작을 정지) 저 여인네의 똥과 오줌 사이로 기어 나왔네. 그래서 세상을 보았지… 바로 저 여인네의 그 구멍 사이로 말일세. 대단하지 않은가? (웃음)

윤대장, 총을 든다. 이때 오갑동, 얼굴을 돌린다.

윤대장   얼굴을 돌리지 마시오! 오갑동 선생 똑똑히 보시오. … 자! 연극을 계속하시오.

박노파와 무리들, 다시 연습 시작한다.

박노파   (비명소리) 아아아!… 나는 전장에서 하루 백 명을 상대했다. 아아악! (기절한다.)
윤대장   (권총을 들고 무대중심으로 나오며) 어둠의 시대! 고통과 절망의 어둠을 뚫고 위대한 선배님들은 한인애국단… 피웅! 대한광복회… 꽈꽝! 의열단… 피웅! 공명단… 피웅!
철혈광복단… 으악! 대한광복단… 아악!

무리들 쓰러지고… 다시 장중한 음악!

윤대장   난 가슴이 벅차올랐다. 수많은 선배들의 쾌거는 그들의
간담을 서늘하게 했었다. 너무나 멋있는 선배들이여. 나
도 저들처럼… 나도 역사의 썩은 고리를 자르는 인물이
될 수만 있다면… 나의 꿈은… 테러리스트였소.

오갑동   오! 낭만적인 우리의 테러리스트.(무리들 놀라 일어나며,
윤대장의 지시로 오갑동의 수갑을 풀어준다.) 이게 얼마
만인가? 정말 반갑네. 난 자네가 언젠가 내 앞에 나타날
줄 알았어. 자넨 영특… 하진 않았지만… 자네도 대한민
국건국의 공로자일세. 반갑네.

오갑동, 윤대장을 포옹하지만 윤대장, 냉정히 피한다.

윤대장   지금 우리는 연극을 하고 있습니다. 이 연극은 오갑동 선
생께서 꼭 참여하셔야 하기에 이렇게 어렵게 초대를 했
습니다. 기꺼이 동참해주시길 부탁드립니다.(정중히 인
사하며 총으로 위협한다.)

오갑동, 움츠리며 물러난다. 윤대장, 재촉한다.

윤대장   저기 여인의 옆에서 시작합시다. 아까 우리의 동포를 징
        병으로 몰아내고 아리따운 우리의 꽃을 일본에게 꺾어
        바친 저 여인네 옆에서 말이오.

무리들, 오갑농놀 위협하여 연극에 참여시킨다.

9. 극중극 2막 둘 - 광복

윤대장   자 다시 연극 시작합시다.
여류인사 동포들은 벌써부터 이 날이 오기를 얼마나 기다리고 있
        었는가. 아! 반도의 민중은 천황폐하의 은덕을 입었으
        니… 덴노헤이까 반자이! (머리를 조아린다.)

오갑동, 벗어나려 하자 윤대장과 무리들, 위협한다.

윤대장   선생, 어서 따라 하시오.
오갑동   (마지못해 따라 하며) 덴노… 헤이까… 반자이.
윤대장   더 크게!
오갑동   덴노 헤이까 반자이!
여류인사 기쁜 낯으로 제국 군인이 되어 황국신민으로서 영광을
        누리라!

오갑동, 뭔가를 결심한 듯 적극적으로 참여하기 시작한다.

오갑동   일본은 러일전쟁을 통해 백인종의 아시아 침략을 막아냈
         다. 일본의 보호 아래서만 이 우리 민족의 안정이 유지될
         수 있는 것이다.

시인   (술을 마시며 구경하며) 저런 개자식!

여류인사 일장기 휘날리는 거룩한 성전에 우리는 대일본제국의 신
         민으로서 마음을 다해 천황 폐하께 충성을 다한다.

시인   죽일 년!

오갑동   주권을 잃은 것은 우리의 잘못된 민족성 때문이다. 엽전
         들이 무엇을 알겠는가? 독립을 위한 투쟁보다 일본을 도
         와서 그들과 함께 발전하는 것이 우리의 살길이다.

시인   (술에 취해) 죽일 놈!

         화가 난 오갑동, 객석을 향해

오갑동   다레카?

여류인사 (오갑동을 따라가며) 누구냐?

시인   (웃으며) 잘들 노네? 예이 좆같은 도둑놈 새끼들. 하하하하!

오갑동   와랏타 야쓰와 도이쓰까?

여류인사 웃는 놈이 어느 놈이냐?

오갑동   오마에가?

여류인사 네가 웃었지?

오갑동   고노 후추모노 한갸구샤!

여무리   이 나쁜 놈의 반역자!

시인   (호탕하게 웃으며) 씨팔! 하하하…….

오갑동   (시인을 끌고 가서 때리며) 천황폐하께 충성하지 않는 놈
         은 죽어야 돼… 오오덴노사마. 덴노사마.

무리들, 놀라며 윤대장의 지시를 기다린다. 윤대장, 다음 장면으로 빠르게 전환

시킨다. 무리들, 퇴장… 다시 등장하며 태극기를 들고 대한독립만세를 외친다.

오갑동   독립? 놀고 있네. 우리가 독립된다고. 미친놈들. 하여튼
         조선놈은 사흘들이 때려야 정신을 차린다니까.

윤대장   진짜야. 오갑동 진짜 독립이야.

무리들, 더욱 크게 대한독립만세를 외치고 애국가를 부른다. 이때 박노파, 세트

전면 걸려 있던 일장기를 떼고 광복군 때 사용하던 오래된 태극기를 건다.

오갑동, 정신없이 숨는다.

시인   아름다운 강산에 아름다운 나라를, 아름다운 나라에 아
         름다운 겨레를, 아름다운 겨레에 아름다운 삶을 위해, 건
         배!…(술을 마신다.)

(애국가 소리 잦아들고 알 수 없는 침묵. 암전)

10. 해방된 조국 – 친일경찰 오갑동과 그의 하수인 윤대장

무리들   (침묵을 뚫고 어둠 속에서) 꼭꼭 숨어라 머리카락 보인다. 꼭꼭 숨어라…….

윤대장   얼굴을 보여라. 너희들의 어두운 뒷모습으로… 우리를 불안케 하지 말고… 이 뒷모습의 인간들아.

     무리들 오줌 누는 사이로 경찰간부 옷을 입은 오갑동 기어 나온다. 당당하다. 한 여인, 오갑동 옆에 선다. 오갑동, 미군 헬멧을 쓰고 엎드린 여인 뒤로 간다. 신음소리 격렬해진다.

오갑동(여인)   An eye for eye(oh, my baby) leaves us all bling.(oh, good) We are the world.(my daring) We are all America!(one more time)

     오갑동, 만족한 듯 일어나서 여인과 함께 무대 전면으로 다가온다.

오갑동   1945년 9월 7일 맥아더 사령부포고령 제1호. 조선인민에게 고함. 미군이 일본을 대신하여 38도선 이남을 점령하며 38도 이남의 조선인민은 미군통치에 절대적으로 따라야 한다.

     오갑동, 미군 헬멧을 벗고 경찰 모자를 쓴다.

오갑동   점령군에 대해서 반항하는 행동을 하거나 질서보안을 교
         란하는 자는 용서 없이 엄벌에 처한다.

(사이) 이승만 슬라이드로 비치며… "우리나라가 저 일본의 통치 아래에
         서는 절대로 있지 않을 것이다…. 하지만 독립할 목적으
         로 미국의 위임통치를 받고자 한다…."

김구 비치며… "이승만은 이완용이보다 더 큰 역적이다 이완용이는
         나라를 팔아먹었지만 이승만은 아직 나라를 찾기도 전에
         팔아먹은 놈이다…."

다시 이승만… "뭉쳐야 삽니다. …흩어지면 죽습니다. 건국을 하려
         면 인재를 널리 모아야 합니다. 친일한 경찰도 빨갱이 소
         탕을 위해선 필요합니다."

(총소리) 김구, 슬라이드에서 사라진다.

오갑동의 웃음소리. 낚싯줄에 달려 있는 미끼처럼 윤대장 코가 꿰인 채 오갑동
의 손짓에 딸려 들어온다.

오갑동   (윤대장을 부르며) 어이 여기! …자네가 할 수 있는… 아
         니지. 꿈이라고 했지… 역사의 수레바퀴를 바꾸고 싶다
         고…

윤대장 고개를 끄덕인다.

오갑동   그래… 한 방으로 끝내주게… 이 더러운 세상을 말이
        야.(총을 건넨다.)
윤대장   (벌벌 떨며 긴장하여 총을 받는다.) 난 가슴에 차가운 총
        을 넣었습니다. …내가 어린 시절 존경해온 안중근 선배
        님처럼 말입니다.
오갑동   역사는 흐르는 것이야. …그렇게 흘러 자네와 같은 테러
        리스트에 의해 폭포가 되어 떨어지고… 격랑은 일어나
        지. …훌륭해 …자넨 할 수 있어.
윤대장   누구를?
오갑동   비록 우리가 건국되었다 하나 다시 민족을 분열시키고
        …이젠 정부를 수립해야 하는데 나라의 분열을 획책하는
        자들…. 우리를 방해하는 놈들은 모두 빨갱이야! 오! 윤동
        지! 윤동지의 애국심과 열정을 느끼고 싶네. …오! 위대한
        테러리스트여! 역사에 길이 남을 걸세.
윤대장   동지는요?

총을 든 테러리스트들 등장

오갑동   동지? …많지… 너무나 …그러니까 자네도 그들처럼 공
        을 세우면 대한민국 건국의 공신이 되면서 우리 민족의
        영웅이 되는 거야.

오갑동의 지휘에 따라 윤대장의 무리들, 총을 쏜다. 무리들, 총에 맞아 쓰러진다. 이때 붉은 한복 입은 마네킹들, 무대 위로 던져진다.

시인   (술을 마시며) 해방된 조국엔… 그곳엔 아무것도 없었습니다. 조국도 민족도 아무것도… 일제의 앞잡이들은 그 사이를 …혼돈과 악몽, 광기의 시대. 혼재된 그 사이로 활개를 치고… 우린 쓰러지고… 그렇게… 잊혀져갔습니다.(쓰러진다.)

오갑동, 무리 사이를 거닐며…

오갑동   (호쾌한 웃음) 개죽음! …그래, (웃음) 내가 다시 거닐 수 있다니… 내가 바로 여기 해방된 조국의 거리를 …내 맘대로…(웃음)…. 그래! … 혼돈과 반목은 나에게 너무나 좋은 … 너무나 아름다운 기회였지. 오, 사랑스런 나의 대한민국… 위대한 대한민국 …(윤대장이 죽인 인물들 일으키며 키스한다.) 고마워. 나의 은인이시여… 너희들의 붉은… 오~ 사과 향기가 나는데… 나의 생명의 은인이시여. (갑자기 광기를 일으키며 마네킹에 붉은 칠을 하고 팔과 다리를 던지고 때린다.) 그래, 다 죽여! (사이) 우린 광복이 되면서 숨어서 살고 있었지…. 역사의 수레바퀴는 결국 다시 돌아오더군. 저 붉은색이 우리를 살렸어… 고마운 놈들… 우린 밤낮으로 저들을 사랑했지. (마네킹

을 고문하면서 때린다.) 한 대! 오! 고마운 대한민국이
여… 두 대! 우린 돌아온 거야. 세 대! (자기를 지칭하면
서) 민족의 반역자? 일본경찰의 앞잡이? … 그래! 하지만
위대한 대한민국의 일꾼으로 다시 돌아온 거야.

윤대장   (일어나서 공포에 떨며)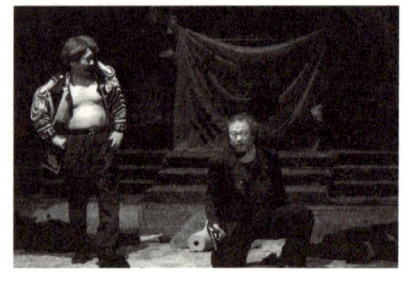
난!… 난 아니야. 내가… 난
민족의 영웅이 되고 싶었
어. 그런데 내가 죽인 저들
은… 저들은 아니야….

오갑동   시끄러워 임마. 가 임마.
가. 가. 가…. 너 이 새끼. 너 아까부터 폼만 재고… 가.
가… 이제 너희들은 사라져… 바보 같은 놈… 너희들은
할 만큼 했어. 이젠 우리만으로도 조국은 번창할 것이야.

윤대장, 비명을 지르며 쓰러진다.

시인   (일어서며) 해방된 조국은 어두워져만 갔습니다. (암전)

(슬라이드)세월은 그렇게 … 6·25 전쟁, 4·19 혁명, 5·16 군사쿠데타, 유신
헌법, 박정희 죽음, 광주살육, 다시 전두환 독재… 천천히 역사의 수레바퀴는
흘러간다. …기차소리.

11. 시인의 상처

조명 들어오면 대학생 때 시인, 뒤를 경계하면서 긴장 속에 가방을 들고 지나
간다. 의문의 사내(형사) 나타난다.

사내   어이… 이리 와봐라.

시인   (서며) 왜 그러시죠?

사내   어디 가노?

시인   친구 집에….

사내   친구 집? 와?

시인   책 빌리러요. 근데 왜 그러시죠? 저 바쁜데….(다시 걸음
          을 내딛는다.)

사내   (앞을 막으며) 그래. 바쁠 기다. 내도 바쁘다…. 책? 책이
          라캤나?

시인   ……

사내   책 좋지…. 그래, 니 책가방 한번 보자.

시인   왜… 남의… 책가방을…. 그런데 아저씬 누구시죠?

사내   와? 알고 싶나?… 내 그냥…. 좋은 사람!… 책가방 한번 보
          자. (가방을 빼앗아 열어본다.) 와따 책 많네. 니 공부 잘하
          는 갑다, 그자? … 이 책 제목이 뭐라고 돼 있노? 음, 체 게
          바라? … 책은 개나 봐라? 허… 임마 이름 와 일로? … 음,
          해방… 신… 학…? 야! 니 와 이리 가방 안이 뿔겋노?

시인   (당황하며) 어 이건 그냥….

| 사내 | 같이 노나 묵자… 같이 갈라 묵자… 그거 아니가? 뭐… 나도 안다. 참 훌륭하제. 아직 학생이 이리 훌륭한 생각을… 그런데 나는 뻘건색만 보면 알레르기가 있어서. 미안하다. 쪼매 가자. |

시인, 도망간다. 사내, 시인을 잡아서 뒤로 끌고 가 어둠 속에서 때린다. 비명소리

| 사내 | 이놈 맛이 와 이렇노? |

12. 박노파의 상처

박노파, 뛰어 들어오며

박노파	이게 무슨 소리야? 복날에 개를 패야지 사람을 왜 때려?
며느리	좀 조용히 하세요. 집 안에 가만히 계시라고 했잖아요. 세상 참견 좀 그만하시고…. 동네 부끄러워서…. 방안에서 나오지 마세요.
박노파	동네 부끄럽다고?… 왜 동네가 너더러 뭐라고 하든?
며느리	(나가려다 돌아서며) 동네 사람들이 어머니더러 뭐라는 줄 아세요?
박노파	뭐 이쁘다고는 안 했을 거고….
며느리	얼마나…… 볼켰으면 저렇게 되었나 합디다. 어휴, 남사

시러워서 정말…(퇴장)

박노파, 자기의 오자형 다리를 쳐다본다. 극중극 위안부 장면의 애절한 음악
다시 들려온다.

박노파   (담담하게) 난 결혼도 안 했다. 죄스러워서. 그래서 고아
하나 데려다 키웠는데…. 애가 잘 자라서 장가도 가고….
그런데 며느리와 손자새끼들이 날 보고 부끄럽다고… 동
네사람들이 수군거린다고… 그래서 난 다시 혼자가 되기
로 했다. (퇴장하다가 다시 들어오며) 너희들 윤대장 말
잘 들어. 내가 윤대장 처음 만났을 때… 나더러 뭐랬는지
아니? 할머니 아니었으면 세상에 저 더러운 씨들이 많이
생겨났다고… 옛날에 변소 한 번 가려면 돈 내고 가는 데
가 많았다. 근데 요즘은 무료 변소가 많아서 이제 하고 싶
은 일 아무 데나 해도 된다. 저 창녀촌이 장사가 안 되는
이유는… 아무 데나 쌀 데가 많아서 그렇다고 했다. (헛
웃음 지으며 퇴장) (암전)

13. 극중극 2막 셋 - 고문기술자 오갑동

조명 들어오면 무리들 빨래통을 들고 들어와서 무대 중심에 놓고 퇴장. 그 뒤
로 오갑동, 박정희 마네킹 인형을 들고 들어온다. 옆에 여인 하나 따라 들어온

다. 그때 일본군가 흐른다.

오갑동 오! 다카기 마사오님이시여… 다카기 마사오 박 대통령이
        시여. 다이 닛뽄데이 고꾸노 세이 덴미 고노 이노찌오 이
        게떼 사쿠라노 요우니 오찌마스. 대일본제국의 성전을 위
        해 나의 목숨을 바쳐 사쿠라같이 훌륭하게 죽겠습니다.

        이때 술 취한 시인 등장해 한쪽에서 구토를 한다. 오갑동, 마네킹과 함께 귓속
        말을 주고받는다.

오갑동 임자, 빨래 비누는 좋은 걸 써라! 하이!… 임자, 빨래 할
        때 몽둥이로 많이 두드려야 때가 잘 빠진다. 하이!

        시인, 박정희 인형에 오줌을 싼다. …오갑동, 시인을 빨래통 안으로 끌고 간 다
        음 때리고 물 먹인다.

시인   (얼굴을 들면서) 왜 때려? 그래 오줌 좀 쌌다고 때리냐.
        …매독인지 …국가원수 매독죄가.
오갑동 매독 아니라 모독.
시인   매독이나 모독이나. …그래 크게 한 건 하면 혁명이고 작
        게 하면 폭행이냐?
오갑동 이 자식. 죽어. 죽어.

여인, 가수 심수봉의 노래 〈그때 그 사람〉 부른다. 이때 윤대장 나타나며 총소리 내고 사라진다. 이때 박정희 인형 쓰러지고 놀란 가수 도망간다.

오갑동   오! 다카기 마사오님이시여… 다카기 마사오 박정희 대동령이시여…. 기념관을 세워라….

신나는 만화영화 음악 요란하다. 오갑동, 빨래통에서 시인을 빨간 칠하면서 때린다.

시인   (맞으면서도 얼굴을 들고) 언놈은 광주에서 사람을 개잡듯 죽이고 나 대통령 처먹었다. 도장 찍어달라고… 배부르겠다. 시발놈아! 어디 거기만 죽였냐? 보안사에서도 죽이고… 삼청교육대에서도 죽이 고. 아악. 그만 때려라 죽겠다. 그뿐인가? 양키놈 똥구멍 핥고… 나 대한민국 대통령이다. 좋겠다. 시불알놈아! 아아… 윽!… 악!(쓰러진다.)

놀란 오갑동, 당황한다.

오갑동   (일어나며) 탁… 치니까… 억… 하고 죽네. 탁 치니까, 억 하고 죽네. 탁 치니까 억. 탁 치니까 억…….(정신이 없다.)

시인, 빨래통에서 시체처럼 일어나 무대중앙 장치 위로 올라간다.

시인   휘이 휘이… 생각하는 백성이어야 산다. 휘이… 휘이….

귀신 분장한 무리들 등장… 오갑동, 정신이 없다.

귀신1   (손톱을 길게 길렀다.) 파란 종이 줄까? …그래 빨간 종이
       줄까? …손톱 좋아했지? 내 손톱 뽑아서 …뭘 했더라? 하
       하하… 여기 손톱 다 가져라… 하하하.

귀신2   (자기 몸을 때리면서) 그래 이제 그만 때리고… 물도 이
       만하면 많이 먹었고, 이제 오갑동… 고춧가루 뿌릴 때
       야… 어서… 저 물은 싱거워… 고춧가루 물 여기… 코에
       부어야지.

오갑동, 시키는 대로 한다.

귀신3   (번쩍 전구가 들어오는 의상 차림으로 떨면서) 오갑동…
       조금만 더… 멈추지 마… 제발… 죽여줘….

오갑동   안 돼…죽으면…. 기절할 때까지만… 그래, 그만… 기절
       하면 물 붓고… 다시.

귀신3   차라리 죽여줘…. 이제 그만.

오갑동   잘한다… 너희들 너무 잘한다… 그래 좀 더…. 야, 재미
       있다. (전기고문 동작을 하며) 지지지…. 탁 하고 치니
       까… 억 하고 죽고…(웃음, 정신을 잃고 빨래통 안으로
       중얼대며 들어간다.)

200

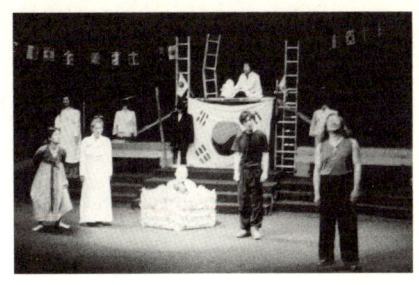

14. 윤대장의 마지막 테러

윤대장, 이 모습을 먼발치에서 보고 있다.

윤대장   이제 그만들 하시오. 여기서 2막은 끝내고 이젠 마지막 그대와 나만을 위한 연극을 할 시간이오. ···모두들 다 나오시오. ···동지들의 연기는 훌륭했소. ···고맙소.

부랑자1, 자폭 테러단처럼··· 온몸에 다이너마이트를 감고 들어온다.

부랑자1   우리도 테러 한 번 합시다. ··· 배운 게 아깝습니다.
윤대장   테러는 무고한 사람을 죽이는 것이 아니야···. 진정으로 위대한 테러리스트는 하나를 죽이면서··· 여럿을 살리는 것이야···. 어서 벗고 오시오.

부랑자1, 부끄러워하며 자기 머리를 때리며 들어간다.

부랑자2 테러는 무엇입니까? 아직도 잘 모르겠습니다. 스승님.

윤대장   테러를 만드는 것은 차별과 억압이었소. 인간이 서로 상
        대를 자기 발밑에 깔아뭉개고 누르고 할 때 울분과 분노
        와 함께 그것은 저절로 만들어지는 것이오.

시인   휘~이 휘~이, 생각하는 백성이어야 산다. 휘이 휘~이.

무리들, 내려오라고 고함친다.

윤대장   비인간적인 차별과 억압으로부터⋯ 희생된 원혼을 위해
        서 저러는 것이니⋯

시인, 하얀 천을 구조물에 단다.

윤대장   (오갑동을 가리키며) 저분은 나의 스승이시다.

박노파   죽일 놈이던데요?

윤대장   지난 과거는 좋은 것만 가르치지 않는다. 악도 스승이다.
        인간으로서 하지 말아야 할 것도 몸소 보여준 우리의 스
        승이시다.

오갑동   그래, 이놈아 열심히 사는 것도 죄냐? 나라에 녹을 먹는
        자가 누가 주던⋯ 그곳에 충성을 다하는 게 도리야⋯. 다
        카기 마사오 박 대통령이시여! ⋯그게 일본이 됐든⋯ 그

누가 됐든… 충성!… 알겠어? 임마… 지지지… 탁 하고
치니까 억 하고….

윤대장 (절망하며) 정신을 차리시오. 스승님. 진정으로 내가 원
한 건 이게 아니야… 그대로부터 듣고 싶은 말은….

오갑동 말? 무슨 말? 듣고 싶다고? (말 타는 흉내를 내며 신나해
한다.)

윤대장 ……. 연극이 허망하게 되어버렸소.

오갑동 뭐? 야 이 새끼야… 연극이 허망한 것이 아니라… 말이
허망한 것이야, 임마.

박노파 이상하게 돌아가는데….

윤대장 그래, 미친 짓거리가 모여서 인생이 되었고, 연극? 그것
도 인생의 광란을 보여주는 거야.

오갑동을 빨래통에 밀치곤 뭔가 결심한 듯 윤대장, 진중해진다.

윤대장 서대문형무소엔 갔다 왔느냐.

부랑자2 그곳이 텅 비어 있었습니다.

윤대장 그럴 리가 있느냐? 형무소에 죄인들이 아무도…. 그러면
죄지은 자가 하나도 없다는 말이냐?

부랑자2 하여튼 그곳에는 아무도 없었습니다.

부랑자1 좋은 세상이 온 것이죠.

윤대장 서대문형무소에 미루나무는 잘라 왔느냐?

부랑자1 예 저기 가져다놓았습니다.

윤대장   형무소에서 장기수로 있을 때… 나를 닮은 나무였다. …
        저 자를 묶어라.

오갑동을 묶는다.

오갑동   야 이 새끼들아. 그렇게 묶는 게 아냐. 이 멍청한 새끼들
        아. 이리 내 임마.(자진해서 묶인다.)
윤대장   어둡고 가난한 나의 부랑자 동지들… 자기를 책망하기
        이전에… 세상과 싸우는 용기를 잊지 않기를….

장중한 음악 흐르면 구조물 위에 시인은 휘이 휘이 동작을 반복하고 있다.

윤대장   난 오늘 한 번도 성공 못한 나의 테러리스트의 꿈을 여기
        서 이루고자 한다.
오갑동   윤동지! 윤동지의 애국심과 열정을 느끼고 싶네.
윤대장   그 동반자로 저 사람을 선택했다.
오갑동   오! 위대한 테러리스트여!
윤대장   그는 나를 실패한 테러리스트로 가르쳤다.
오갑동   역사에 길이 남을걸세.
윤대장   이제 나도 성공한 테러를 마지막으로 하고자 한다.
오갑동   하하하… 잘났다, 임마. 넌 아직 아니야…. 더 배워야
        돼…. 날 죽인다고? 웃기고 자빠졌네. 날 죽이겠다고…
        야 이 멍청이 같은 놈. 독립만 하면 다 나라야? 우리가 아

니면 벌써 빨갱이 천국이 되었다고. (무리들에게) 야 이
놈들아 저 놈의 말만 듣고… 너희들은 속았어… 저 놈에
게 속은 거야. 난 대한민국 건국의 영웅이란 말이야…. 빨
갱이로부터 나라를 구한 위대한 지사란 말이야.

무리들, 윤대장을 에워싸며 비장한 모습으로 앞으로 천천히 걸어간다.

윤대장   선과 악은! 언제나 악의 강렬한 열정에 의해… 선은 뒤로
물러나는 여유를 보였다. 하지만 이젠 선도 악보다 열정
을 가져야 한다. 역사는 우리에게 언제나 악의 멋스러움
만을 가르쳤다. 난 무식하지만…….

무리들, 뒤로 물러나며 비장한 모습으로 정지

오갑동   야 이놈아 너 같은 무지렁이가 역사를 어떻게 알아. 비록
우리가 일제의 주구 노릇은 했지만… 광복만 되었지…
제대로 나라도 건국 못할 때 조국에 충성을 다했어.

윤대장   조용히 하시오. 위대한 스승님. 당신의 하수인이었던 어
리석은… 바보 같은… 내가 당신으로부터 배운 위대한
교훈을 실천하고자 함이요. 아무도 할 수 없었던 그 위대
한 테러를 도와주시오. 내가 나를 죽임으로써… 한 역사
의, 청산하지 못한 역사의 거짓과 어리석음을 씻어 내립
시다.

오갑동   아이고 잘났다. 그래. 그래.

윤대장   자, 이제 우리는 사라집시다. 치욕과 거짓된 역사의 찌꺼
　　　　기로서 그만 악취를 뿌리고… 우리가 청소되어야 대한민
　　　　국 다시 시작할 것 아닙니까?

오갑동   아이고. 대한민국 잘 빠졌다. 아이고… 대~한민국! 짝짝
　　　　짝짝!

윤대장   저 입을 막아라… 이제 연극은 끝났다.

　　　　윤대장, 미루나무 앞으로 걸어가서 안으며… 무리들, 비장하고 강렬한 민중적
　　　　춤사위로 뒤섞인다.

윤대장   이 나무는 서대문 형무소 뒤뜰 사형장 가는 길에 있었던
　　　　거다. 왜 이렇게 마른 줄 아느냐? 억울하게 죽어간 사형
　　　　수와 위대했던 우국지사들이 이 나무를 안고 울면서…
　　　　피눈물의 영혼을 남기고 갔기 때문이다.

　　　　윤대장, 구조물 위로 올라서며 오갑동의 목에 감겨 연결된 천을 자기 목에 감
　　　　는다.

윤대장(시인)　　거짓과 인간의 증오를
　　　　　　　　모두 담은 저 나무와 함께
　　　　　　　　이 생을 마감한다. 시인은
　　　　　　　　시를 노래하고…(차라리 진

206

달래와 봉선화와 민족의 탄식으로…) 이제(하나의 화환을 엮어…) 풍악을 울려라.(이 영원한 선구자의 이마를 에워싸라….)

시인　차라리 진달래와 봉선화와 민족의 탄식으로 하나의 화환을 엮어… 이 영원한 선구자의 이마를 에워싸라… 다만 때 묻은 인민의 손으로… 그의 관을 덮어라… 일월과 파도가 고요한 그곳에 그를 쉬게 하라.(김광균의 詩 「상여를 쫓으며」 中)

윤대장 목이 졸려서 떨어지자… 오갑동 목이 졸려 서서히 죽어간다. (암전)

음악소리 후 침묵…

침묵 속에 다시 국민의례와 함께 순국선열에 대한 묵념 멘트 나오면 조명 들어온다. 무대 위 아무도 없다.

태 몽

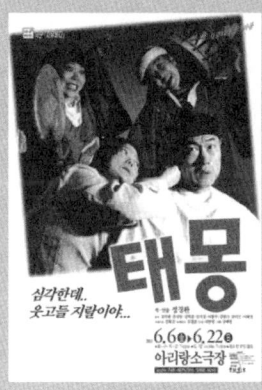

2001. 6. 1~6. 10 / 자유바다 소극장 / 이동희, 손성숙, 홍유, 이혜영, 엄지영, 정주빈

2002. 7. 17~7. 28 / 자유바다 소극장 / 주광회, 손성숙, 이혜영, 강혜란, 엄지영, 이창수, 권혁철

2003. 6. 6~6. 22 / 대학로 아리랑 소극장 / 조덕제, 손성숙, 권혁철,
이혜영, 엄지영, 이창수, 김범기, 조미선

무대

무대 중심으로 높은 단. 때론 무덤처럼 보인다.

전체적으로 변환이 자유롭고 등 · 퇴장이 편리하다.

1. 태몽(胎夢) - 生과 死

조명 들어오면 침묵 속에 흰 상복의 무표정한 아이들, 놀이를 하고 있다. 고무
줄놀이, 비석치기 등…. 놀이 마지막에 용 모양을 표현하며 퇴장…. 사라진 아
이를 뉘로 단 아래 누군가 보인다. 밝아지면 아이, 앉아 있다. 상복 입은 아버지
등장. 긴 여정으로 몹시도 피곤하다. 삶이라는 긴 여정…

아버지   거기에 뉘시오? 사람이시오? 아니면 귀신이오?

아이   (미동도 없이 눈을 감고 앉아 있다.)

아버지   며칠의 긴 여행에 누굴 만난 게 처음이니… 무섭기도 하
         고… 반갑기도 한데 이거 원 가까이 가기가 힘드네. (다
         가서며) 이거 보시오. 이거 말이 없네. 여기가…

아이   (눈을 뜬다.)

아버지   여기가 어디요? 초행길이다 보니 (아이의 눈치를 보며)
         물론 내가 어디로 가야 한다는 것은 잘 알고 있지만… 길
         이 영….

아이   가는 것이 오는 것. 가고 오고가 어디에 있겠는가? 가는
         길 어이 재촉하여 어서 다녀오시게.

아버지   무슨 말씀인지?

아이   가다 머물면 거기가 번뇌요, 오다 보면 다시 기약하는 그
         것이 인연인 걸, 새삼 말은 하여 무엇 하리.

아버지   알겠소. 쉬는 것도 아니 된다. 이토록 비정하니 여기는 이
         승은 아닌 것이 틀림이 없구려. (다시 움직이며) 그래. 무

	엇이 남아 미련을 갖게 여길 머문단 말이요. 가세. 어이 가세. 영혼이여 어서 가세.
아이	이보게나. 짐을 그리도 많이 달고서 어이 간단 말인가? 버리고 가세.
아버지	(둘러보며) 무엇이 달려 있단 말이오. 아무것도 없는데?
아이	한 줌의 상념도 잊지 않았으니 그 짐이 천근만근일세.
아버지	무슨 말이오? 아무것도 가진 것이 없는데요?
아이	무거운 발걸음이 뒤를 보지 않았는가!
아버지	(뒤를 돌아보며) 하기사 발걸음이 어이도 이다지 무겁단 말이오?

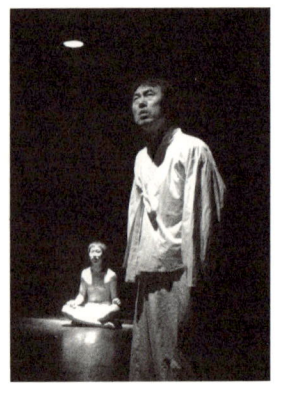

아이	버리게나. 이승의 하얀 연기 속에 자신을 가두었으니… 여기서 풀어헤치고 가게나.
아버지	허나 저나 가긴 간다만… 내 어디로 간간 말이오?
아이	생이어사(生而於死) 사이어생(死而於生). 가다 보면 돌아오고. 돌아보면 거기에 내가 가고 있지 않겠나.
아버지	예?
아이	삶이 죽음이요 죽음이 삶이로다. 이승의 생일날이 저승의 제삿날이요 저승의 생일날이 바로 이승의 제삿날인 것이야. 생일 축하하네.(웃음)

아버지   이건 또 무슨 말이오.

아이   어서 가게나. 긴 여정이 또다시 시작일세. 다녀오시게.

기저귀를 찬 모습의 아이, 일어선다.

아버지   그럼 그대는.

아이   이제 아시겠는가? 나 역시 새로운 여정의 시작일세. 바로
        당신이 뒤로 미련을 버리지 못하는 그곳으로 말일세. 나
        도 이젠 가야지.

아버지   잘 돌아가시오.

아이   잘 돌아가시게.(암전)

암전 속에 갓 태어난 아이의 울음소리

2. 해몽(解夢)

조명 들어오면 네 명의 점쟁이 나란히 앉아 있다.

아이 앉아 있는 유모차를 엄마, 행복한 표정으로 밀며 들어온다.

점쟁이1   전주 이씨 효령대군파 28대손? (생각에 잠기며) 중덕백년
         에 지엽무성이요, 백년을 전해온 조상의 여덕으로 자손
         이 번창하여 무성이로세.

점쟁이2 평생 소한하니 심중불리로다. 평생에 있는 한이 마음속을 떠나지 않는구나.

점쟁이3 일시 구걸하니 막한빈궁이여. 한때는 구걸하니 궁함을 한탄하지 말라.

점쟁이4 유두 무미하나 다사공평하여 머리는 있고 꼬리가 없으나 모든 것이 공평한 것이니.

점쟁이1 길기하처? 길한 곳이 어느 곳이여?

점쟁이2 미륵헌공하면 위인두목이여. 사람 된 품이 가히… 아들! 왕이시여!

다들 놀라며 서로의 점괘를 확인하면서 쳐다본다.

점쟁이3 이거이 뭐시여? 이것들이 완전히 환장을 했구만. 말세여.

점쟁이4 지성기도하면 굴지득금이여. 지성으로 기도하면 땅을 파서 금을 얻게 되는 것이여.

점쟁이1 잘못된 것 아녀?

점쟁이2 이상하게 돌아가는 것 같은디?

점쟁이3 (정신없이) 점괘가 왜 이렇게 돌아간다냐? 우리가 왜 이러는 거여?

점쟁이4 모르겠네… 대충 마무리하고 가세나.

점쟁이1 니기미가 된 것 아녀?

점쟁이2 아니여… 신발끈이 된 겨.

점쟁이3 다시 해야 되는 것 아녀?

점쟁이4	시간 없어. 빨리하고 가세. 대충 발라주고.
점쟁이1	아우가 마무리하세.
점쟁이2	존덴버 시바이쩌여… 어려운 것은 만날 나여.
점쟁이3	개불알티. 어서 혀.
점쟁이4	미륵 헌공하니… 어… 필성대공!… 아니, 왕이여… 필성 대왕이여!
점쟁이1	(급히 도망가며) 우리가 왜 이러는지 몰라.
점쟁이들	어여 가.

점쟁이들, 빠르게 퇴장

엄마	난 너의 엄마고 넌 나의 사랑스런 아들. (아기에게 뽀뽀) 행복하고 행복이 넘쳐 이루 말을 다 하지 못하겠구나. 너의 아버지가 무척 기뻐하실 거야. 아마 미쳐버릴지도 모르겠다.
아버지	(긴장하며 등 뒤로 들이온다.) 뭐요? 빨리. 궁금해서 미치기 전에 어서.
엄마	…공주.
아버지	뭐시여! (실망하며)
엄마	아니, 왕…
아버지	(밝아지며) 그래. 어서, 얼른!
엄마	…왕자!
아버지	(통쾌한 웃음) 그래 바로 그거야. 아들! 아들이야! 통촉하

여 주시옵소서. … 마마… (웃음) 아무도 모른다… 암…
아무도 모르고말고. 다시 왕이 태어났어. 새로운 왕조가
말이야. 이미 난 알고 있었지. (관객에게 강요하며) 따라
해. 마마 통촉하여 주시옵소서. 마마.

엄마   그만하세요. 흥분단 말이에요.

아버지   아들이야! 그래 아들. 오, 나의 왕자여. (울먹이며) 아무도
모를걸. 지난 시절 인고의 세월이었다. 아무도 모른다. 왕
족으로 태어나 온갖 수모를… 치욕의 세월이었다. 오늘
을 위해 바로 이날을 위해 온갖 수모를 견디어온 거야. 왕
을 탄생시키기 위해 말이야.

엄마, 유모차 밀며 들어간다. 그 뒤로 아버지, 통쾌하게 웃으며 팔자걸음으로
거들먹거리며 따라 들어간다.(퇴장)
무대 뒤 행복한 가족의 웃음소리, 애기 어르는 소리들.
기저귀 찬 아이, 일어나 혼자서 유모차 다시 끌고 나온다.

아들   (애기 목소리) 이게 제가 기억하고 있는 아버지의 첫 모
습입니다. 우리 아버진 날 왕손의 자식이라고 철두철미
하게 믿고 계시고, 난 왕자로 살아야 했습니다. 아버진
대원군으로, 이후 날 왕으로 만들기 위해 살았습니다.
(아기, 어른의 표정으로 변하며) 착하디착한 우리 아버
지. 불행했던 젊은 날의 우리 아버지.

3. 불행했던 시절

아이들, 나무총을 들고 병정놀이를 하며 등장. 5 · 16쿠데타를 비유한다. 다시 병정인형 같은 특이한 모습으로 줄서서 무대 앞으로 행진하며 선다. 띄엄띄엄 책을 읽는 어린아이의 목소리로,

군인1　혁. 명. 포. 고. 문!

군인2　나라를 구하러 우린 일어났네.

군인3　무능한 관료와 정치가는 물러나라.

군인4　세상은 이제 (코를 훔치고) 우리가 구할 것이다.

군인1　백성을 구? 굶주림에서 해방시키자.

장군　(박정희 목소리 흉내 내며) 우리에게 무엇이 있었는가? 사실 생각해보면 아무것도 없지 않았는가? 오천 년 가난과 굶주림의 우리 역사! 누가 우릴 이 지경으로 만들었는가? 위정자는 권력에 굶주리고, 백성은 배를 움켜쥐며 뒹굴고. 여러분! 이제 가난으로부터 탈출인 것입니다. 여러분! 그러기에 우린 일어났습니다. 이젠 희망입니다. 이 길만이 우리의 살길입니다. (울먹이며) 더 이상! 나와 같은 불행한 군인은 없어야 할 것입니다.

놀이 하던 아이들 퇴장하는 뒤로, 연애 시절 모습의 엄마 아버지 등장

엄마   영~~

아버지 숙~~숙은 나의 앙증맞은 꽃사슴~

엄마   아! 영의 뜨거운 눈동자, 내 가슴을 불태우는구나. … 앗
        뜨거!!(벤치에 앉는다.)

아버지 (낙엽을 뿌리며) 숙! 이 싸나이의 넓은 가슴에 풍~덩~
        (숙, 뭔가를 발견한 듯 자리에서 일어난다.) 안기어…(무
        안해하며)

엄마   영! 바안짝 바안짝 저 별!! 저 별을 따다 주세요~ 영!

아버지 오~스타. 숙의 눈동자에도 저 별이 있다~~ (반 암전)

        엄마 아버지, 다시 웃음 속에 퇴장하면, 반암전 속에 미싱 소리 (배우들의 입소
        리로 효과음을 내면 좋겠다.) 새벽의 봉제공장. 공원들 하품하며 등장. 나란히
        열을 지으며 입소리 낸다.
        엄마 아버지, 지각한 듯 들어와 합류한다. 미싱 소리 커진다.
        잠시 후 아버지, 엄마에게 눈치 주며 빠져나온다. 이어서 엄마 역시 무리에서
        나오고 부분무대로 들어간다.

아버지 (주저하며) 난 말이지… 그러니까… 당신을 (미싱 소리
        커진다.) 이거 원 시끄러워서.

엄마   왜요? 어서 말씀하세요.

아버지 그러니까… 말이지 …난 …당신이 필요해.

엄마   (고함치며) 잘 안 들려요. 크게 말씀하세요.

아버지   (고함치며) 나는 그대가… 내 아이의 엄마가 될 것이라는
         거야.

엄마   내가 당신의 엄마라구요?

아버지   아니… 그리니까 …내가 …당신이 내 아이를 낳아달라구.

엄마   내가 당신의 아들이라구요?

공원 무리들, 엄마와 아버지가 있는 부분무대로 이동

아버지   이런… 귓구멍에 먼지가 앉았냐…. 아니… 그러니까 …
         사랑한다구.

엄마   (놀라며) 사랑한다구요?

공원 무리들, 닭살 돋으며 퇴장

아버지   그래… 나의 왕자를 만들어… 줘….

엄마   무슨 말인지 도무지 알 수가 없어요. 왕자라뇨?

아버지   이거 원… 나의 아내가 되어달라고!

두 사람 포옹과 함께 결혼식 음악 흐르고, 엄마 아버지 퇴장.

결혼식 사진촬영 장면. 사진사 등장하며,

사진사   사돈, 팔촌에 이모, 고모, 제종 다 나오세요! 남는 게 사진

입니다. 가족 기념사진 찍겠습니다. 어서 나오세요. (객
석을 바라보며) 신랑, 신부 웃으세요. 비키니! 하나, 둘,
(갑자기 중단하며) 거기 삼촌 무슨 초상집 왔습니까? 웃
으세요. 비키니! 따라하세요! 비키니! 자 들어갑니다. 하
나, 둘, 셋!(암전)

조명 들어오면 아버지, 군복을 입고 들어온다. 엄마, 걱정스런 표정으로 따라
들어온다.

아버지   월남에 가면 돈을 많이 번대.
엄마   위험하잖아요?
아버지   아니야. 어차피 군대는 가야 하고, 이왕이면 돈을 벌어야지.
엄마   난 두려워요…(울먹인다.)
아버지   (위로하며) 걱정하지 마…. 나… 갔다 올게.(퇴장)
엄마   (따라가며) 몸조심하세요. … 살아서 돌아와요.(암전)

4. 狂

베트남전선, 밀림의 어느 곳, 포탄소리
요란한 전쟁의 한가운데.
월남옷 복장의 소녀들 혼령, 서서히 걸
어 나온다.

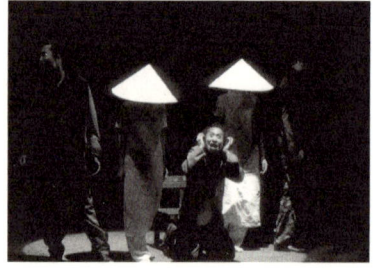

그 사이로 전투 중인 군인들 등장. 총소리, 포탄 터지는 소리를 입소리 내며 소녀들을 엄폐물 삼아 총격전.

군인1   와라! 제발. 어서 오너라. 어이 이 상병 엄호해. 내가 앞으로 갈 테니.(기어간다.)

아버지   그래. 지루하고 고통스런. 저주받은 이 땅에서의 탈출이다.

군인1   여기서 끝내자… 콰광!(입소리와 함께 엎드린다. 침묵. 다시 광적인 총소리)

아버지   부하 한 놈이 비명을 지르며 소리쳤지… 아악… 그놈의 몸뚱아리는 흘러내리고 있었지…. 그 사이로 새빨간 피! 콰광!(함께 엎드린다. 침묵. 다시 총소리)

아버지   폭탄은 터지고… 연기로 앞이 보이지 않는 거야. … 히히… 그런데 바로 옆에서 날 보고 엎드리라고 소리치던 장 일병이…

군인2   엎드려 이 새끼야.

아버지   저만치 허리가 잘린 채 웃고 있는 거야… 하하하… 콰광!(함께 엎드린다. 침묵. 다시 총소리)

군인2   그때 난 참호 속에서 머리를 박고 있었는데 아무도 보이지 않는 거야. 그래서 얼굴을 조심스럽게 내미는데… 저기… 이 병장이 총을 타타타탕 허공에다 쏘고 있잖아… 멋있는데…

아버지   정신 차려 이 새끼야!

군인1   콰광! (함께 엎드린다. 침묵. 다시 총소리) 연기 사이로 아무엇도 보이지 않았고… 귀엔 아무것도 들리지 않았어.
… 콰쾅!(엎드린다. 침묵. 다시 총소리)

아버지　포연의 연기 사이로 소녀들이 함박웃음을 짓고 오는 거
야. (월남 소녀들, 천천히 움직인다.) 천국이었지. 내가
방금 지나온 지옥은 사라지고. 아까… 그곳을 응시했지.
공포에 사로잡히며 내가 연기 사이로 본 것은 창자덩어
리가 튀어 오른 소녀와 살점이 공중으로 날아가는…(소
녀들 사라진다.)

군인1　너무나 아름다운…

군인2　축폭은 여기저기서 터지고…

군인들　내 몸은 공중으로 날아 저 멀리… 사라진다…

군인, 아버지, 허공에 광적으로 총을 난사하며 퇴장.

무대는 월남 위문공연 장면으로 이어진다.

두 명의 여가수 등장. 〈월남에서 돌아 온 김상사〉를 노래하며 춤춘다.

노래가 끝나면 여가수 '살아서 돌아오세요' 소리치며 퇴장.

음향으로 노래 다시 이어지면서 버스 출발 소리.

객석 문으로 차장 등장. 관객을 버스 승객으로 본다.

차장　스톱! 시청! 시청! 내리실 분 없습니까? 역전앞 가요! 어서
타세요. 타실 분 없으면 오라이!

부랑자 무리들　(객석 문으로 뛰어 들어오며) 같이 갑시다!

군복 차림의 부랑자들, 하나는 가짜 팔에 갈고리가 위협적이다. 사이에 의기소
침한 아버지도 있다. 부랑자들, 승객을 위협하며 상행위.

부랑자1   이거 정말 반갑습니다. 우린 대한민국의 국군으로서 자
          유와 민주주의 수호를 위해 머나먼 월남에서 용삼히 싸
          우고 온 용사들입니다.

부랑자2   박수! (객석을 위협하며) 안 친다? 주무신다? 이런 씨방
          새!(관객에게 의수를 보이며 위협한다.)

부랑자1   왜 이러나? 안 하사, 조심해. 잘못하면 다쳐.

부랑자2   누구야? 누가 이랬어? 씨팔. 내 팔? 니가 그랬어? 니가 그
          랬지.(위협한다.)

부랑자1   (말리며) 우리가 잘 먹게 됐다. 잘 살게 됐다. 다 누구 덕
          입니까?

부랑자1, 아버지의 옆구리를 찌른다. 아버지, 관객을 쳐다보다 두려워하며 부
랑자1 뒤로 숨는다.

부랑자1   오늘날 경부고속도로를 여기 안 하사의 팔과 다리를 팔
          아서 만들고.

부랑자2   만들고!

부랑자1   저 뭐야? 그래 포? 음… 포? (부랑자2, 귓속말로 '포항제
          철') 포항제철! 여기 이 중사의 갈빗대를 부숴 세웠다 이
          말입니다!

부랑자2 박수!

부랑자1 그러나… 우린 병신 되고 너희들은 잘 살고 이거… 공평
       합니까? 여러분, 안 그렇습니까?

부랑자2 그래 안 그래? 십팔!

부랑자1 그래서 나누자 이겁니다. 갈라 먹자 이겁니다. 아니 거저
       달라는 것이 아니고 여기 옷! 삔! 을 좀 사달라 이겁니다.
       병신 된 우리가 뭘 가지고 살겠습니까? (울먹이며) 나눕
       시다! 사이좋게!

       부랑자1, 2, 객석 사이에서 위협하며 강매한다. 아버진 넋 나간 모습으로 안절
       부절못하고 있다.

차장   스톱! 역전앞? 역전앞 내리실 분? 안 계시면 오라이!

       아버지, 버스에서 내려 도망간다.(퇴장)

부랑자들 어, 이봐 이 중사! 아니 이 병장! (아버지 뒤를 쫓아가며
       퇴장)

차장   아~우 아부지! 귀신들은 뭐 하나? 저것들 안 잡아가고.(객
       석조명 아웃)

       무대, 다시 부랑자들 등장한다. 불안한 상태의 아버지, 상기되어 있다.

224

아버지 이것 봐? 우린 만나지 말았어야 했어. 겨우 우리가 하는 짓이 부랑자야? 난 아니야. 난 왕족이야 알겠어?

부랑자2 개수작 떨지 마. 이 새끼야! 이 자식 눈뜨고는 못 보겠구만. 십팔. 혼자 고고하다 이거야? 누군 좋아서 이 짓거리하고 있나? 임마! 비참하다 이거야? 십팔! 날 봐 임마! 이 꼴로 뭘 할 수 있겠어? 병신이잖아.

부랑자1 이봐? 이 병장. 자식새끼 굶길 수는 없잖아? 언제까지 마누라 고생시킬 거야?

아버지 난 말이야. 왕족이야. 어찌… 거지가 되냐 말이야? 이씨 가문의 자손으로서 이건.

부랑자2 이 자식! 망각하지 마. 임마! 난 팔다리 없는 병신이지만 넌 머릿속이 죽었잖아, 이 새끼. 병신 꼴로.

부랑자1 이번에도 쫓겨났다며. 야근 서다가 불 냈다면서. 우린 아무 데도 일할 데가 없어. 있으면 왜 이 짓을 하냐 말이야. 그러니까. 같이 해.

부랑사2 차라리 이 새끼랑 일하지 맙시다, 병신새끼!

아버지, 공포에 질리는 표정으로 불안해한다.
이때, 월남소녀 영혼들 천천히 무대로 등장, 사이좋게 놀이를 하며 아버지에게 같이 놀자고 손짓한다.

아버지 (천천히 몸을 비비며) 그래. 난 병신이야. 밤마다 울어대, 잡탕들이 내 피부에서 내 머리에서. (고통스러워하며) 아이고 간지러워… 미치겠단 말이야.(점점 온몸을 비튼다.)

부랑자2 지금 네 얼굴은 지옥의 악령의 얼굴이야. 차라리 죽어.

아버지 그래 난 네 말대로 차라리 지옥에라도 달려가고 싶어. 미
치고 싶다.(몸부림친다.)

부랑자들 (놀라며) 왜 이래? 정신 차려. 이 새끼야!

아버지 달아나고 싶어. 그러니까. 제발. 내 앞에서 사라져줘. 아
이고 간지러워라. 내 앞에서 사라져. 이게 날 도와주는 거
야.(점점 광적으로 변한다.)

부랑자들, 당황해 뒤로 물러나며 퇴장.

베트남 소녀영혼들, 아버지를 향해 오라고 손짓한다. 아버지 점점 편안해지며,

아버지 저기 그래 저기. 시원해. 시원해.(소녀 영혼들에게 다가서며)

소녀 영혼1 시원할 수 있지. 영혼을 잠재우는 신비의 혼! 그대의
뜨거운 심장을 나에게. (웃음 띠는 아버지) 그래 바로 그
거야. 아이구 귀여운 내 영혼!(아버지의 머리를 누르면
아버지 다시 간지러워한다.)

소녀 영혼2 간지러워? 미치고 싶지. 넌 왕족이야. 간지러운 건 바
로 네가 왕족이기 때문이야. (악령의 얼굴로 변하며 목소
리도 무섭게 변한다.) 지난 왕들은 모두 다 피부가 거북
이 등짝이었지. 그러니까 간지러운 거야. 넌 왕족이야. 조
선 왕족의 후손. 피부병? 유전이야.

아버지 아이고 간지러워라.

소녀 영혼1	오! 달링! 시원해. 너를 거부하지 마. 바로 그게 너야. 위선이었지. 왜 거기에 매달리니. 바보! 그냥 아무렇게나 버려버리란 말이야. 넌 왕족이야!
아버지	내가 왕족이란 말이지…. 그러니까 간지럽다고…
소녀 영혼2	그럼… 그러니까 참아. 내 선소늘도 참았어.

아버지, 고통을 참으며 뭔가를 중얼거린다. 영혼들, 웃으며 사라진다.

아버지	(밝고 편안한 얼굴) 참아? 그래… 참아. (뭔가에 홀린 듯 먼 곳을 쳐다본다. 그리곤 중얼거린다.) 태! 정! 태! 세! 문! 단! 세!…

아버지의 중얼거림은 마치 주문처럼 들리며 무대 구석으로 이동, 편안하게 앉는다. 사이 침묵

5. 환몽(患夢)

아이에서 장성하여 이미 고등학생이 된 아들, 힘없이 들어온다.

다시 총소리, 대포소리, 헬리콥터 소리 울려오고 아버지, 공포 속에 구석으로 숨는다.(퇴장)

넋 나간 아버지 모습을 보고 절망한 아들, 책상에 앉아 집중해보지만 아버지 중얼대는 소리는 계속 들려오고 절망한 아들, 뛰쳐나간다. 아버지의 주문 소리

는 계속된다.

단 위로 아버지, 골방처럼 편안히 누워 있다. 다시 악몽에 시달린다.

악몽 – 10 · 26사태 – 앞장의 5 · 16혁명의 연결선상에서,

아이에서 장성한 학생들, 각각 박정희, 김재규, 전두환, 노태우로 분해 박정희

암살 사건을 놀이로 보이며 상황을 단적으로 표현한다.

부분무대. 아들, 불량기 있는 친구들과 등장. 녹음기 틀어놓고 춤추며 놀고 있다.

엄마, 떡 함지박을 이고 등장.

엄마   떡 사세요! 떡 좀 사주세요!

아들 무리들, 노는 데 정신이 없다.

엄마   떡 좀 사주세요. 쑥떡도 있어요. (아들을 발견) 아들아!

아들   어, 엄… 마… (놀라 달아난다.)

엄마   애야! 애야! (따라 들어간다.)

아들, 엄마, 다른 장소로 등장.

엄마   애야. 왜 이러냐?

아들   싫단 말이에요. 도대체 이젠 내가 어떻게 해야겠어요?

엄마   애야. 내 아들아. 넌, 네 애비가 불쌍하지도 않단 말이냐?

저리도 널 생각하니까 그나마 살아가는 끈을 놓지 않는 거야. 아버지의 고통을 조금이라도 이해한다면, 제발 그냥 참고 옆에만 있어주면 안 되겠니? 응, 아들아.

아들 난 지나온 과거를 생각하면 진저리가 나요. 아버진 동정을 사실 만큼 한 것이 없잖아요? 엄마에게나 나에게요. 엄만 모르세요? 오늘까지 우리 가족에게 아버진 아무것도 한 게….

엄마 (화를 내며) 무슨 소리냐? 아버지가 우릴 얼마나 끔찍이 생각하는데….

아들 그래서 이제까지 엄마가 그 고생을…. 아버진 가장으로서 아무것도… 엄만 아버지의 노예예요. 아버지의 노예. 차라리 도망이라도 가세요. 난 이제 다 컸으니 나의 길을 가면 돼요.

엄마 (아들의 등을 때리며) 이게 무슨 말이니. 너의 아버지가 무슨 잘못을 했단 말이냐? 단지 살아보려고 하다가… 저리 남의 나라, 전쟁에. (울먹임을 추스르며) 아버진 살아온 세월을 원망하는 것이 아니라 자기 신념이야. 자기의 세상을 꿈꾸고 있는 것뿐이지. 누굴 원망하거나 미워해서 저러는 것이 아니야. 비록 그놈의 병 때문에… 아니, 꿈 때문에 너와 나 우리 가족에게 무능한 것뿐이지. 난 괜찮아. 그러니까.

아들 엄마는 사람도 아닌가요? 무엇이 두려워 헤어나지 못하는 것이에요. 이제 아버진 당신의 세계, 아니 자신의 망

상을 혼자서 하면 될 거 아니에요. 그게 아버지의 행복이
니까요. 엄마. 제발. 이제 아버지로부터 해방됩시다. 저
망령으로부터 말이에요!

엄마　안 돼. 아들아. 이건 천륜이야. 핏줄인 것이야. 너의 아버
지가 널 얼마나 생각하는지 너도 알지 않느냐.

아버지의 호탕한 웃음소리 들려온다.

아들　미칠 것만 같아… 밤만 되면 아버지의 환몽 때문에 더 이상
저는… 엄마, 내가 왜 이렇게 된 줄 아세요? 전 친구도 없어
요. 더 이상 내가 어떻게 해야 하나요? 그냥… 우리가….

엄마　아니다. 아들아. 난 저런 너의 아버질… 이해한다.

아들　이해가 중요한 게 아니에요. 엄마, 저건 아버지의 망상이
란 말이에요. 바로 미쳤다는 거라구요. 현실을 직시하세
요. 언제까지 이렇게….

엄마　그만해라. 네가 아버질 이해하지 못하겠다면 나라도 저
불쌍한 사람을 어떻게 한단 말이냐? 난 그럴 수 없다.

아버지, 벌떡 일어나서 소리치며 다시 잠에 빠진다.

아버지　무엇이 이리도 소란한 것이야.

아들　(뛰쳐나가며) 더러운 집구석!

엄마　(쫓아가며) 애야. 애야.

아버지   (단 위의 아버지, 잠결에 일어났다 앉았다를 반복하며)
　　　　 내가 누구냐? 바로 왕족이니라. 무엇들 하느냐. 제례를
　　　　 준비해야 하질 않느냐?

다시 아버지, 꿈속을 헤멘다.

정악이 흐르면 조선신하 무리들 등장. 그 모습이 다 떨어진 관복에 초라하고
목소리와 걸음걸이 정상이 아니다.

신하들   (절하며) 종묘제례! 조선제왕신위!

신하1   하늘의 명을 받아 조선을 건국하고.

신하2   나라의 아버지로 추존되신 제왕들의 신위를 모신 곳.

신하들   태묘봉안!

신하3   종묘정전의 창업군주이신 태조 이성계의 신위를 모시고.

신하1   조선을 대표하는 제왕들의 신위를 모셔라.

신하들   태묘봉안!

신하들, 위패를 들고 무대를 떠돈다. 이상한 걸음걸이

신하들   태종. 태조. 세종. 성종. 중종. 성종. 인조. 효종. 현종. 숙
　　　　 종. 영조. 정조 종묘 봉안!

신하들   목조. 익조. 도조. 환조. 정종. 문종. 단종. 예종. 인종. 명
　　　　 종. 원종 영년전 봉안!

신하들, 기이한 형상으로 굳은 자세가 된다.

아버지, 신하들 대사 속에 허공을 헤매다 엎어지며 울부짖는다.

아버지　나라의 중심이 있어야 하는 것이야. 이 나라에 제왕이 없
　　　　으니 제멋대로 아닌가. 이 나라가 도대체 어디로 가고 있
　　　　단 말인가. 이 선대대왕들의 영광을 내팽개치고… 후손
　　　　으로서 이 일을 어찌한단 말인가. 이래서야 되겠는가. 왕
　　　　족으로 태어나 선조들의 넋을 뵈올 낯인들 있겠는가. 이
　　　　래서야 되겠는가. (갑자기 울음을 멈추고) 안 되지. 저 찬
　　　　란한 역사의 주인 된 도리로서 이래서야 안 되지. 안 되고
　　　　말고. 기필코 다시 일어서야 해. 다시 일으켜 세워야 해.
　　　　그럼 왕손을 이어야 해. 조선은 다시 책임 있는 제왕을 만
　　　　들어야 해! 태정태세문단세… 예성연중인명선…(빠르게
　　　　퇴장)

신하들　으에으에으으어!(암전)

암전 속에 경찰 사이렌 소리

조명 들어오며 거만하게 아버지, 앉아 있고 파출소 경찰, 취조하고 있다.

경찰　　당신 미친 것 아냐? 이거 도대체 무슨 짓이란 말이야? 인
　　　　정사정 볼 것 없어. 이번엔 안 돼. 들어가야겠어.

232

아버지, 가소롭게 쳐다보며 뭔가를 모른다는 듯 히죽 웃고 있다.

경찰   (화난 듯 고함치며) 당신 말이야. 이번엔 고생을 좀 해야
         돼. 내가 버릇을 단단히 고쳐야겠어. 시국이 어떤 시국인
         데 말이야. 종묘에서 노래를 부르고 청와대 담벼락을 넘
         어가. 거기가 어딘 줄 알고나 있는 거야?
아버지   이놈아. 제 집 들어가면서 허락받고 들어가냐?
경찰   청와대가 네 집이냐?
아버지   거긴 경복궁이야. 우리 할아버지 집이란 말이다. 그리고
         종묘는 누구 거냐?
경찰   이거 완전히 맛이 갔구만.

         엄마, 등장

엄마   죄송합니다. 죽을죄를 지었어요. 잘못했습니다.
아버지   이거 왜들 이래? 내가 뭘 잘못했다고 이러는 거야?
경찰   안 돼. 반성하는 기미가 조금도 없다 이거지.
엄마   죄송합니다. (아버지를 때리며) 여보 왜 그래요? 밤만 되
         면 이러니. 도대체 왜 그래요?
경찰   아주머니. 이번엔 안 되겠는데 (등을 돌리며, 뭔가를 요
         구하는 듯 뒷손을 내민다.) 돌아가세요. (엄마가 모른 척
         돌아가려 하자 급하게) 아니, 그것도 청와대에서 난장판
         을 쳤다는 것 아닙니까? (엄마 반응이 없자 생각하다가)

혹시 빨갱이 아냐? (엄마, 놀라 돌아선다.) 서장님도 단호
한 조치를 지시했고 엄벌을….

엄마　(경찰 가로막으며) 아닙니다. 무슨 말씀이세요? 그런 일
은 절대 없습니다. 이 양반 잘 아시잖아요? 국가유공자입
니다. 월남참전용사잖아요.

경찰　그러니까. 먼젓번에도 정상 참작해서 봐주었는데. 이번
엔 아예 "청와대는 우리 집이다." "경복궁은 우리 할아버
지 집이다." 집을 내놓으라고 고래고래 고함치면서 그 집
이 누구 집이야? 우리나라 위대한 대통령이 사는 곳 아니
냔 말이야? (경례를 하며) 전두환 대통령 각하! 그런데 이
개난리를 쳤으니… 멍멍.

엄마, 경찰 입에 돈 봉투를 물린다. 경찰, 개처럼 들어가선 돈을 확인한다.

엄마　악의는 없습니다. 그러니 한 번만 봐주세요. 경찰 선생님.
여보! 어서 용서를 비세요. 제발 어서요.

아버지　아니야. 아무것도. 그러니. 당신은 집에 가 계시오. (웃음)
이것도 다 이유가 있단 말이오. 그러니. 당신은 신경을 쓰
지 말아요.

경찰　이러니 도대체 아주머니가 벌어서 먹여 살린다면서요.
저 인간은 아무것도 하지 않고 불쌍한 아주머니를 생각
해서 봐주고 싶은데. 이번엔 위에서도 관심을 갖고 지켜
보는 사안이라.

아버지	(정색하며) 너는 왕족이 빌어서 먹으란 말이냐? 아랫것들이 무엇을 안단 말인가? 내가 참아야지.
경찰	(어이없어하며 놀란다.) 그래 왕족나리! 아니 마마!
아버지	마마! 이제야 알아보는군.
경찰	이보시게. 왕족도 좋고 똥족도 좋은데 어서 정신 차리게. 이 착하고 불쌍한 마누라 고생 좀 덜 하게.
아버지	나라에서 왕족에게 내리는 하사금으로 충분하네.
경찰	그거야, 당신이 월남에서 나라를 위해 고생했다고 주는 것이고. 어서 정신을 차리고 잘 살아야 하지 않겠는가?

아들, 등장하여 보고 있다.

아버지	아들아… 아니, 네가 여길 왜 왔느냐? 어서 들어가거라. … 아무것도 아니다. 여보. 어서 귀하신 분을 집으로 데리고 가시오.
아들	아버지. 왜 이러세요? 정신을 차리세요!
아버지	넌 아직 몰라도 된다. 이제 다 되었다. 다 되어간다. 그러니 걱정하지 말고 때를 기다려라. 귀하신 몸을 함부로 하시면 아니 된다. 이번 일만 끝나면 보일 것이야.(통쾌하게 웃는다.)
엄마	이분이 낮에는 말짱한데 밤만 되면… 꿈을 꾸는지….
아들	(절망스런 웃음으로) 밤! 밤! 아이고 꿈! 그 놈에 꿈!(암전)

6. 광몽(狂夢)

아버지, 단 위에 누워 있다. 무의식중에도 몸을 긁는다.

아버지의 꿈 속.

스님들 등장. 목탁, 염주 등으로 주문을 왼다.

스님1　　나무아미타불. 관세음보살.

스님2　　나무아미타불. 관자제보살.

스님3　　나무아미타불. 석가모니불.

스님4　　나무아미타불. (잊은 듯) 에이 모르겠다 불.

　　　　다들 긴장한 듯

스님3　　꿈이야.

스님1　　밤이야. 단단히들 준비했겠지.

스님2　　쥐새끼 한 마리도 돌아다니지 못하게 준비했어요.

스님3　　그래도 불안혀. 파락호 그 인간이 만만치가 않어.

　　　　아버지, 일어나며 내려온다. 노래 소리

아버지　　태정태세문단세. 으에으에으으어.

스님1　　나타났어. 나타났어.

스님2　　그려. 아주 이번엔 다리몽둥이를 부러뜨려놓을 겨.

236

스님3   으잉. 무슨 다리? (모두들 웃음)

스님1   이것들이 심각한데 웃고들 지랄이여. 조용히 혀.

아버지 나타나자 스님들, 공격 자세를 취한다.

스님과 아버지, 태권도나 쿵푸 같은 동작으로 서로를 공격, 방이힌다.

스님1   이 신성한 제단에 발을 올린 자가 누군가? 무엄하기 짝이
         없도다.

아버지   숭유억불! 어서 물러나라. 너희 같은 빌어먹는 자와는 아
         무런 상관이 없으니 물러나라.

스님1   객이 주인보고 하는 말이냐? 달이 해보고 비키라고 밤을
         재촉하는 것과 같도다. 어리석은 중생이면 용서하마. 어
         서 달아나라.

아버지   누군가 했더니. 방가! 밋밋한 아랫도리 가야사 비구니들
         이 아니냐?

스님1   이런. 입 속에 똥을 먹었으니 악취가 고약하구나.

아버지   그래 내가 왔다. 내가 누구냐? 왕족 대원군이다. 썩 물러
         나라. 밋밋한 돌중들아.

스님1   발을 치우거라. 너의 그 발이 여기 올 때, 벌써 벌거지가
         우글거린다.

아버지   머리에 돌을 쌓아 무엇을 할꼬? (스님1 머리 위에 자기 머
         리를 올리고) 아랫도리 밋밋하길 생선 비늘 같고 그 밑은
         어이하여 수풀은 이루었나?

스님1	아이구 저 놈에 주둥아리… 구악을 지었으니 넌 아수라 축생이 될 것이야.
아버지	예끼, 이 돌머리 중아. 껍데기 삭아진 여기 너의 할애비니라. (옷을 내리고 오줌을 분사한다.) 모셔서 극락왕생 빌거라. (스님들, 혼쭐나게 피한다.) 오늘은 이만 가마. 안녕. 후일 이사 준비나 하세. 태정태세문단세……(노래 부르며 단 위에서 다시 잠에 빠져든다.)
스님2	갔냐? 뭔 말이여? 저것이…
스님1	하여튼 오늘은 때웠어. 다행이여.
스님3	내가 사문에 수도하는 몸이라 참느라고 혼이 났구만.
스님2	기나긴 밤 어이 지샌단 말이여.
스님4	어서 들어가 곡차에 동양화나 치세.
스님들	나무삼팔광땡이여.(패를 보며 쪼우기 한판, 암전)

7. 간택(揀擇)

나른한 오후, 한적한 이발소.

잡음이 심한 구식 라디오에서 음악이 흐른다.

한 여인, 이발소를 정리하고 있다.

조명 변화, 아버지 등장하여 주위를 둘러보며 거울을 바라본다.

아버지와 여인 하나인 듯―거울 속의 자신을 보듯―움직인다.

238

아버지   상투를 만들어주시오.

여인   상투라뇨?

아버지   여기가 머리를 자르는 곳이 아니요? 그러니.

여인   자르다니요? 끔직도 하여라. 머리를 자르면 머리는 어디
로 가죠? 여긴 버리는 곳이에요. 배설하는 곳이에요. 머
릿속에 있는 그 무엇… 괴롭히고… 찢어지게 마음을…
절망의 이름으로… 상념들을 말이에요. (표정이 무서워
지며) 음. 이따위 것들. 아주 무서운 것들 (화를 내며) 이
것들은 타액과 같은 거죠. 음. 똥. 오줌, 쉬~~ (쉬하는
행동을 취하며) 이 몸에 붙어서… 형체를 숨기고 있죠.
그러니까 손톱, 발톱… 벌레들 (귀를 후빈다, 머리를 감
긴다. 아버지 시원하다.) 참으세요… 시원하죠… 배설!
쾌감! 아저씨?… 시원해요?

아버지, 오랜만에 온몸이 시원하다.

아버지   (섭섭해하며) 아저씨라니! 아저씨?

여인   스탑!… 쉿- 쉿. (뭐라고 부를까 고민하며 하는 소리)
마… 마.

아버지   마마!(놀라며)

여인   좋으세요?

아버지   그럼 마마.

여인   무슨 마마? 그냥 마마? (객석을 보며) 왜 이렇게 좋아하

지? 마마!

아버지   (자기를 알아주는 데 만족하며 다정하게) 그래 왜?

여인, 머리카락을 빗으며

여인   상투? 아까 상투라고 하셨죠? 상투? 그건 잘라서는 안 되
　　　죠. 웬 줄 아세요?

아버지   몰라.

여인   그건… 하늘의 기(氣)가 전달되는, 그러니까 안테나와 같
　　　은 거죠. 하늘과 교감하는… 그래서 요즘 남자들이 정기
　　　가 없나봐?(웃음)

아버지   처자… 이름은? 본관과 성씨는?

여인   몰라요.

아버지   몰라?

여인   난 어디에서 온 걸까? 그것 꼭 필요한 거죠? 다들 묻기를
　　　좋아하니까… (웃음) …전 아버지가 없어요. 아니. 아버
　　　지는 있었겠죠. 없으면 난 없었을 테니까. 누군 줄 몰라
　　　요. 물론 어미도 모르죠. 그냥 하늘에서 날아온 공주라고
　　　나 할까?(생각해낸 가명을 대며) 민! 민이라고 하죠.

아버지   이름?

여인   아뇨. 성은 민이죠. 내가 지었어요.

아버지   백성 민?

여인   몰라요… (가슴을 보며) 그냥 민민하다 그러니까… 민!

(비를 연상시키는 감상적 노래가 라디오에서 들려온다.)
그리고 제가 비를 좋아해요… 비만 오면 모든 세상이 달라져요… 더럽던 그 무엇이 다 씻겨 내려가는 것 같아요. 그래요. 이름은 비!

아버지   민?… 비?… (고함치고 놀라며) 그레 민비! 바로 내 며느리 아닌가… 하하하.

여인   왜 그러세요?

아버지   처자? 중전이 되시오. … 만백성의 지어미. 백성의 어머니… 민비!

여인   무슨 말씀이죠?

아버지   오! 나의 며느리… 왕이 되실 내 아들의 아내.

여인   내가 아내가 된다? 그럼 마마는 나의 아버지?

아버지   (웃음) 중전마마…

여인   (웃음) 오! 나의 아바마마…(정지)

중국집 배달원 등장, 이들의 모습을 힐끗힐끗 쳐다보며 그릇 챙겨 노래하며 퇴상

8. 아버지와 아들

집.

창밖에 빗소리 들려오고,

아버지, 조심스럽게 이불 속에서 나오고 아들은 자는 척한다.

| 아버지 | 아들아. 이 세상에서 가장 사랑하는 내 아들아… 네가 살 |

아버지　아들아. 이 세상에서 가장 사랑하는 내 아들아… 네가 살아갈 세상은 달라질 것이다. (웃음) 이 아버진… 분명히 만들 것이다… 지옥 같은 세상이 아니라… 사람이… 분명 사람답게 사는 세상 말이다… 이제 중전마마가 될 너의 아내도 내가 구했다… 귀히 여겨야 한다. … 손자를 낳을 여인이니라… 귀히 여겨야 한다. 이젠 다 되었다. 다 되어간다… 기(氣)가 아직 모자라는 것은… 내가 할 것이다… 기를 부르러 이 아버지가 간다.(일어나 퇴장)

아들, 어둠 속에서 슬피 운다.(암전)

9. 대원군이 되고자 하는 아버지 – 절을 불태우다.

대웅전. 연꽃형상의 부처상들.
스님, 호롱불을 밝히며 등장. 호롱불 사이로 부처상들 앉아 있는 모습이 보인다.
아버지, 부처상들 앞에 절을 하며 앉아 있다.
스님, 초롱불을 들고 들어온다.

스님　거기… 뉘시오? 어이 누구란 말이요? 이 야심한 밤중에.
스님　도대체… 뉘신데… 이런 밤중에 거기서 무엇을 한단 말이오.
아버지　…….

스님   (다가가선 아버지를 발견하고) 이거 원. 아수라의 제왕이
        또 왔구먼. … 이런 무슨 사고를 치려고 대웅전까지 비상
        이요. 비상!

아버지   잠깐. 왜 이리도 소란한가? 스님이 경망스럽게. 점잖게
        하시오. 나무아비타불 관세음보살.

스님   잉… 이거 개가 천선 그러니까 뭐시여… 개가 강아지가,
        천선… 하늘의 선녀가 된다?

아버지   나무애비 허벅지 보~살.(스님을 희롱하며 다가선다.)

스님   속았어. 이러지 마시오. 이승의 제왕이 되려고 삼라만상
        을 욕을 뵈게 해서야 되나. 내가 이쁘게 얘기할 때 돌아가
        시오.

아버지   미친년. 네가 무엇을 안다고 삼라만상을 이야기하느냐.
        썩 물러가라. 낭패를 당하기 전에. 여긴 왕이 탄생할 길지
        니라. 내 여기 나의 무덤을 쓸 것이니… 물러가지 않으면
        내가 가만히 두지 않겠다.

스님   미친놈이로세. 미쳤어. 여긴 우주를 주재하신 부처님, 천
        지보살님의 집이거늘 그 무슨 막말을 하는 게야….

부처상들, 아버지의 대사 가운데 무서움을 무릅쓰고 한마디씩 빠르게 내뱉는다.

부처상1 두렵지 않느냐.

부처상2 저리도 겁이 없단 말인가.

부처상3 천벌을 받아 겁살하기 전에.

부처상4	어서 사라지거라…
스님	용서하며. 자비함이여. 나무석가모니불.
아버지	하하하. 우습지 않느냐. 저 따위 우상을 가지고 무엇이랴. 내 저들을 내치리라. 그날 내 아들이 왕이 되는 날.
부처상4	미친놈.
아버지	그날을 위해 이 절은 보호된 것이다.
부처상2	망할 놈.
아버지	내 여기 무덤을 쓰리라.
부처상3	썩어빠질 놈.
아버지	그동안 수고하였느니라. (갑자기 몸을 긁는다.) 내 왕의 아비가 되는 날 거대한 사찰을 지어 너희들에게 보상하마. … 지금은 아니다… 알겠느냐?(쓰러진다.)
부처상들	몰라.
부처상1	속인의 허망한 권력욕으로 어디를 더럽힌단 말이냐…
부처상4	용서해줄게.
부처상3	지금 가면 안 될까?
부처상2	지금 가도 되는데?
스님	청하지 않았으니 썩 물러남이 살길이다.
아버지	(다시 일어나서 돌아보며) 떼로 왔구만. 내가 무엇을 두려워할 것인가. 이제 모든 것이 분명하거늘. 난 모든 것을 바치기를 천지신명께 고했으니 내가 알 바가 아니다.
스님	미쳤구나. 광인이야. 이 천지의 광풍이 두렵지 않느냐?

폭풍우, 천둥소리, 빗소리

아버지   (점점 광적으로 변하며) 이미 나의 운명은 아무것도 아닌
        것. 나의 목숨 따윈 개의치 않으니 너의 마음대로 하여라.
        (옷을 벗어 집어던진다.) 지금이라도 필요하다면 기꺼이
        바치마. 어서 가져가거라.

        아버지, 스님을 붙잡아 옷을 벗긴다. 마치 닭털을 뽑듯

아버지   제단에 바칠 제수니라… 영광이니라… 광명이니라… 어
        서 털을 뽑아야 하지 않겠는가?
스님   이런 낭패가 있나… 이 무슨 짓이오?
아버지   바쳐라… 왕조의 시작이니라… 깨끗하게… 맑게… 정진
        해온 제물이 틀림이 없도다. 기꺼이 바치거라.
스님   살리시오. 날 살리시오. (도망가며) 이 미친놈아… 죄악
        을 잉태한다.
아버지   오냐… 원하는 게 이것이냐… 내 피를 받아 너의 부처대
        왕께 바치거라. (옷을 다 벗는다.) 다 가져가거라.(간지럼
        으로 쓰러진다.)
부처상들 이제라도 늦지 않았으니 너의 영혼 빗물에 씻어 용서를
        구하라.
아버지   이 돌놈의 중들아! 잡소리가 그칠 줄 모르는구나. 더 이상
        듣고 싶지 않다. 물러나라. 다친다. 물러나라.

아버지, 등불을 던진다. 절이 불탄다. 부처상들의 일그러진 형체

스님   아이고… 저지르고야 말았구나. 이 어리석은 중생아. 이
       큰 업보를 어이하겠다고. 이 인간의 나약한 힘으로… 저
       무겁고 기나긴 업보를 어이하려고… 이제 모든 것은 대
       원군 너의 몫이거늘… 절을 불태우고… 너의 속세의 무
       덤을 만들었으니… 너의 권력과 영화는 여기가 시작이
       나… 너의 왕조의 운명도 여기가 시작이자 무덤이 될 것
       이다. 아비지옥의 불구덩이에서 억겁의 기억을 어찌할
       것인가… 두렵도다… 두렵도다…. 나무아미타불.(암전)

10. 엄마의 고통

엄마, 뛰어 들어오며

엄마   애야. 어디에 있느냐? 아들아.

아들 등장

아들   왜 그러세요? 아버지가.
엄마   이 일을 어찌하면 좋으냐. 아버지가 어느 암자를 불태우
       다가 잡혀서 지금…

아들 또 경찰서에 갔나요?

엄마 아니. 병원에 들어갔단다. … 방금 도저히 안 되겠다고 구
급차로 정신병원으로 데리고 갔단다. 이 일을 어찌한단
말이냐? 아이고.

아들 잘 된 거예요. 엄마.

엄마 불쌍한 양반. 결국.

아들 언젠가는 가야 하잖아요. 우리가 데리고 갔어야 했는
데… 차라리 잘 된 일이에요.

엄마 그런데 어째 절을 불 낼 생각을 했을까? 도무지 알 수 없
구나.

아들 청와대에 불 지르지 않은 것만 해도 다행이잖아요…

엄마 거긴 자기가 살 집이라고, 아니, 아들이 살 집이라고 얼
마나 아끼는데. 요즘은 거길 못 간다고 얼마나 노심초사
했는지 모른다. 아들아, 이 일을 어쩌면 좋으냐.

아들 엄마. 이젠 아버지를… 잊읍시다. 우리라도 정상으로 살아
갑시다. 비록 아버지가 데리고 왔지만 어차피 며느리도 있
으니까. 우리라도 제대로 살아야 하지 않습니까, 엄마.

대사 가운데 며느리 등장. 사탕 입에 물고 무표정과 무관심의 멍한 눈빛

엄마 그럴 순 없다. 그래선 안 된다. 내가 아니면 네 아버진 아
무도 돌보지 못해. (아들, 엄마를 외면) 이번에 네 아버지
가 나오면 이야기해서 널 보내주마… 조금만 참아라…

아버지 내가 꼭 데리고 온다. 다녀오마.

엄마, 퇴장

며느리   무슨 일이에요?

아들   몰라도 되니까 신경 쓰지 말아요.(퇴장)

며느리   도대체 뭐가 뭔지 모르겠네. … 알아야 하나 말아야 하나. 난 시키는 대로만 하면 되나? 아이 머리 아파. 모르는 게 약이야.(암전)

11. 엄마의 죽음

엄마, 상복 입고 누워 있다.

저승사자, 긴장감 속에 등장. 암호를 주고받으며 접선 시작

사자1   공원?

사자2   묘지?

사자1   여자의 길이 이리도 험난하단 말이오.

사자2   불쌍해서 어쩐다. 인생이란 덧없어.

사자1   행복했을까? 뭐가 있어 행복했을까?

사자2   여인네의 행복이란 그저 남자 하나 잘 만나야 하는 것 인데.

사자1   남자가 무능하면 여자가 고생이야. 예로부터 여자로 태어난 걸 업이라고 생각했지.

사자2   그래. 여자라는 무서운 업.

엄마, 천천히 일어나며

엄마   가야 한다네. 날 보고 가라 하네. 불쌍한 저 사람을 두고서. 참말로 지금 가야 되는가. 어찌 내 명이 이것밖에 안 되나.(웃음)

사자1   가라 하면 가야 되는 게… 바로 이거여. 불쌍타. 참말로 불쌍타.

엄마   괜찮다. 어찌하겠나. 가라 하면 가야지. 하지만, 어찌 이리도 발걸음이 잘 안 떨어진다?

사자2   우찌 발걸음이 떨어지겠노, 병신 남편을 두고…. 차라리 지가 먼저 가지.

엄마   그런 소리 하지 마라. 그 사람 잘못한 것 없다. 다 잘못 만난 세상 탓이다. 하지만 저 사람 내 없어도 잘 살겠나. 내 저 사람 먼저 갈 때까지 있으면 안 될까?

빠른 시계 소리… 사자들 맘이 급해진다.

사자1   그기 어디 우리 마음대로 돼야 말이지. 며느리 안 있나?

엄마   아무것도 모른다. … 걔는….

사자2	그래도 그 인간이 마누라 복이 있다.
사자1	그래서 이 지경까지 굶지는 안했다 아니가…
엄마	아니다. 난 후회는 없다. 한 시절 속도 많이 아팠지만… 갈라고 보니까 막상… 그 사람이 고맙고 이뻐 보이기도 한다… 저 봐라. 무슨 좋은 일이 있는지 마누라가 이리 간다 하는데도… 오늘은 저리도 잘 잔다.

닭울음소리

사자2	갈 때가 됐다 하네.
엄마	서둘러야지. 안 간다 하면 안 가지는 것이 아니질 않는가? 내 일어선다.(돌아선다.)
사자1	더 할 말 없나.
엄마	(다시 돌아서며) 내 새끼가 불쌍타. 하지만 가는 사람이 뭐 할 수 있나? 천상… 거기 가서 어찌 해봐야 안 되겠나… 막 빌어볼란다… 용쓰면 안 되겠나?
사자2	거기는 다 잊어야 된다. 지 운명대로 잘 안 살겠나. 잊어버려라.
엄마	불쌍해서 내가 안 그러나… 그것도 잘 안 된다고… 허이… 엄마로서 미련이 참 많다… 잘 살아야 될 것인데… 인제 가자!
사자1	뒤는 한번 봐라.
엄마	보면 뭐 하나… 안 볼란다… 저 인간 잘 자네.(퇴장, 암전)

엄마, 아버지, 옛 목소리 들려온다.

아버지　　(난 당신이 필요해.)

엄마　　　(잘 안 들려요… 크게 말씀하세요.)

아버지　　(나는… 그대가… 내 아이의 엄마가 될 것이라는 거야.)

엄마　　　(내가 당신의 엄마라구요… 호호호)

아버지　　(아니… 그러니까… 당신이 나의 아이를 낳아달라고)

엄마　　　(내가 당신의 아들이라구요… 호호호)

엄마, 아버지, 웃음소리

12. 아들과 며느리의 갈등

아들과 며느리, 상복을 입고 서 있다.

아들 목소리, 낮으면서도 차갑다.

아들　　　지금 우리에겐… 그러니까… 아버지에게 며느리가 필요
한 것이지… 지금 나에게 아내가 필요한 것은 아니오.

며느리　　무슨 말씀이세요. … 우린 부부예요… 난 당신의 사랑스
런 아내예요.

아들　　　난 이런 사람이오. … 많은 걸 기대하지 마시오.

며느리　　우린 가족이에요. … 절 아내로 맞아주세요… 그래야 나

도 며느리가 되죠… 전 여자예요.

며느리, 아들을 안는다.

아들   (외면하며) 그냥 살아요. … 생각하지 말고… 이해가 안
        되겠지만.

며느리   아버지의 며느리가 제 역이라면 아내도 제 역이에요. 어
        느 한 가지만 할 순 없어요.(안긴다.)

아들   노력하리다… 천천히… 노력합시다.

며느리   안아주세요… 전 당신의 아내예요.

며느리, 옷을 벗기며 아들을 애무한다.
분위기 달라지며 신음소리 들어간 야한 음악

아들   밤이야…(체념의 웃음)

며느리   그래요. 밤이에요…

아들   밤!(암전)

부분무대에 한 쌍의 남녀 소리 들린다, 거친 숨소리

여자   (이제 그만… 아… 대단해… 개운하기도 하고…)

남자   (때론 시원하지… 모든 것이 다 빠져나가듯…)

여자   (골 비우는 데는 이게 최고야… 시원해지거든…)

남자   (한 번 더 할까?)

여자   (되겠어?)

남자   (조명 밝아진다.) 아니 해가 뜨는 거야… 벌써.

여자   (부끄러울 시간이 된 거야… 이 시간이 되면… 밤새우며
       보낸 모든 것들이… 허망하면서두… 부끄럽게 느껴지
       지… 그래서 어둠은 좋은 것이야…)

남자   (어둠은 사람을 다르게 만들지…)

여자   (그럼… 아이 부끄러워…)

       며느리, 임신해서 행복한 모습으로 등장한다.

며느리 난 모든 걸 사랑하기로 했어요. … 음… 당신의 모든 걸
       말이에요. 오늘 도배를 새로 했죠… 난 다시 태어난 거예
       요… 내일은 저 창문 위로 분홍빛의 커튼을 달 거예요…
       예쁘지 않겠어요?(만삭의 배를 만지며 부끄러워한다.)

아들   아버지를 잘 돌봐주세요. 엄마처럼 말이에요. 난 나가요.

며느리 언제까지 말을 높일 거예요? 이젠 절 아내처럼 대해주
       세요.

아들   이게 편하지 않소.

며느리 아니에요. 엄마처럼 제가 하려면… 절 아내처럼 대하세요.

아들   노력해보죠.

며느리 말을 놓으시라니까요.(표독하게) 쌀 떨어졌어요.(부드
       럽게)

아들   지금 내가 나가고 있지 않소.(퇴장)

며느리 다녀오셔요. 낭군님, 우리 낭군님!(암전)

13. 정신병동 - 대관식

정신병동. 조명 들어오면 단 위에 아버지, 누워 있다. 대단히 권위적이다. 환자들, 분주히 움직인다.

환자1 원숭이…

환자2 사과…

환자3 바나나…

환자4 기차…

환자5 비행기…

백두산까지 이름 붙이기를 하고 각자 자신들의 중얼거림. 아버지, 조명 더욱 밝아지면 자리를 바꿔 눕는다.

환자들 노래

환자들 원숭이 궁뎅이는 빨게/ 빨간 것은 사과. 사과는 맛있어/ 맛있는 것은 바나나. 바나나는 길다/ 긴 것은 기차. 기차는 빠르다/ 빠른 것은 비행기. 비행기는 높다/ 높은 것은 백두산… 백두산 뻗어내려 반도 삼천리… 짠짜잔.

무대 안에서 간호사의 "준비" 소리 들리면 환자들, 일사분란하게 퇴장.

간호사, 등장하여 환자들을 부른다.

간호사   음… 원숭이… 원숭이?

환자1   (얼굴만 내밀며) 왜?

간호사   네가 인간의 조상이라면서?

환자1   그렇다고 하더구만.

간호사   미쳤어.

환자1   그래. 미쳤어.

간호사   미쳤다고들 한단 말이지. 물론 정상은 아니라고 봐야지.
          어차피 네가 우리들의 조상이라면. (객석을 비웃으며) 누
          가 누굴 미쳤다고 한단 말이지?

환자1   (엎드리며) 날 보고 바보라고… 여기… 아무 데나… 응아
          를 한다고 말이야… 씨.

간호사   배설이라도 하지. 부끄러워하지 마. 지들은 더 아무 데서
          나 그 짓을 한다면서. 아마 오늘 밤에 여기저기 싸돌아다
          니면서. 단지 그들은 너처럼 솔직하지 못해서 그래. 요즘
          은 낮밤 구분도 없이 그 짓들을 한다면서. 그래서 넌 원숭
          이. 그들은 잘난 인간. 아무것도 잘못한 게 없어. 넌 본능
          에 충실한 것뿐이야. (주사를 놓으며) 아무 데나 싸!

간호사   다음은 누구지? 그래 사과… 사과? 사과?

환자2   (뒤로 들어오며) 네!(아주 예쁘게 말한다.)

간호사   불쌍한 것. 난 말이야 널 보면 화가 나. 도대체 네가 뭘 잘
        못했지? 나쁜 새끼들.

환자2   아니에요. 제 잘못이 많아요.

간호사   아니야.

환자2   아니에요.

간호사   아니야.

환자2   아니야.

간호사   아니야.

환자2   아니야.

간호사   아니야.

환자2   (돌아서며. 몹시도 못난 얼굴) 맞아요. …이젠 됐냐? 씨발
        년… (객석을 보며) 내가 이브를 타락시켰다고? 지년이
        처먹었지. 내가 왜? 못 먹을 거면 왜 날 태어나게 한 거야.
        싫으면 싫다고 그래… 깨끗이 사라질게.

간호사   참아. 왜 또 흥분하고 그래… 너 잘못한 것 하나도 없어.
        못생겼다고 버림받은 것 아니야. 이쁘면 먹기 좋다는 뜻
        이야. 넌 단지 먹기에… 좀… 불편하다는 그런 뜻으로 받
        아들여.

환자2   (주사를 맞으며) 싫어. 나도 먹기 좋으면 좋아.

간호사   (흥분하며) 누가 널 이렇게 했어? 니 남편이? 아니면 세상
        이? 나쁜 새끼들…. 그래 제 마음대로 해. 세상이 네가 원
        하면 얼마나 해줬지? 어쩜 아무것도 해준 것이 없을 걸…

256

그러니 네 맘대로 해.

환자2   그리곤?

간호사   죽어.

환자2   다음은?

간호사   몰라. (돌아서며) 다음 누구지? 바나나!… 기차!… 비행기!… 다들 어디로 간 거야? 마마! 마마!(퇴장)

단 위에 조명 밝아지면 아버지 모습 보인다.

아버지   무엇들 하느냐? (대단히 권위적이다.) 다 되어가느냐? 시간이 없다.

간호사   (신하복을 입고 등장) 마마. 아직도 기다려야 하는지요?

아버지   아니다. 다 되었다… 걱정 마라.

간호사   연습은 안 해도 되나요?

아버지   어려울 것 없어. 새 세상의 등극이야. 아니지 조선왕조의 부활! 모두들 반겨 맞이할 것이야.

간호사   그래도 걱정인데요?

아버지   마음이 중요한 것이야.

며느리 등장

며느리   아버님… 마마! 우리 왔어요.

아버지   오! 그래, 왔느냐. 이젠 다 됐다. 모두들 대관식을 하자.

간호사 만세!

환자일동 만세!

환자들, 자기세계에 빠져 뭔가를 열심히 중얼거린다.

며느리, 아들이 따라서 들어오지 않은 걸 확인하고 다시 퇴장.

아버지 (기뻐하며 감동적으로) 두 왕이 탄생한다! 바로 이거야.
내가 할 수 있는 마지막은 이제 다 한 것이야. 하늘을 거
스르면 망하는 거야. 사명을 다했다. 등극이다. 무엇 하느
냐? 대관식을 거행해야 하질 않느냐?

며느리와 아들 등장

아버지 아들아. 어서 오너라. (며느리를 보며) 장롱 깊숙이 숨겨
둔 것 가져왔느냐?

며느리, 짐 보따리를 전해준다.

아버지 (임금 관을 꺼낸다.) 마마… 등극이옵니다. 어서 준비를
하시오.

아들 (못마땅해하며) 아버지?

아버지 시간이 없소이다. 마마! 모두들 저리 기다리고 있질 않소.

며느리 뭐 하세요? 빨리 하세요. 아버지 소원이잖아요. 우리가

258

도와줍시다.

아들   이게 마지막이야… 진짜 마지막이야.

간호사, 아버지에게 관과 의복을 받아 며느리와 함께 아들에게 입힌다.

아버지   난 이제 나라를 구하고 종묘사직을 다시 세울 마지막 일을 드디어 할 수 있게 되었구나. 지난 선대 임금들에게 면목을 세울 수 있게 되었다. 난 해냈다. 그 치욕을… 눈을 감으며 참아냈다. 그놈들이 권력을 가지고 자기 마음대로 할 때마다 나는 눈을 감으며 참았다. 내가 어떻게 한 줄 아느냐? 난 눈물을 흘리며 감격하고… 그 악취와 더러운 것들을 너무나 맛있게 받아먹었다. 좋아하더구나. 좋아서… 그들의 웃음이 그칠 줄을 몰랐다. 나도 따라 웃었다. 통쾌하게 말이다. (일어서며) 이제 너와 나의 발밑에서 죽음을 두려워할 것이다. 자기 마음대로, 권력을 제멋대로 하지 않도록 하여라. 아파하는 군주가 되어서 저 헐벗고 가난한 백성을 어여삐 여겨야 한다. 마마… 통촉하여 주시옵소서…(순간 몸을 긁는다.) 마마!

환자들, 함께 절하다가 아버지의 신음소리에 놀라 일어나 정색하며 소리친다.

환자1   여기서 방심하면 안 된다. 저들은 무서운 놈들이야. 그들은 의리도 없다. 권력의 맛을 본 이상 언제나 너의 방심

사이로 저 더럽고 추악한 타액이 묻은 이빨과 혀를 내밀 것이다.

환자2 권위를 잃어서는 안 된다. 군왕으로서 말이다. 하지만 어리석은 백성에게는 한 치의 소홀함이 있어서는 아니 된다.

환자3 백성이 있고 왕이 있는 것이다. 백성이 굶주리면 군왕도 먹어서는 아니 된다. 백성이 추우면 군왕이 먼저 옷을 벗어야 한다.

환자4 그게 왕이니라.

환자일동 왕은 아무나 하는 것이 아니다!

아버지, 아들, 통곡한다.(암전)

조명 들어오면 아버지, 홀로 남아 있다.

아버지 (홀로 일어서며) 오라 하네… 이젠… 오라 하네… 저기… 저기… 오라고 막 손짓하네. 기다리라… 내 간다.(암전)

14. 다시 시작되는 밤!

파격적인 가사와 리듬의 노래, 정신없고 어지럽다. 아들, 고통스런 모습으로 몸을 긁으며 들어온다. 아버지처럼…

아들	왜 이리도 몸이 근질거리는 거야… 미치도록 간지럽다.
며느리	(들어온다. 배는 산보다 크다.) 이것 좀 도와주세요. 여보, 여기요. (아들의 모습을 보고 놀라며) 왜 그래요? 왜 이러는가 말이에요?
아들	미치고 싶다… 간지러워서… 미칠 것 같다.
며느리	참으세요. 아버지도 참았잖아요. 당신도 참으세요. (정색하며) 군왕들은 모두 다 이랬다고 했잖아요. 할 수 없잖아요. 왕족만이 가지는 병인데 어쩔 수 없잖아요.
아들	갑자기… 말투가… 이상하게 느껴지는데….
며느리	무엇이 이상하단 말이에요… 하하하하.

며느리, 배를 가볍게 긁다가 점점 강도가 높아진다.

아들	왜 이래… 미쳤어… 미친 거야?
며느리	뭐가요? (웃음) 모든 게 나에게서 시작되어 나로 돌아온다?… 이게 시작이란 말인가?… (웃음) …모두들 돌아오라… 나를 중심으로 세상은 돌아간다…(웃음)

상궁들 등장

상궁1	마마… 찾아 계신지요.
며느리	내가 누구냐?
상궁2	군왕의 아내이신 중전마마가 아니오신지요?

며느리   그래 내가 중전이니라… 바로 내가… 뱃속의 아이는?

상궁3   세손을 잉태하셨으니…

며느리   새로운 군왕이 탄생할 것이야… 다들… 각별히 신경을
        쓰도록 하여라.

상궁들   네. 마마.

상궁들, 며느리, 퇴장하며

상궁들   중전마마 납시오. … 중전마마 납시오.

아들   (처절히 몸부림치며) 이게 무엇이냐? 다시 밤이란 말인
        가? 밤!… 아버지의 밤! …으하하, 그놈의 밤!(암전)

난난 亂亂

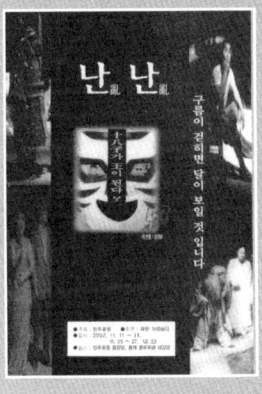

2000. 4. 7~4. 16 / 태양아트홀 / 이동희, 강혜란, 이혜영,
최재형, 홍유, 엄지영, 손성숙, 김경준, 윤영빈

2000. 9. 22~10. 1 / 태양아트홀 / 이동희, 강혜란, 이혜영, 손성숙,
오동규, 엄지영, 김경일, 윤영빈, 강소정, 옥동진, 류윤경

2002. 11. 11~11. 13 / 민주공원 중강당 / 주광희, 장상, 강혜란,
이혜영, 손성숙, 엄지영, 오동규, 박지영, 권혁철, 이창수

2002. 11. 23~11. 27 / 동래문화회관 대강당 / 주광희, 장상, 강혜란,
이혜영, 손성숙, 엄지영, 오동규, 박지영, 권혁철, 이창수

무대

배경은 검은 샤막으로 가려져 있어 보이지 않는다.
그 앞으로 고분 형식의 언덕이 있다.

프롤로그

객석에 라디오의 정치 토론 방송이 들려온다. '긴급뉴스를 알려드리겠습니다'
라는 다급한 아나운서 목소리 들려온 다음 침묵…

변호사 허겁지겁 객석에서 무대 위로 올라온다. 주위를 천천히 둘러본 뒤 무슨
생각이 갑자기 난 듯 시계를 본다.

변호사 이런… 멎었군. 지금 몇 시죠?
소리 3시입니다.
변호사 이런 늦을 뻔했군. 고맙습니다. (무대 뒤로 퇴장)

1. 의문의 사내

변호사, 바삐 퇴장하면 회오리바람 소리. 어둠 속에서 주술적인 소리, 부대로
퍼져 나온다.
철문 여는 소리가 분위기를 깨고 '33번 국선변호사 면회' 라는 소리 들린다. 무
대 한쪽에 한정된 조명 들어오면 사내, 웅크리고 앉아 소리를 내고 있는 것이
보인다. 나무 테이블에 의자, 변호사, 등장해 앉는다. 서먹한 침묵

변호사 (서류를 뒤지며) 내가 누군 줄 알고 있죠?
사내 날… 바보라 생각하고 있소? 변호사는 필요 없다고 하지

않았소?

변호사   자꾸 이러면 재판이 불리하게 돌아간다는 것을 아셔야 해요.

사내   (주술적인 소리 홍얼거리며) 옴…

변호사   (화난 듯 일어나며) 당신은 단순한 주거 침입에 절도 혐의를 받고 있는 것이 아니에요.

사내, 아무런 반응이 없다.

변호사   (강한 어조로) 분명한 사실은 당신이 찾아간 걸로 인정되는 집의 주인이 공교롭게도 유력한 정치가인데 의문사를 했다는 사실. 만약 이게 검찰에서 증거만 확보된다면 당신은 살인죄가 적용될 수도 있다는 것을 아셔야 해요.

사내   (일어서며) 인간의 힘으로, 그 허상으로 가득 찬… 나를 재판한다고… (비웃음) 어리석은 것들… 너희들의 뜻이 그러하다면…

변호사   이렇게 비협조적인 이유가 뭐죠? 무슨 우여곡절이라도.

사내   욕망이 흘러 그의 목을 넘치고 말았지. 역사의 흐름은 한 인간의 욕망에 의해 뒤틀릴 수 있다는 것.

변호사   욕망? 넘쳐흐른다? 도도히 흐르는 역사가 한 인간에 의해 뒤틀릴 수 있다? 그건 당신만의 주관된 판단일 수도 있잖아요?

사내   (버럭 소리를 지른다.) 역사요. 민족의 역사. 권력과 자기 명예만을 위한 그들. 모두 다 우리의 지도자라는 이름으로 민족혼을 망각한 사람들.

변호사 그래요. 당신이 얘기한 건 흐르는 역사의 한 부분일 뿐…. 아닙니까?

사내 (표정이 다시 굳어지며) 아 이제야 이해하셨군. 난 이제 들어가겠소.

사내, 퇴장하려 한다. 변호사, 급히 말리며

변호사 아니. 아니. 이해했다는 뜻은 아니에요. 그 역사가 지금 당신하고 도대체 어떤 연관이 있다는 거죠?

사내 (멀리 쳐다보며) 민족혼을 말살한 채… 그들의 탐욕.

변호사 말을 얼버무리지 말아요. 난 당신을 도우려 이러는 것이에요. 난 당신을 잘 알고 있습니다. (단호한 어조로 자신 있게) 당신은 단순한 주거부정의 부랑자 행세를 하고 있지만 (서류를 뒤지며) 놀라운 사실은 명문가 집안의 자제라는 사실, 또한 상당한 지식인이라는 것이오.

사내 (화를 내며) 필요 없다고 하지 않았소. 아무것도 모르는 당신이 상관하실 문제가 아니오.

변호사 내가 상관된 문제가 아니라고? (화를 내며) 이 사건에 내가 끌려 들어간 거예요. 난 어떤 것이 진실인지 몰라요. 단지 국선변호인으로서 법을 수호하고 법으로 당신을 죽이려는 역을 맡은 것이 아니라 당신을 살리려는 역을 맡아 진실을 알리는 의무를 갖고 있는 변호사예요. (웃으며) 자자… 앉으세요. 우선 당신을 죽음에서 끌어낼 방법부터 연구하기로 해요.

사내　(다시 의자에 앉으며, 비웃는다.) 당신은 나를 살릴 수 있는 힘이 없습니다.

변호사　우선 나에게 협조만 해주세요. 그러면 당신을 살릴 수 있는 방법을 찾아볼 테니… 첫째, 당신은 그 집에 간 적이 없다. 만약 갔다면 단순한 주거침입, 아직 절도의 증거는 없으니까…. 만약, 만약에 말이오… 당신이 무슨 속셈으로… (사내 눈치를 살핀다.) 나도 정치인이라면 구역질이 나니까. 살해용의자로 판명 날 때는 금치산자, 그러니까 미친 사람, 정신병자로 만들어 살 수 있는 방법밖에 없어요. 지금 중요한 것은 진실입니다.

사내　…….

변호사　혹시 배후가 있었나요?

사내　(장난스럽게) 그 사람을 알면 날 살릴 수가 있소?

변호사　(반가워하며) 물론이죠. 당신의 죄가 무척 가벼워질 거예요.

사내　후후… 아주 영리한 변호사를 만났군. (정색을 하고 뭔가를 멀리 쳐다보며 중얼거린다.) 운산(雲山) 월(月) 현(現)… 운산월현….

변호사　뭐… 뭐라고 하셨죠?

사내　구름이 걷히면 달이 보일 것입니다. 나 백(魄)은 여기 있

으나, 혼(魂)은 저 멀리… 불복산… 불복산. 나를 찾으시
오. (퇴장)

변호사 　불복산? 나를 찾으시오? (암전)

2. 불복산에 오르다.

징소리 울리면 천천히 조명 들어온다. 언덕 위로 단아한 하얀 상복의 여인 모
습, 천천히 침묵 속에 걸어간다. 등산복 차림의 변호사, 힘겨운 듯 무대 중앙으
로 등장, 두리번거리며 주위를 살핀다.

변호사 　이게 무슨 고생이람? 무슨 산이 이렇게 커. 어디가 어딘
　　　　지 알 수가 없으니… 참 찾아오긴 제대로 찾아왔는지. 어
　　　　휴! (여인을 발견한다.)

변호사 　(조심스럽게) 실례합니다. 죄송합니다만 여기가 어딘지
　　　　요?

선공 　　… 소도계곡이라 하지요.

변호사 　예?… 누굴 찾고 있습니다만… 혹시… 석주라는 분을 아
　　　　시는지요?

선공 　　알고 있습니다.

변호사 　(놀라며) 뭐라고 불러야 옳을지 모르겠군요.

선공 　　선공이라 하지요.

변호사 　예. 선공, 여기 혼을 모시는 사당이 있다고 읍내에서 들었

습니다만 혹시 거기 가면 석주라는 분을 만날 수 있을지.

선공   (일어나며) 절 따라오시지요. 기다리고 계시는 분이 있습니다.

변호사   예?… 지금 가는 곳이 어딘지요?

선공   바로 소도 사당입니다.

변호사   예. 그러니까 종교적 신비주의를 위해 수도하는… (웃으며) 요즘 과학시대에도 이런 게 있다는 것이 의문스럽군요.

선공   (감정 없는 말이지만 힘이 있다.) 과학적 사고는 수많은 고귀한 영혼들의 세계를 부정함으로써 집단적인 영적 불구자로 만드는… 큰 죄악을 범하고 있습니다.

변호사   하지만 과학의 발달은 우리의 삶에 많은 의문을 일깨워주고 있지 않습니까?

선공   비록 과학의 발달은 달에도 가고 있지만 우리 주위에 수많은 불가사의한 현상, 그 의문들을 다 해석하고 있진 못합니다. (천천히 눈을 감으며 명상에 잠긴다.) 아직도 미래에 그 수많은 의문의 사실들…

변호사   (어색해하며) …….

선공   …….

변호사   (조심스럽게 그를 깨우며) 선공, 석주를 알고 계신다고요?

선공, 눈을 뜨며 멀리 쳐다본다. 석주와 닮은 표정이다.

변호사	잘못하면 이 산을 다 헤맬 뻔했습니다. 다행히 여길 우연히 알게 됨으로써…
선공	우연이 아니고 인연이지요.
변호사	인연이라고요?
선공	기다리고 계시는 분이 있습니다. 절 따라오시죠.

선공, 앞장서며 언덕 위로 간다. 변호사, 조심스럽게 주위를 둘러보며 따라간다.

선공	(누군가를 부른다.) 어디에 계시나요? 스승님. 석주가 보낸 분이 오셨습니다. 스승님! 스승님!

누군가 언덕 뒤에서 불쑥 나타난다. 변호사, 놀라며 쳐다본다. 괴상한 차림, 성별 구분이 안 되는 목소리. 무서운 인상, 작은 키, 굽은 허리, 무척이나 늙어 보인다.

기인	(고함친다.) 시끄러! 뭐 구경 난 겨. (웃으며) 아니면 맛있는 다람쥐 요리라도 해놓은 겨?
선공	(변호사를 쳐다보며) 여기…
기인	(인상을 쓰며 언짢은 듯) 쓸데없이… 알아서 보내야 될 거 아니여 귀찮게… 별 것 없으면 나 간다이. (언덕을 뛰어내리려고 한다.)
변호사	(다급하게) 잠깐만요!
기인	(돌아서며) 왜? 소리를 지르고 지랄이여. 여기가 뉘 집이여… 십팔! …그래 왜?

변호사   전 석주라는 사람을 위해 여기까지 왔습니다. 그것도 산을 헤매면서 말입니다. 그러니 시간을 좀 내주시면 안 되겠습니까?

기인   뭘 내줘? 그래 시간? 50원만 줘. 그럼 시간을 줄 텐께. 돈을 줘야 주머니에서 꺼내줄 거 아니여. 이 잡년아!

변호사   (얼굴이 붉어지며 놀라서 피한다.) …….

선공   사부님 장난이 심하신 것…

기인   (변덕스럽게 웃으며) 알어 알어. 난 원래 잘난 것들한테 심술 나. (얼굴이 장난기 있는 얼굴에서 정색으로 돌아오며)

변호사   전 석주에 대해 알고 싶어 왔습니다.

기인   여기 불복산을 알어? 변호사 선생.

변호사   (놀라며) 절 아시나요?

기인   (눈을 부라리며) 불복!

변호사   (놀라며) 불복산요? 복종하지 않는다. 엎드리지 않는 산…

기인   그래! 조선의 태조가 된 이성계란 놈이 그놈의 위화도 회군 그 궁약 짓을 할 때 신명의 도움을 등에 업고… 말하자면 신명의 빽을 쓰고 말이여. 지가 뭐가 된 것처럼 건방시리. 조선의 모든 산의 산신령님들을 불러 모둔 겨. 그것이… 그런데 산신령님들은 나름대로 불만이 있었지만 신명이 뒤에서 떡 하니 돕고, 대세가 이미 결정 난 상황이 된 겨 시방. 그래서 모두들 더러워라 하고 찬동했

272

어. 원래 힘 있고 빽 있는 놈이 장땡이 아녀? 그런데 확실
히 당당한 여기 신령님만은 분명히 반대를 해버렸어. 왠
지 알아?… 몰러?

변호사 …….

기인 (화를 낸다.) 야 문딩아! 그렇게 무식혀샀고 그짓은 하냐?
너 변호사 맞냐? 껍데기만 아녀?

변호사 (허리 깊이 숙이며) 몰라서 죄송합니다. 도사님!

기인 그려? 이제 좀 이뻐질라 하네. 선공. 저년 저것 무식한께
교육 좀 잘 시켜봐. 먼저 장군당을 보여주고. (변호사에
게 다가가선) 넌 공부 열심히 하고…. 나 간다이!

기인이 갑자기 언덕 아래로 사라지자 저 멀리 새소리 들린다. 배경은 어느덧
노을이 진다.

선공 (깊은 심연의 표정으로 바뀌며) 언제나 수단과 방법을 가
리지 않는 이긴 자만의 역사. 거기에 저항해온 민중의 역
사. 불복산!… 그래서 그런지 그 후 민란이다, 혁명이다,
근대에 와선 패잔한 동학군들, 일제 땐 독립군들, 빨치산
들이 이 불복산에 들어와 신념을 지키며 살다 쓸쓸히 죽
어간… 그 불쌍한 영혼들이 숨 쉬고 있는 곳이지요.

변호사 불복산? 영혼이 숨을 쉬고 있는 산? 영혼이라 했습니까?

선공 그렇습니다.

변호사 영혼이 뭐죠? 잘 이해가 되지 않고 혼란스럽군요.

선공   그대는 신의 세계, 정신의 세계를 믿으시오?

주위가 갑자기 저녁노을로 짙게 붉어진다. 변호사, 불안해지며 당황한다.

변호사   (정신을 가다듬으려고 노력하며) 정신일도 하사불성이라
하지 않습니까? 또 호랑이한테 물려가도 정신만 차리면
산다. 뭐 그런…. 사실 정신적이란 때론 무서운 힘을 발휘
하죠. 전 신과 정신의 세계를 믿습니다.

선공   그럼 먼저 여기 불복산 장군당을 보여 드리겠습니다. 절
따라오시죠.

변호사, 선공 뒤를 따른다. 이때 바람소리 커지며 갑자기 밝은 빛 눈을 부시게
한다. 퇴장. F.O. (바람소리)

3. 장군당의 말밥굽 소리

오래된 나무 문 여는 소리와 함께 말발굽 소리. 장군당 문이 열리면 최영 장군,
앉아 있다.

최영   중국이 언제부터 우리의 하늘이었소. 그들이 지금 우리
의 땅을 요구하고 있소이다. 분명 우리는 자주의 나라. 이
번 기회에 그들을 물리치고 옛 땅으로 가서 고구려의 기

274

상이 살아 있음을 보여주어야 하오. 이성계 장군! 장군은 진정 하늘이 주신 이 기회! 요동 정벌은 민족혼의 부름이오! 저 멀리 광활한 대륙을 지배했던 선인들의 부름이 들려오고 있소이다. 장군은 어서 달려가 만천하에 고하시오. 고구려의 영광! 민족혼의 부활!

말발굽 소리, 저 멀리 들려오다 사라지면 천둥, 빗소리, 들려온다.

이성계   (고뇌하며) 비는 내리고 최영 장군의 위세에 눌려 요동정벌에 나섰지만…. 이(以) 소(小) 역(力) 대(大) 불가(不可)! 작은 나라가 큰 나라를 이길 수 없다. 이제 어떻게 해야 하는가… 결단의 시간… 차라리 군사를 돌려 최영을 제거하고 모든 권력을 차지하느냐?

소리   목자득국(木子得國)! 목자득국! 18(十八)자가 왕이 된다. 18자가 나라를 세운다.

웃음소리와 함께 이성계의 내면의 분신들이 나타난다.

이성계의 분신   역천자(逆天者) 망(亡)! 하늘의 소리를 거역할 수는 없습니다. 이렇게 폭우가 쏟아지는데 요동정벌은 실패입니다. 민족혼? 고구려의 영광? 다 미친 짓이니 어서 군사를 돌려 권력을 차지하시오. 역사와 만남은 때가 있는 법. 명분도 그 때와 연결될 때 역사가 되는 것이오. 기회를 놓

소리	치지 마시오. 어서 군사를 돌려 최영을 제거하시오. 그러면 모든 권력은 장군의 것이오. (퇴장)

소리 목자득국! 목자득국! 18자가 왕이 된다. 18자가 나라를 세운다.

이성계 천명을 거역할 수 없다. 나 개인의 의지로도 안 된다. 구국의 결단이다! 천자의 나라와 싸울 수는 없소…. 군사를 돌려라!

천둥소리. 번개 사이로 이성계 퇴장

최영 (분노하며) 김춘추의 야욕! 김부식의 탐욕! 이성계 너마저… 권력욕 때문에 우리 민족혼과 고구려의 영광은 사라진다.

두문동 선비와 고려의 신하임을 상징하는 검은 도포의 무리들 등장. 효수당한 자기 머리 상을 들고, 얼굴은 검은 천으로 가렸다. 갓을 쓰고 있다. 이때 왕으로 등극한 이성계, 왕관을 쓰고 등장한다. 무리들, 얼굴을 돌린다.

이성계 어찌 그대들은 날 미워하는가? 난 이제 왕이 되었으니 나의 신하가 되어 나와 함께 부귀영화를 누리게나!

신하1 (자기 머리를 쳐다보며) 난 개가 되었소. 이제 개가 되었으니 그놈의 권력 당신 혼자 다 가지시오.

이성계 어찌 그리 나를 이해 못 해주나. 역성혁명은 하늘의 부름이었소.

신하2 (자기 머리를 쳐다보며) 천심을 팔아 민심을 이길 수 없소. 그대는 그대의 탐욕을 위한 길. 나는 이제 불복(不服) 산의 소나무가 되어 그렇게 살다 사라지리라.

이성계 반항하는기!

신하3 하극상을 통한 쿠데타를 일으켜 왕이 된 당신이 어찌 반항을 말하는가?

이성계 이미 왕이 된 나에게 반항은 죽음만이 있을 뿐이다.

신하4 저항이다. 옳지 못한 것, 잘못된 것에 대한 저항. 죽음이 따른다면 기어이 반겨 맞으리. (신하들 웃음)

이성계 아무도 역사의 대세를 막을 수 없다. 반항하는 자를 데리고 국사를 논할 수 없다. 어명이다! 저들을 불태워 죽여라!

최영 이성계! 더러운 것. 미친 권력의 역사! 미친 권력의 역사를 모르는가!

이성계의 웃음 더욱더 커지며 신하들, 고통 속에 죽어간다. 이때 갑자기 조명 밝아지며 행진곡 노래 들려온다.

4. 미친 권력의 역사

'33정신병동 입실' 소리 들린다. 무대 위 배우, 환자복으로 갈아입고 '미친 권력의 역사다' 를 외치며 바쁘게 움직인다. 몹시도 시끄럽다. 체조와 함께 의미 없는 자기 몰입에서 나오는 소리를 각자 외친다.

체조는 동일한 동작을 하다가 점점 두 파로 갈라진다. 자기 몰입의 소리는 자기 주장만하고 남의 말을 듣지 않는 부조리한 상황을 만든다.

정신병동이므로 대사의 톤이나 분위기를 바꿀 수 있다. 배우는 과장된 몸짓.

혼돈상황에서 배우 한 명(내시역), 인형(곰인형이라도 좋다. 왕을 상징)을 모시고 소리친다. 이때 두 파벌로 나뉜 환자들, 각자 신하 역을 수행한다.

사건은 '묘청의 난'의 상황을 정신병자들이 연극을 하는 부조리 상황으로 표현한다.

내시   조용히! 조용히! 모두들 조용히 하시오. 오늘 이렇게 모인 것은 절대 절명의 위기. (하늘을 보고 두려워하며) 번개가 치고 태풍이 불고 자연재해로 민심의 동요가 심하니, 또한 금나라가 강대해져 우리를 위협하고 조공을 요구하고 있소이다. 이를 어찌하면 좋을지… 경들은 좋은 방책들을 토론하시오.

개경파 신하1   어렵게 생각하면 어렵고, 쉽게 생각하면 쉬운 것, 해답은 간단하오. 금에 조공을 하면 되오.

개경파 신하2   일단 우린 힘이 없으니 강대해진 금나라에 조공을 하여 평화를 지킵시다.

김부식   그렇소, 결론은 간단하오. 이제 평화를 지키는 것만이 우리의 길이오.

상대파에게 용두질을 하고 물러난다.

서경파 신하1   아니오! 민심은 그렇지 않소.

서경파 신하2   민심은 고구려의 영광입니다!

정지상   그렇습니다. …위기극복의 지혜는 동요된 민심이 무엇
         때문인지를 알아, 백성의 뜻을 먼저 한곳에 모아야 할 것
         이외다.

상대파에게 다리를 들어 비방한다.

김부식   그렇소. 지당하신 말씀…. 그러나 민심의 동요는 기강이
         무너진 탓. 백성들로 하여금 국가기강이 바로 서 있다는
         것을 보여줘야 하오.

내시   (왕에게 귓속말을 하고 난 다음) 좋은 의견들입니다. 허
         나 지난 일로 궁궐이 불에 타버리고…. 지금 전하께서는
         이를 어찌하면 좋을지…(왕과 함께 애기처럼 운다.)

이때 신하들은 서로 섞이며 상대를 비방한다. 삿대질, 발길짓… 국회에서 일어
나는 일을 참조할 것.

서로 왕 앞으로 나서며,

서경파 신하2   서경에 궁궐을 새로 지으면 됩니다.

개경파 신하2   아니오… 불탄 궁궐을 보수하면 될 것이오.

서경파 신하1   서경에 대화궁을 새로 지어 천도합시다.

서경파 신하2   서경천도로 민심을 모아 국혼을 세웁시다.

개경파 신하1   민심은 백성의 기강을 세우면 됩니다. 개경에 궁궐
              을 보수합시다.

정지상   이제 개경은 지세가 다 되었다 하더이다.

김부식   유학을 공부한 자 그 무슨 해괴한 소리요.

서경파 신하1   개경은 이미 왕업이 쇠한 곳. 서경은 떠오르는 샛별
              의 땅, 서경으로 천도하면 더 이상의 재앙은 없어지고 금
              나라가 우리에게 조공하게 된다 하더이다.

개경파 신하1   서경천도는 금나라를 자극하여 그들의 침략을 받을
              까 두렵습니다. 해괴한 소리는 치우시오.

              내시, 왕을 안고 앞으로 나오며,

내시   잠깐!

              내시는 왕과 귓속말을 나눈다. 이때 신하들, 침묵하고 내시의 말에 집중한다.

내시   전하도 떠도는 풍문을 들은 바 있다 하더이다. 누가 그러
              하더이까?

서경파 신하1   도선의 제자로서 정심 묘청이옵니다.

서경파 신하2   위로 하늘과 통하는 인물이라 따르는 제자들이 많다

280

하더이다.

개경파 신하2   묘청과 그의 제자들은 모두 요사스런 자들이라 그들의 말이 괴이하고 황당해서 믿지 못할 말들이 많은데….

김부식   그렇소! 지금 황망한 자들은 성인이라 일컬으며 백성들을 속이고 있으니 물리침이 정한 일이요.

정지상   금의 압박과 불탄 궁궐, 흩어진 민심. 이 새로운 위기 앞에 저들은…

서경파 신하1   나라를 태평하게 다스리고자 한다면 서경의 성인들을 내놓고는 함께 일할 자 없습니다.

다시 신하들 뒤섞여 격투기를 방불케 싸운다. 내시는 왕과 귓속말로 대화한다.

내시   모두들 조용히 하시오! 전하의 하교가 있소이다.

신하들 두 파로 나뉘며, 모두들 집중하여 내시의 말을 기다린다.

내시   일단 전하께선… 묘청!

개경파 '죽이라' 는 동작을 하고, 서경파는 고개를 숙이고 있다. 긴장이 흐른다.

내시   묘청을 천거하도록 합시다!

서경파는 환호성을 지르며 묘청을 모시러 춤을 추며 퇴장하고, 개경파는 모두들 배가 아파오며 퇴장한다.

개경파 신하들   아이고 배야!

형형색색의 만장으로 장식된 휠체어를 탄 사이비 교주 형상의 묘청, 서경파는 최고의 예를 갖추며 밀고 들어온다. 묘청의 손동작에 과도하게 반응하는 서경파들, 마지막 손짓 하나에 쓰러지며 무릎을 꿇고 엎드린다.

묘청   (휠체어에서 일어나며) 고려는 수덕의 왕조로서 숫자로는 6이요, 색은 검은빛입니다.

서경파들, 환호한다.

묘청   주역에 따르면 금생수(金生水) 하여… 천도만 하면… 금나라는 우리에게 항복할 것이오.

열광적인 찬사를 보낸다.

서경파 신하1   서경으로 옮겨 다시 시작합시다.
서경파 신하2   개혁의 시작은 왕으로부터 우매한 백성까지 신하부터 미천한 천민까지 하나가 되어 다시 시작하는 것.
정지상   국혼을 모아 금나라를 정벌합시다.
묘청   (더욱더 힘이 나서 열광적으로) 서경으로 대화궁을 짓고

옮기면 모든 재앙은 사라지고 고구려의 옛 영광은 다시 부… (갑자기 쓰러지며 임신부의 진통처럼 배가 불러온다.)

서경파 신하들, 묘청의 배가 불러오는 모습을 보며 '부활' 을 외친다.

묘청   (뱃속에서 알을 꺼내며) 고구려의 영광은 부활할 것입니다! (다시 기절한다.)

서경파들, 환호성을 지르며 묘청을 태운 휠체어를 밀고 퇴장

개경파 신하들 등장, 변기통을 하나씩 들고 똥 누는 자세로 앉는다. 변이 나오지 않는지 모두들 힘들다.

개경파 신하1   (배를 잡고) 서경에 대화궁이 거의 완성되어가고 있나고 하더이다.

김부식   궁이 완공되어 천도하게 되면 개경의 우리 귀족은 모든 것을 잃게 될 것이오.

개경파 신하2   그렇소이다. 힘은 바로 땅이옵니다. 서경파에게 권력을 다 빼앗기게 생겼소이다.

개경파 신하1   정치권력이 무너질 때 그것은 몰락… 죽음이오.

김부식   (혼자 비통해하며) 신라의 멸망과 함께 고난을 이겨내며 다시 권력을 잡은 이 시점… 이 무슨 고비란 말인가… 그

들은 고구려의 부활을 꿈꾸게 될 것이오. 대국의 힘을 빌려 고구려를 멸망케 한 죄… 신라는 무엇으로 해석한들 변명밖에 되지 않소.

개경파 신하2   어리석은 것들. 분명 금나라를 격노케 하여 우리마저도 죽음을 면치 못할 것이오.

개경파 신하1   지금의 권력을 이대로 유지하려면 서경천도를 막는 것이 급선무입니다.

김부식   이소역대불가… 작은 것이 큰 것을 이길 수 없어 금나라의 속국이 되어 조공으로 대국을 받들어 평화를 지킵시다. …그러기 위해선 어떻게든 서경 천도만은 막아야 합니다. 무슨 좋은 방책이 없을까?

모두들 방책을 풀기 위해 배설하려고 용을 쓰지만 잘 안 된다. 이때 신하 한 명, 똥을 쏟아내며 소리친다.

개경파 신하1   …불!

나머지 신하들 하나, 둘 배설을 시원하게 하며 얼굴에 미소가 들어온다.

개경파 신하들   … 좋은 방책… 불입니다!(변기통을 들고 퇴장하며)
개경파 신하들   불이야!… 불이야!… 서경 중흥탑이 불에 탄다!

서경파 신하들, 놀라서 뛰어 들어오며 소리를 듣는다.

소리   서경에 대화궁을 지으면 재앙이 사라진다는 묘청의 말은
      거짓말이다. 거짓말…

휠체어에 북을 달고 묘청 등장

묘청   재앙을 막으려면 서경의 지기를 모아야 한다. (북소리)
      팔개 명산의 선인들을 모실 팔성당을 지어서 빌어야 한
      다. (북소리) 그래야 금을 누른다. 팔성당에 제문을 올립
      시다. (북을 친다.)

묘청의 주문 소리, 북소리와 춤사위는 고조된다. 이때 서경파들은 정심을 다해
신명께 절을 올린다.

묘청의 팔성당 주문소리

호국백두악 태백선인 실덕문수사리보살

용위악 육통존자 실덕삭가불

월성악 천선 실덕대판천신

구려평양 선인 실덕 연등불

구려목역 선인 실덕 버바시불

송악 진주거사 실덕 금강색보살

중성악 신인 실덕 늑예천왕

두악 천녀 실덕 부동우바니

서경파 신하들, 무대장치의 구멍 속에서 얼굴을 내밀고 숨기를 반복하며 소문을 퍼트린다.

서경파 신하들   공중에서 풍악소리 울려오니 이것이 어찌 예삿일 이겠는가?

개경파 신하들   (귀를 막으며) 귀는 먹지 아니하였는데, 풍악소리 일찍이 듣지 못하였다.

서경파 신하들   남쪽에 신별이 떴으니 이것이 어찌 예삿일인가?

개경파 신하들   (당황하며) 어젯밤 남산에 불을 지른 자 누군고?

서경파 신하들   신룡이 침을 토하여 오색구름을 만들었으니 이 아름다움이 어찌 예삿일인가?

개경파 신하들   (소리를 찾아다니며) 뜨거운 기름을 넣은 떡을 대동강에 던진 자 누군가?

정지상   (마지막 애절한 기도를 하며) 하늘이 재앙을 내려 궁궐이 불탔으나 서경에 다시 궁이 완성되었으니 서경에 천도하여 재앙을 가시게 하고 복을 모아 무궁한 업을 누리소서. 묘청의 말은 성인의 법이니 어겨서는 아니 되옵니다. 서경 천도만이 우리의 살길이옵니다. (천둥번개, 빗소리)

묘청의 북은 찢어진 듯 소리를 내지 못하고 당황한 묘청은 헛손짓만 한다. 이 모습에 서경파 신하들은 절망하고 쓰러진다.

소리   아무리 기다려도 금나라가 항복하지 않고 벼락이 치며 강풍이 불고 폭풍으로 사람과 짐승이 죽어간다. 묘청은 서경에 행하기를 재앙을 누르기 위한 것인데 어찌하여 큰 재앙이 생기는가? 서경 천도를 하면 금나라를 자극하여 강대한 그들의 침략을 당할까 두렵습니다. 현실을 모르는 그들이 대의를 결정할 순 없습니다.

소리에 놀란 서경파 신하들, 두려움에 무대 중심에 모인다.

소리   서경 천도는 없다. 묘청은 거짓말을 했다. 묘청 때문에 다 죽게 됐다. 묘청의 반란이다!

환자복을 벗어던진 배우들, 고함을 지르며 깃발과 만장을 들고 다시 무대 중앙으로 모인다. 그들의 구호는 절박하면서도 결의에 차 있다.

점점 무대 전면으로 무리대형으로 밀려 나온다. 이때 구호는 현실적인 내용일 수도 있고, 지난 혁명의 구호(동학난, 광주민주화운동 등)를 사용해도 좋다.

무리들의 난동은 총소리와 함께 하나둘씩 쓰러진다.

죽음을 표현하는 어두운 조명이 퍼지고, 괴기스런 망나니를 앞세운 함박웃음에 김부식 등장. 무리들, 한 명 한 명 일어나며 김부식을 향해 소리친다.

무리1   김부식, 당신의 시커먼 탐욕은 드디어 당대 권력과 영화

만을 당신에게 주겠지만… 자주성을 잃은 존화와 사대주
의 사상으로 우리 민족의 혼은 파괴되고 말았소!

김부식   무슨 소리. 난 애국충정의 신하된 도리로서 요망한 역신
의 무리들을 토벌했을 뿐이오.

무리2   닥치시오. 정녕 그대가 역신을 토벌하였다고 하나, 그대
의 잘못된 사상의 실현과 추악한 명예욕이 부른 그 학살
의 큰 죄악을 어찌할 것인가?

김부식   정치란 어차피 희생이 따르는 법. 역사 발전을 위해서는
조금의 희생은 어차피 필요한 법.

무리3   역사 발전. 꺼져가는 민족의 기를 되살리고자 했던 서경
천도 운동을 학살로써 막을 내린 그대의 탐욕!

김부식   오랑캐 나라에 오히려 굴복하여 섬김으로써 나라를 보존
하고 백성을 살렸지 않소.

무리4   결정은 우리가 하는 것이 아니라 자주냐 굴욕이냐 이때,
이때 중요한 것은 민중이요, 민심이요, 바로 그들의 나라
인 것이오.

김부식   나 개인의 명예도 중요하지만 국가의 예와 명예도 중요
한 것이오. 작은 나라가 큰 나라를 섬기는 것은 어쩔 수
없는 것. 동방의 군자국이 얼마나 명예로운가?

무리5   가소롭구려. 그대의 역사관은 우리의 찬란했던 역사를
작은 중국으로 만드는 데 이바지하고자 한 것. 따라서 유
교사상으로 사회를 통합하여 그대들의 지배체제로 유지
하고자 하는 것 아니오.

김부식   예를 모르던 우리의 역사. 감히 중국에 도전해온 고구려,
           백제, 발해. 반목과 분열에 의한 멸망의 역사. 그게 우리
           의 역사요. 이제 중국의 도움이 우리 역사 발전에 도움이
           된다면 무엇이 나쁘단 말인가?

무리6   역사 발전. 언제나 역사는 좋은 쪽이든 나쁜 쪽이든 발전
           하고 있소. 망국 통일 후 같은 민족의 피와 땀의 희생 위
           에 민족 반역의 길을 간 신라 귀족… 그들을 응징하고 세
           운 우리 고려의 국시는 대륙을 향한 꿈이었소.

무리들 모두 그 꿈의 실현은 서경천도를 해서 민족정신을 되찾고
           자 하는 것… 오직 권력을 위해 민중을 학살한 죄… 그대
           는 역사의 죄인이오!

           망나니 등장, 검무를 추고 무리들, 처참하게 언덕 위로 모인다.

김부식   (엎드리며) 신 김부식 아뢰옵니다. 지난 을묘년 봄 정월
           에 서경이 반역을 계획하므로 신 등은 엎드려 어명을 받
           들고 출정하였사옵니다. 그러나 서경에 사나운 적들은
           어린아이 부녀자들까지도 벽돌과 기왓장을 던지며 그들
           의 칼끝을 당해낼 수 없었습니다. 서인도 다 나의 백성이
           니 그의 수괴만 무찌르고 삼가 많이 죽이지 말라는 교지
           를 받들었사오나 적들은 결사항전의 자세를 흩트리지 않
           아 성안을 봉쇄하고 기다리매 적들은 굶어 죽고 얼어 죽
           어 오군이 한꺼번에 공격하여 적이 무너져 항거하지 못

하고 크게 이겼습니다. 이는 마침내 성상 폐하께옵서 성
신의 힘을 입은 바입니다.

소리 부식에게 수충정란 찬화동덕 공신을 내리고 (총소리) 계
부의 등삼사 검교태사 수태보 (총소리) 문화시중 이예부
사 영직에 (총소리) 집현태학사 감수국사의 문임을 맡기
노라. (총소리)

총소리와 함께 무리 하나씩 쓰러진다.

김부식의 웃음소리 퍼지며, 암전.

소리 (라디오 방송-광주민주화운동에서 폭도들의 난동에 대
한 안내 방송과 광주 사태에 공을 세운 사람들, 훈장 받
는 방송소리)

5. 선공의 비극

조명 들어오면 선공, 변호사, 나타나며

선공 혼령이 노하시기 전에 장군당 문을 닫겠습니다. 석주를
만나야 한다고요? 대자연의 질서에 위배해온 인간의 어
리석음… 그 어리석음으로 저질러온 죄와 악. 그 모든 것

290

들로 인해 역사 속에 함몰되고 만… 수많은 고귀한 희생
들… 그 업과 인연 가운데서 석주를 만날 수 있습니다.

변호사 　석주라는 분은 어떤 분이죠? 전 그분을 만나야 합니다.

선공 　순진한 사람, 불쌍한 사람… 악연과 어리석은 역사가 남
긴 불행. 석주의 부친은 육이오 때 여기 불복산 아래 경찰
서장, 바로 공비토벌 대장이었지요.(회상으로 고통스러
워하며) 그런데 미쳐 날뛰는 살육… 같은 민족끼리 가슴
에 칼을 들이대던 비극의 광란… 그의 부친은 빨치산 공
비들을 소탕하면서 공비뿐만 아니라 이 불복산에 터를
잡고 있던 무고한 양민들… 그들까지도 학살을 하였지
요. (합장하며) 지나고 보면… 오직 자신들만을 위한…
가증스러운 것들… 너무나 짧은 인생… 정말 보잘것없는
그 작은 탐욕을 위해… 불쌍한 것들. (합장하며) 저 수많
은 한 맺힌 원들의 곡성을 어찌할는지… (슬퍼하며) 이
아름다운 강산에 붉은 선혈로 바다를 이룬 그때, 이 산
아래서 순박하게 살아가던 나의 아버지 어머니… 진인한
총에 (많은 총소리) 바로 저 소도 계곡에서 집단 학살로
돌아가셨습니다. 나의 어린 동생과 함께 살아남은 나는
(총소리) 또다시 빛고을 광주를 피고을로 만든 그때… 너
무나 아름다웠던 나의 동생도… 머리가 깨진 채 죽어갔
습니다.

변호사 　(혼잣말로) 자기만을 추구하는 인간의 욕심이 부른 반목
과 대립. 그로 인해 끝없이 대두되는 인간의 죄와 악… 어

떻게 해야 하는지… 그래서 불행하지 않는 진짜 인간의 역사를 만들 수 있을지?

신비스런 음악이 흐른다.

선공　이제 손을 모으시고 눈을 천천히 감으시오. …구름이 걷히면 달이 보이듯… 거기에 석주가 보일 것입니다. (가부좌로 앉으며 합장하며 몰입한다. 변호사, 앉으며 눈을 감는다. 암전)

6. 석주의 비밀

석주　아버지! 아버지!

조명 들어오면 석주, 소리치며 찾고 있다. 아버지(망나니 분장), 샤막 뒤로 저승길처럼 어둠 속을 추위에 떨며 지나간다.

석주 아버지　춥다 추워… 아들아 춥다… 난 억울해, 억울하다구. 나는 전생에 망나니였어. 바로 그들의 망나니! 그들은 그들의 권력을 위해 야욕을 가졌다만 난 그들을 위해 만든 사상에 충실했을 뿐… 권력의 시녀로서 그들의 충견으로서… 어리석다, 어리석었어… 칼을 휘둘러… 난 망나니

야, 억울해… 억울해…(어둠 속으로 사라지며 퇴장)

석주   아버지, 아버지! (조명 밝아진다.) 어려운 시절 가난에 찌들어 외국의 원조로 살아가던 그 시절… 자기 동족 간에 피비린내 나는 전쟁을 한 나라. 그것으로 온 강토를 외국의 군대가 휩쓸고 간 나라. 그런데 또다시 광주에서 동족 간의 살육으로 광란이 벌어지던 그때 아버지는 돌아가시고… 사회적 저명인사로서 장례식은 성대했었죠. (두려운 표정이 되며) 그런데 그날 의문의 사람들이 하나둘 모여들더니만… 장례식장은 나의 부친에게 원한 맺힌 사람들의 절규의 장이 되어버리고 말았습니다. (울음) 6·25 때 희생된 사람들의 가족 친지들이 몰려온 거지. 그렇게 우리 부친은 죽어서 욕을 먹는 부관참시를 당한 거나 마찬가지지. (갑자기 울음에서 자기고통으로 변하며) 번민과 고통, 부끄러움으로 난 신경쇠약에 걸려서 병원을 돌아다니며… 그리고 밤마다 악업에 시달려 고통 속에 신음하는 아버지… 귀신들의 원성과 한 맺힌 울음소리에 시달렸지….

혼들의 울음소리, 석주, 미친 듯 광분하다 쓰러져 혼절한다.

선공, 언덕 위로 나타나며 그 모습을 지켜본다. 이때 기인 등장

기인   (동정심으로 바라보다가 어렵게 말을 꺼내며) 이보이 선

공…

선공   …예.

기인   저 사람을 살라제. 아버지의 백(魄)은 어디 두고… 잃어
버린 혼(魂)에 쫓겨 이 심심유곡 떠돌아다니다… 한 맺힌
영혼들의 고통에 쌓여 있구만.

선공   … 정혼이 빠져… 백만 남았습니다.

기인   선공… 어서 흩어진 정혼을 불러… 저이를 살려주게나.

기인, 굿을 하는 지전(紙剪)을 들고 선공에게 전한다. 선공 머뭇거리다 결심한
듯 받아 들고 천천히 언덕을 내려간다.
선공, 혼절한 석주를 위한 굿을 하며 춤을 춘다.
선공의 춤이 끝나면 석주, 멍하게 일어나서 선공을 따라 퇴장한다. 이때 저 멀
리 새 울음소리 들린다. (암전)

7. 불복산을 내려오다.

선공, 변호사, 무대 위로 등장

선공   그 후 석주는 밤마다 이 산 구석구석을 돌아다니며 아버
지의 원한 맺힌 유골을 찾아 여기 사당에서 제사를 모셔
주고 있죠. (독백) 오늘은 이 산 어디를 헤매고 있는지….

변호사   그러고 보면 제가 고등학교 다닐 때였습니다. 정말… 우

리나라는 이제 끝났구나. 부모가 죽으면 그런 느낌이 날
까요. 분향소를 학교에서 단체로 갔는데 모두들 얼마나
울었던지… 울다가 지쳐 쓰러진 아이도 있었구요. (웃음)
그리고 이내 대학을 갔는데… 그때 이미 그분은 민족의
영도자, 우리를 가난으로부터 구해낸 구세주가 아니었습
니다.

여자아이들 등장, '10월의 유신' 노래를 부르며 고무줄놀이를 한다.
(노래) 시월의 유신은 김유신과 같아서. 삼국통일 되듯이 남북통일 되어요.
남자아이 등장, '아이스께끼' 여자아이 치마를 들치곤 도망간다. 여자아이들,
욕하며 퇴장

변호사　　권력연장을 위해… 유신헌법을 만들어 이미… 많은 사람
들은 그의 권력에 맞서 싸우다 희생되고 그의 주위엔 그
들만을 위한 세력들이 기득권을 위해 그들의 부패의 성
을 쌓아놓고 있었던 거죠.

심수봉의 〈그때 그 사람〉 노래 흘러나오고, 권총소리

변호사　　…그런데. 이 무슨 역사의 장난입니까… 그들의 세력은
정말 강대했습니다. 또다시 그들은 자기 권력을 위해…
맞서 싸우는 수많은 민중의 희망을 군홧발로 짓밟으며…
(민중의 함성소리, 총소리. 암전)

부분무대 여가수, 정치인, 김부식 등장, 그 뒤로 고문기술자, 청년 등장.

부분무대 조명 들어오면 김부식, 정치인, 이야기하며 즐겁게 떠든다. 여가수는
노래.

고문 기술자, 윗옷을 벗은 청년의 등을 무자비하게 때린다. 청년, 쓰러진다.

고문기술자   (청년의 목을 잡고 일으키며) 우린 서로 사랑해야 돼.
          (구타, 비명) 서로 미치도록 말이야. (구타, 비명) 사랑하
          지 않으면 안 되지. (구타, 비명) 그거 있잖아? (구타, 비
          명). 그거 할 때처럼… 내가 그곳을 애무할 때… 그녀는
          미쳐버리지. (구타, 비명)
청년   차라리… 죽고 싶어. 죽여! 죽여!
고문기술자   그거야 바로 그거…(무자비한 폭력. 청년 기절한다.)
김부식   야! 음악 꺼! (여가수에게) 야! 너 나가… 노래가 너무 감
          상적이야. 노래가 감상적이면 사람이 나약해져.
정치인   노래에 감상이 빠지면 맛이 나나. (생각하다가) 야! 트로
          트! 트로트로 바꿔.

여가수, 다시 노래 시작한다.

고문기술자   (기절한 청년 옆에서 휴식을 취하며 여유롭게) 어때…
          필이 느껴져… 이제 우리 서로의 감상을 이야기하자구.

아! 무척 힘이 들었지? 너, 수박 아니? (일어서며) 푸른색
에 검은색 줄무늬. 너무나 아름답지. 수박? … 그래 수박!
(청년에게 다가가며) 넌 수박이야. 이 싱싱한 수박을…
칼로…(청년의 등을 손을 세워 가른다. 이때 비명소리)
아니. 주먹으로 그냥 부숴버리면… 온통…(주먹으로 때
린 후 갑자기 일어서며) 아니… 이게 뭐지? 그래. 피! 레
드! 빨간색! 그래 넌 수박이야 수박. 미안해. 미안해. 넌
토마토야. 토마토. 알어? 넌 토마토야. 겉과 속이 다 붉은
토마토야… 오 다링 다링… (구타 계속한다.)

청년   (쓰러지며) 엄… 마… (죽는다.)

청년의 모습에 놀란 고문 기술자 당황해한다. 정치인, 김부식, 고문장소로 오며

정치인   왜 이리 시끄러워 이거.
김부식   (고문기술자에게 귓속말로) 달리는 기차에서 쓰레기는
        그냥 창밖으로 던져버리는 거야.

정치인, 김부식, 고문기술자 퇴장. 청년의 엄마, 아들을 찾으며 등장. 청년, 시
체처럼 일어나 엄마 주위를 떠돈다.

엄마   (미소 지으며) 그래 이 녀석. 몸만 커졌지 아직도 이 응석
        받이 녀석아. 아직도 여행은 끝나지 않았니? 그래 여행은
        아름다운 것이지. 추억도 많이 만들고… (허공에 손을 내

밀어보지만 아무런 반응이 없자 놀라며) 아냐. 아냐… 그
앤 나에게 말했다구. 여행을 간 거라구. (허탈하게 돌아
서며) 언젠가는 당신들도 모든 것을 배우게 될 것이오.
언제쯤이면 당신들도 마침내 알게 될 것이오. (암전)

선공, 변호사, 원래 자리로 다시 등장

선공   용서할 수만 있다면. 용서할 수만 있다면… 그 피고을의
        피맺힌 원한을 어찌할는지.

변호사 그때 저는 결심했습니다. 난 작다. 미약하다. 그러나 힘을
        가지자. 그래서…

선공   변호사가 되었군요.

변호사 네. 하지만 힘이 있으면 얼마나 있을까요?

선공   이슬은 이미 큰 강이며 방울진 빗물은 이미 큰 바다입
        니다.

변호사 (절을 하며) 이제 내려가겠습니다.

선공   (인사하며) 잘 가시오. (퇴장)

변호사 (천천히 언덕을 내려오며) 나에게 넓은 세계를 알게 했
        던, 불행했던 그 시절의 젊은 날. 동지들과 선배들과 울
        분을 토론하며 부딪쳤던 혈기들을… 다시금 피가 솟는
        듯한 흥분을… 바로 이 사건. 석주의 반란. 석주와 불복산
        영혼들의 반란. (퇴장. 암전)

8. 장군당의 바람

선공   (소리치며) 이보게 석주 문을 여세요. 장군당에 그렇게 있으면 어찌합니까? 제발 문을 여세요, 석주!

기인   선공. 석주는 아직도 장군당에 있는가? 도내제 며칠이나 됐나?

선공   삼칠일은 족히 된 것 같습니다. 저러다 몸은 해치지 말아야 할 텐데. 걱정입니다.

기인   …정혼이 뭉쳐 흩어지지만 않으면 큰 걱정은 없네만. (저 멀리 쳐다보며 속세를 내려다보듯) 아직도 세상은 아수라 지옥이구만.

부분무대, 부랑자 차림 엄마, 우는 아이와 등장. 몹시도 삶이 힘들어 보인다.

엄마   그쳐! 시끄럽단 말이야. 다른 사람이 싫어해. 남이 싫어하는 짓을 하면 안 되지. 도내제 왜 그래? 말을 해야 알 거 아냐.

아이   아빠가 없잖아. (울음) 아빠.

엄마   아빤 지금 여기 없어.

아이   왜?

엄마   돈 벌러 멀리 갔어. 돈이 있어야 잘 살 수 있는 거야.

아이   돈이 뭔데? 아빠는 그냥 있고… 못 살면 될 거 아냐?

엄마   그런 게 있어. 돈 많이 벌어서 아빠가 빨리 올 수 있도록

기도하자. 자 우리 아기 착하지. (퇴장)

국회의원(고문기술자), 포즈 잡고 그의 비서, 사진을 찍으면서 등장

비서   예. 좋습니다. 의원님. 여기, 여기. 요즘 유행은 경직된 사진을 쓰지 않죠. 권위적인 얼굴은 피하셔야 합니다. 그래서 좀 더 친근하게 찰칵! 난 당신의 귀여운 친구. 찰칵! 가까운 이웃. 찰칵! 바로 여러분의 노예. 찰칵! 날 필요로 하는 곳이면 언제나 달려간다. 아니. 날아간다. 찰칵!

국회의원 이보게! 내가 아니면 도대체 누가 이 나라를 끌어간단 말인가? (반응이 없다.) 우매한 백성들이 이런 나를 알아줘야 할 텐데…

비서   지당하신 말씀. (퇴장)

기인   (화를 내며) 육시럴 놈들. 사당에 불은 지폈는가? 오늘은 특별한 날이니 문을 활짝 열고… 한 치의 소홀함이 있어서는 아니 되네. 구신들은 소심혀. 삐치길 소 등짝에 파리 붙듯이 하니. (혀를 차며) 좋은 게 좋다고 그냥 뭔지도 모르고 따라가다 엎어진 것들이 많어….

선공   팔성당엔 뭘 올리죠?

기인   그것들은 그저 뚝진 찰떡이 좋아. 넉넉하게 해야 될 것이여.

선공   뭐가 있어야 차리죠.

선공 (긴장하며) 스승님, 예사 비가 아닌 것 같습니다. 천둥도 치고…

기인 그려. 오늘따라 유난히도 빗소리가 슬플 것이여.

선공 슬프다고요?

기인 오늘은 새로운 손님들이 많을 것인디. 불쌍한 것들…. 이 보게 선공, 당집에 향도 더 많이 지피고 깨끗이 정리를 해야 할 것이여.

선공 예

기인 자. 이제 팔성당에 불을 켜시게. (암전)

9. 석주의 반란

조명 들이오면 석주, 단 아래 절을 하고 있고 언덕 위엔 기인, 선공, 그 모습을 쳐다본다. 이때 시대의 구분 없이 평민, 학생, 농민 등 기타 여러 부류의 혼령, 만장을 들고 천천히 들어온다.

석주 (고개 들며) 역사의 거대한 물줄기에 휩쓸린 불쌍한 영혼들. 잘못된 사상으로 민족을 향해 광란의 죄를 저지른 그들… 그 치욕의 역사를 어떻게 해야 청산할 수 있을까? 난 어떻게 해야 하는지 모르겠습니다. 나날이 어렵고 답답합니다.

기인 높은 곳이 하늘이요, 낮은 곳이 땅이다. 높고 낮은 것이 바로 사람인 걸… 위로 하늘과 통하고 밑으로 땅에 이어지려면 내 안에서 진정 나를 구하라.

석주 (울먹이며) 나와 우리 민족은 지금 외로운 방랑자와 같습니다. 자신을 잃어버리고 허무와 고독, 환락과 이기심, 탐욕과 개인의 영달만을 위한 위정자들의 행태… 짙은 안개 속을 헤매 다니는 신원불명의 민족. 지금 우린 이런 위기 속에 비틀거리고 있습니다.

선공 순리와 조화, 그 속에서의 선택과 결단. 그것이 대자연의 법칙이다. 모든 일에 순리가 따르지 못하면 조화를 이루지 못함이라. 완전한 인간으로서의 결심… 우선 내 마음부터 바르게 하는 것이다. 마음을 바르게 하지 못하면 그어떤 정의도 그대 마음에 머물지 못한다.

석주 (분노하며) 맹목적인 탐욕으로 가득 찬 위정자들. 지금 분단된 민족의 현실을 외면한 채 역사의 이름으로 민족의 희생을 담보로 한… 그들의 권력욕과 야욕을 위해 또 다른 분열을 획책하는 자들.

선공 끝없이 되풀이되는 인과응보 속에 맺힌 원들을 풀고 자연의 본질에 순응하는 인간의 본질, 그것만이 진정한 결정이라.

혼령의 무리들, 단 위에서 내려오면 석주, 단 위로 올라서서 외친다.

석주　선인들이시여! 민족의 위기를 처절한 희생으로… 단일민
　　　족으로서 장구한 맥을 잇게 하신 선인들이시여! 전 지난
　　　과거의 원과 한으로 나약하고 미천합니다. 현재 그들은
　　　힘이 있고 권력을 갖고 있습니다.

　　　석주, 단 아래로 내려온다. 이때 혼령들 신인합일된 것처럼 석주 행동에 반응
　　　하며 움직인다.

혼령1　너는 진정한 자유인이다. 자유인의 양식은 용기와 책임
　　　에 있는 것. 모든 결정은 인간에 있고 바로 너 자신에 있
　　　다는 것을 명심하라.
혼령2　실제 두려운 적은 오히려 내실의 불안과 공포심이라는
　　　것. 모든 결정은 인간에 있고 바로 너 자신에 있다는 것을
　　　명심하라.
혼령3　진실은 희생자의 아름다움과 열정 속에 있는 것. 물론 진
　　　리에 대한 투쟁은 지난 시점 승리보단 좌절을 겪었지만,
　　　그러나 그렇기 때문에 진리의 힘은 더욱더 너를 기대할
　　　것이다.
석주　그 진리의 힘은 구체적으로 어떤 것입니까? 지금 역사 이
　　　래 현실은 그들이 지도자로서 주체가 되고 역사를 이끌
　　　어오지 않았습니까?
혼령1　대저 지도자로서 미천한 민중의 윗사람으로서 직분은 무
　　　엇인가?

혼령2	먼저 명분을 두려워하지 않겠는가.
혼령3	무엇이 명분인가?
혼령4	도리가 아니겠는가.
혼령5	그러기에 지도자란 하늘과 사람에 한 점 부끄러움이 없어야 하며 도리에 밝아야 하는 것.
혼령6	그런데 도리에 어둡고 거짓스런 자가 그 자리에 있으면 세상이 어찌 되겠는가?
혼령1	하물며 자신의 욕망을 채우고 그 자리를 강점하고.
혼령2	그 자리를 잃을까 두려워하는 자들이 날뛰다 죽어간 것이 어찌 역사라 할 수 있겠는가?
혼령3	더욱 가증스러운 바는 그러한 자에 빌붙어 주체를 버리고.
혼령4	사실을 왜곡시키고 후대에 자손으로 하여금 사대주의에 빠지도록 정도를 밟지 못하게 한 자들이 아니겠는가.
혼령5	이미 우리 역사에 그런 자들의 사상과 논리가 굳게 뿌리를 내렸으므로 누가 쉽게 믿으려 하겠는가.
혼령6	옛 선인들의 정신을 모르고 살아가는 한심한 후예들이 지도자로서 권력을 휘두르고 있지 않은가.

중심으로 모인다.

혼령들	역사의 추악한 죄인들. 자기들이 역사의 영웅이라며 우리 앞에 오랫동안 군림했던 가증스런 지도자라는 인간들.
석주	(상기되어 단 위로 뛰어오르며) 그럼 이제 그들을 어찌하

오리까?

말발굽 소리, 함성 소리 저 멀리부터 들려온다. 석주, 활을 시위하려고 자세를 잡는다.

혼령들 깨어나야 한다! 후손들이여! 깨어나서 일어나야 한다! 후손들이여! 깨어나서 일어나야 한다!

석주, 활을 쏜다. 암전

에필로그

변호사 (무표정한 얼굴. 무대로 들어오며) 지금 몇 시죠?
소리 3시입니다.
변호사 고맙습니다.

객석으로 퇴장, 암전

질곡의 한국 근·현대사에 대한 단죄와 트라우마

– 정경환의 희곡문학에 대한 평가와 전망

극작가·연극평론가 김문홍

1. 희곡문학의 본질적 특성과 기능

희곡문학이 그 힘을 잃어가고 있다

희곡은 연극예술의 3요소 중의 하나로 연극 공연의 주 텍스트이다. 문학으로서의 희곡이 연출자의 극적 상상력에 의해 배우들의 몸을 빌려 무대화될 때에는 배우의 연기를 비롯한 무대 미술, 조명, 음악, 의상, 분장 등의 제 요소의 결합으로, 문학으로서의 주 텍스트보다는 이러한 서브 텍스트에 의해 연극적 완성도로 평가받는다. 그러나 연극이라는 공연예술은 한 번 공연하고 나면 사라져버리는 일회성의 속성을 지니고 있기 때문에, 연극이 끝나고 나면 그 자리에 주 텍스트인 문학으로서의 희곡만 남는다. 그때의 희곡은 그 문학적 완성도로만 평가받게 되어 있다. 그렇기 때문에 희곡은 그 자체가 공연이 되건 되지 않건 간에 문학적 완성도를 지니고 있어야 하는 것이다.

그런데 요즈음의 연극계를 돌아보면 희곡은 본래의 그 문학적 완성도라는 고유의 가치를 잃어버린 채 한낱 연극의 기술적인 공연 텍스트라는 기능에만 머물러 점점 그 문학의 힘을 잃어가고 있는 것처럼 보인다. 그래서 연극에 조금 관련되고 관계되는 사람이면 누구나 희곡을 쉽게 창작하는 가벼운 관행이 번지고 있다. 전문적인 희곡작가가 아니면서 희곡을 창작하는 그런 사람들은 대부분 희곡을 문학성이 강한 고유의 영역에 두지 않고 오로지 공연의 텍스트로만 존재한다는 가벼운 생각을 지니고 있다. 또 그렇게 해서 창작되어 공연되고 난 희곡들은 문학으로서의 희곡으로 활자화되지 않고 그냥 사장되어버리고 만다.

우리 부산지역의 연극계는, 부산연극제 경연 부문 참가 작품은 반드시 '창작 초연'이어야 한다는 규정에 얽매어 해마다 적어도 대여섯 편의 신작 창작희곡을 공연을 통해 선보이고 있다. 그런데도 그런 작품들은 연극제가 끝나면 문자화되어 문학적 완성도를 평가받지 못하고 묻혀버리고 마는 수난을 반복하고 있다.

현재 부산지역 연극계에서 희곡을 창작하고 있는 작가는 두 부류로 나눌 수 있다. 하나는 연출을 하지 않는 채 오직 문학으로서의 희곡을 창작하고 있는 작가이고, 다른 하나는 직·간접적으로 연극 작업에 관련되는 일을 하면서 공연 텍스트로서의 희곡을 창작하고 있는 작가들이다. 전자에 해당되는 작가는 김숙현, 김문홍, 이혼주, 심상교, 이철우 정도이고 그 나머지는 대부분 후자의 부류에 속해 있다. 지금까지 희곡집을 상재한 작가는 김숙현(6권), 김경화(4권), 김문홍(4권), 하창길(2권), 이현대(고인, 1권), 심상교(1권), 이혼주(1권) 등이다. 이들 생존 작가 중에서 연출을 병행하며 희곡을 쓰는 작가는 김경화 한 사람뿐이고 나머지는 대부분이 희곡만을 전문적으로 쓰고 있다. 그런데 문제는 희곡의 문학성이다.

희곡의 본질과 핵심은 문학성이다

희곡문학은 창작될 때부터 연극공연의 텍스트가 되어야 한다는 '연극성' 과, 아울러 희곡 그 자체로서 예술성을 지녀야 한다는 '문학성' 이라는 이중적 속성을 지니고 있다. 물론 희곡이 이 둘을 모두 지니고 있다면 가장 바람직하지만, 만약 그 중에서 하나를 선택하라면 그것은 단연 '문학성' 일 것이다. '연극성' 이 부족한 것은 연출자의 극적 상상력에 의해 보완될 수 있지만, 문학성이 부족한 것은 그 어느 누구도 아닌 희곡작가에 의해서만 보완될 수 있기 때문이다. 그리고 연극의 본질적 기능은 대사회적 기능으로서의 치열한 현실인식이다. 그렇기 때문에 그러한 연극의 텍스트인 희곡 역시 치열한 현실인식과 문학적 완성도를 지니고 있어야 한다.

이번에 부산지역 연극계에서 연출과 희곡 창작을 병행해오고 있는 정경환이 처음으로 희곡집을 상재하게 되었다. 그는 여타 희곡을 창작해오고 있는 연극인들과는 달리 희곡문학에 '연극성' 과 '문학성' 이라는 이중적 속성을 함께 아우르려고 하는 보기 드문 작가이다. 그의 희곡이 무엇보다 여타 희곡 창작자들의 작품과 차별성을 보이는 것은, 그의 희곡에는 대사회적 기능으로서의 치열한 현실인식과 아울러 관객(독자)들의 의식을 성숙시키고 변화시키려는 강한 이념이 내재해 있다는 점일 것이다. 즉, 그의 희곡에는 관객의 '쾌락적 기능' 에 다가가려는 대중적이고 상업적인 재미보다는, 관객(독자)의 '교시적 기능' 에 충실하려는 현실인식으로서의 메시지가 강하게 노출되어 있다.

2. 역사 왜곡에 대한 응징으로서의 단죄의식

역사 훼손에 대한 참회록: 〈난난亂亂〉

정경환은 1993년 극단《자유바다》를 창단하면서 부산연극계에 입문하게 된다. 극단 자유바다는 1994년 2월 〈물이여 불이여 바람이여〉(김승일 작, 연출)라는 작품으로 창단 공연을 치른다. 창단 공연에 합류한 정경환은 첫 희곡이며 연출작인 〈구달〉(1995. 10. 마산소극장)을 발표하지만 크게 주목을 받지 못한다. 첫 작품을 쓰고 연출한 이후 2년여의 준비기간을 가진 후에 그는 1998년부터 본격적인 희곡 창작과 연출 작업에 돌입하게 되는데, 그 시발점이 된 작품이 바로 〈난난〉이다. 이 작품은 1998년 부산연극제 경연 부문에 〈난난대요〉라는 제명으로 참여하여 희곡상을 수상한 적이 있다. 그 이후에 다시 〈난난〉으로 제명을 바꾸고 손질을 가하여 2000년 4월에 태양아트홀에서 다시 공연하게 된다.

공식적으로는 그의 첫 작품이 된 〈난난〉은 그 이후부터 지금까지 그의 희곡 창작의 주제에 대한 하나의 암시가 되고, 아울러 창작희곡의 지향점이 된다. 이 작품은 세상과 결별하여 은신하고 있는 석주라는 인물을 탐구하는 변호사의 추적을 통해, 고려 말 위화도 회군을 통해 역성혁명을 이룩한 이성계로부터 한국전쟁의 공비토벌작전까지의 통시적 역사를 다루고 있다. 정신병동에 갇혀 있는 환자들의 극중극 형식을 통해 당시의 역사 현장에 있었던 인물들을 불러내 역사 훼손에 대한 책임을 준엄하게 묻고 있다. 이 작품은 최영 장군과 이성계의 대결을 통해 역성혁명을 하극상에 의한 '미친 권력의 역사'로 규정하는가 하면, 개경파와 서경파의 논쟁을 통해 권력에 빌붙은 김부식의 변절을 질책하기도 하고, 한국전쟁 당시 공비토벌작전을 주도한 석주 아버지의 행적을 통해 이들의 역사 훼손에 대한 책임을 묻고 준엄하게 심판하는 형식으로 진행되고 있다.

석주   (고개 들며) 역사의 거대한 물줄기에 휩쓸린 불쌍한 영혼
       들. 잘못된 사상으로 민족을 향해 광란의 죄를 저지른 그
       들… 그 치욕의 역사를 어떻게 해야 청산할 수 있을까?
       난 어떻게 해야 하는지 모르겠습니다. 나날이 어렵고 답
       답합니다.

기인   높은 곳이 하늘이요, 낮은 곳이 땅이다. 높고 낮은 것이
       바로 사람인 걸… 위로 하늘과 통하고 밑으로 땅에 이어

310

지려면 내 안에서 진정 나를 구하라.

석주   (울먹이며) 나와 우리 민족은 지금 외로운 방랑자와 같습
　　　　니다. 자신을 잃어버리고 허무와 고독, 환락과 이기심,
　　　　탐욕과 개인의 영달만을 위한 위정자들의 행태… 짙은
　　　　안개 속을 헤매 다니는 신원불명의 민족. 지금 우린 이런
　　　　위기 속에 비틀거리고 있습니다.

선공   순리와 조화, 그 속에서의 선택과 결단. 그것이 대자연의
　　　　법칙이다. 모든 일에 순리가 따르지 못하면 조화를 이루
　　　　지 못함이라. 완전한 인간으로서의 결심… 우선 내 마음
　　　　부터 바르게 하는 것이다. 마음을 바르게 하지 못하면 그
　　　　어떤 정의도 그대 마음에 머물지 못한다.

석주   (분노하며) 맹목적인 탐욕으로 가득 찬 위정자들. 지금
　　　　분단된 민족의 현실을 외면한 채 역사의 이름으로 민족
　　　　의 희생을 담보로 한… 그들의 권력욕과 야욕을 위해 또
　　　　다른 분열을 획책하는 자들.

선공   끝없이 되풀이되는 인과응보 속에 맺힌 원들을 풀고 자
　　　　연의 본질에 순응하는 인간의 본질, 그것만이 진정한 결
　　　　정이라.

— 〈난난〉 중에서(301~302쪽)

　위 인용문은 치욕과 오욕의 우리 역사에 대한 참회로 고민하고
있는 주인공인 석주가 그를 보호해주고 있는 선공에게 그런 치욕
의 역사를 어떻게 청산할 수 있느냐고 묻자, 선공이 '자연의 본질

에 순응하는 인간의 본질 그것만이 진정한 결정'이라고 그 길을 가르쳐주는 대목이다. 즉, '내 안에서 진정 나를 구하는 길'이라는 처방을 내려주고 있는 것이다. 이러한 문답을 통해 작가는 역사에 대한 치욕의 행위에 대한 참회는 하늘과 땅의 순리를 믿으며 각자 자신의 마음을 닦는 일에서 이루어질 수 있다는 주제의식을 직설적인 화법으로 '지금 이곳'을 살고 있는 우리들에게 귀띔하고 있다.

오욕의 역사를 자초한 자들에 대한 단죄: 〈나! 테러리스트〉

이 작품은 2002년 8월 정경환이 직접 쓰고 연출하여 부산시립극단의 소극장 페스티벌에서 초연되었다가, 그해 금정문화회관 소극장에서 다시 공연된 적이 있다. 이 작품 역시 작가의 치열한 현실인식으로서의 역사의식이라는 주제의식에서 앞의 작품인 〈난난〉과 맥을 같이하고 있다. 앞의 작품이 앞으로 펼쳐질 그의 치열한 역사의식에 대한 총론이라면 이 작품은 각론에 해당되는 것으로, 한국 근·현대사의 한 부분인 일제강점기를 통해 친일분자의 오욕의 역사에 대해 단죄하고 있다.

이 작품 속에 등장하는 친일분자 오갑동은 현직 국회의원으로 한국 현대사의 전환기 때마다 생각과 의식, 그리고 행동을 당대의 조류에 맞추어 카멜레온처럼 변신을 거듭해온 기회주의적 인물이다. 그리고 윤대장은 그의 하수인으로 오갑동의 기회주의적 변신을 도와준 인물로 등장하고 있다. 이 작품은 뒤늦게 무지에 의한 자신의 역사적 과오를 깨닫게 된 윤대장이 광복절 기념식에 참석하는 오갑동을 납치해 테러를 감행하는 구조로 진행되고 있다.

이 작품에서 민족과 조국의 이름으로 극렬한 친일분자였던 오갑동을 단죄하는 테러를 감행하는 윤대장은 작가의 분신에 해당되는 인물로, 오갑동만을 단죄하는 것이 아니라 자신에 대한 테러까지 감행하고 있는데 〈나! 테러리스트〉라는 제목이 이를 은유적으로 상징하고 있다. 오욕과 치욕의 역사를 감행한 오갑동뿐만이 아닌, 이를 제어하지 못한 자신의 무지와 어리석은 행동까지를 단죄하고 있는 것이다. 여기서의 윤대장은 어쩌면 친일 행각은 하지 않았더라도 이를 막지 못했던 다수의 역사적 방관자를 상징하고 있다.

오갑동   야 이놈아 너 같은 무지렁이가 역사를 어떻게 알아. 비록 우리가 일제의 주구 노릇은 했지만… 광복만 되었지… 제대로 나라도 건국 못할 때 조국에 충성을 다했어.

윤대장   조용히 하시오. 위대한 스승님. 당신의 하수인이었던 어리석은… 바보 같은… 내가 당신으로부터 배운 위대한 교훈을 실천하고자 함이요. 아무도 할 수 없었던 그 위대한 테러를 도와주시오. 내가 나를 죽임으로서… 한 역사의, 청산하지 못한 역사의 거짓과 어리석음을 씻어 내립시다.

오갑동   아이고 잘났다. 그래. 그래.

윤대장   자, 이제 우리는 사라집시다. 치욕과 거짓된 역사의 찌꺼

기로서 그만 악취를 뿌리고… 우리가 청소되어야 대한민
국 다시 시작할 것 아닙니까?

오갑동 아이고. 대한민국 잘 빠졌다. 아이고… 대~한민국! 짜짠
짜짠!

윤대장 저의 입을 막아라… 이제 연극은 끝났다.

윤대장, 미루나무 앞으로 걸어가서 안으며… 무리들, 비장하고 강렬한 민중적
춤사위로 뒤섞인다.

윤대장 이 나무는 서대문 형무소 뒤뜰 사형장 가는 길에 있었던
거다. 왜 이렇게 마른 줄 아느냐? 억울하게 죽어간 사형
수와 위대했던 우국지사들이 이 나무를 안고 울면서…
피눈물의 영혼을 남기고 갔기 때문이다.

윤대장, 구조물 위로 올라서며 오갑동의 목에 감겨 연결된 천을 자기 목에 감
는다.

윤대장(시인)   거짓과 인간의 증오를 모두 담은 저 나무와 함께 이
생을 마감한다. 시인은 시를 노래하고…(차라리 진달래
와 봉선화와 민족의 탄식으로…) 이제(하나의 화환을 엮
어…) 풍악을 울려라.(이 영원한 선구자의 이마를 에워싸
라….)

시인 차라리 진달래와 봉선화와 민족의 탄식으로 하나의 화환

314

을 엮어… 이 영원한 선구자의 이마를 에워싸라… 다만 때 묻은 인민의 손으로… 그의 관을 덮어라… 일월과 파도가 고요한 그곳에 그를 쉬게 하라.(김광균의 詩 「상여를 쫓으며」 中)

윤대장 목이 졸려서 떨어지자… 오갑동 목이 졸려 서서히 죽어간다. (암전)

음악소리 후 침묵…

침묵 속에 다시 국민의례와 함께 순국선열에 대한 묵념 멘트 나오면 조명 들어온다. 무대 위 아무도 없다.

— 〈나! 테러리스트〉 중에서(205~207쪽)

위 인용문은 이 작품의 결미 부분으로, 테러리스트 윤대장이 친일분자였던 오갑동과 치욕과 오욕의 행위를 막지 못했던 윤대장 자신을 테러하는 장면이다. 이들 두 사람의 오욕의 역사를 단죄하는 형식으로서 테러에 사용되는 처형의 도구인 밧줄은 이 작품에서 아주 중요한 상징적 오브제로 사용되고 있다. 밧줄의 한쪽 끝에는 오갑동이, 그리고 다른 한쪽 끝에는 그의 하수인이었던 윤대장이 연결되어 있다. 이처럼 밧줄에 의한 두 사람의 연결은 기회주의적 처신과 이를 방조한 인물에 대한 동시적 단죄로, 아직까지도 자신의 죄를 뉘우치지 못하고 있는 오갑동과 뒤늦게 자신의 죄를 뉘우치는 윤대장에 대한 작가의 준엄한 역사의식의 발로이다. 이처럼 정경환은 앞의 두 작품을 통해 우리의 치욕과 오욕의 역사에 대한 중요 범죄자를 직설적인 화법, 본능적인 단죄형식으로 심판하고 있다.

3. 역사적 과오에 대한 부채로서의 참회

한국의 현대사에 대한 정경환 희곡의 접근 방식은 두 가지인데, 하나는 그러한 치욕과 오욕의 역사를 저지른 자들에 대한 단죄의 방식이고, 다른 하나는 역사적 과오에 대한 부채의식으로서의 참회이다. 즉, 그러한 치욕의 역사 현장에 있었거나 아니면 자신들의 과오에 대한 죄의식으로 깊은 트라우마를 지닌 인물들을 형상화하고 있다.

권력의 폭력에 의한 인간적 존엄의 상처: 〈태몽〉

정경환은 〈난난〉과 〈나! 테러리스트〉를 통해 권력에 대한 야욕으로 역사의 흐름을 '순류'에서 '역류'로 바꾼 위정자들의 과오, 그리고 역사의 전환기 때마다 기회주의적 처신으로 시류를 거스른 인물들에 대한 단죄의식을 치열한 역사의식으로 탐구하는 세계에 침잠했다. 그리고 그는 그 이후에도 계속 〈태몽〉과 〈나의 정원〉을 통해 권력의 폭력에 의한 인간적 자존의 상처와 역사적 과오에 대한 부채로서의 참회를 통한 트라우마를 형상화하기 시작했다. 그 첫 번째 시도로 선을 보인 작품이 바로 2003년 6월에 서울의 아리랑 소극장에서 초연된 〈태몽〉이다. 이 작품은 처음 제목이 〈이씨전기〉였지만 뒤에 〈태몽〉으로 바꾸게 된다. 자신이 직접 쓰고 연출한 이 작품은 5 · 16 군사혁명 시기부터 1970년대의 월남전 참전, 그리고 10 · 26 사태까지 현대사의 정치적 격변기를 시간적 배경으로 아버지 세대가 겪은 정치적 폭력과 전쟁의 참혹한 후유증을 형상화하고 있다. 월남전에서 살육의 경험을 통해 인간성 말살의 참혹함을 경험하고 돌아온 아버지는 '고엽제' 병에 걸리고 그때부터 상식으로는 납득할 수 없는 퇴행적 사고와 기행적 행동을 하기 시작한다. 그것은 다름 아닌, 자신은 이씨 조선의 존엄한 왕손이라는 자각이다. 아버지는 자신을 대원군으로 착각하여 이발소에 만난 처녀를 자신의 아들인 고종의 비로 간택하는가 하면, 정신병동에서는 환자들이 보는 앞에서 대관식을 거행하기도 한다.

그렇다면 이 작품 속에서 보여주는 아버지의 퇴행적 사유와 기이한 행각은 무엇을 의미하는가? 군부 정권의 폭력과 전쟁의 참혹함을 통해 인간적 자존에 상처 입은 자신을 보호하기 위해 아버지는 자신이 이씨 조선 왕가의 후손이라는 퇴행적 사고의 보호막으로 인간성 말살의 현장에서 자신을 의도적으로 격리시킨 심리적 방어기제로 볼 수가 있다.

간호사, 아버지에게 관과 의복을 받아 며느리와 함께 아들에게 입힌다.

아버지   난 이제 나라를 구하고 종묘사직을 다시 세울 마지막 일을 드디어 할 수 있게 되었구나. 지난 선대 임금들에게 면목을 세울 수 있게 되었다. 난 해냈다. 그 치욕을… 눈을 감으며 참아냈다. 그놈들이 권력을 가지고 자기 마음대로 할 때마다 나는 눈을 감으며 참았다. 내가 어떻게 한줄 아느냐? 난 눈물을 흘리며 감격하고… 그 악취와 더러운 것들을 너무나 맛있게 받아먹었다. 좋아하더구나. 좋아서… 그들의 웃음이 그칠 줄을 몰랐다. 나도 따라 웃었다. 통쾌하게 말이다. (일어서며) 이제 너와 나의 발밑에서 죽음을 두려워할 것이다. 자기 마음대로, 권력을 제멋대로 하지 않도록 하여라. 아파하는 군주가 되어서 저 헐벗고 가난한 백성을 어여삐 여겨야 한다. 마마… 통촉하여 주시옵소서…(순간 몸을 긁는다.) 마마!

환자들, 함께 절하다가 아버지의 신음소리에 놀라 일어나 정색하며 소리친다.

환자1 여기서 방심하면 안 된다. 저들은 무서운 놈들이야. 그들은 의리도 없다. 권력의 맛을 본 이상 언제나 너의 방심사이로 저 더럽고 추악한 타액이 묻은 이빨과 혀를 내밀 것이다.

환자2 권위를 잃어서는 안 된다. 군왕으로서 말이다. 하지만 어리석은 백성에게는 한 치의 소홀함이 있어서는 아니 된다.

환자3 백성이 있고 왕이 있는 것이다. 백성이 굶주리면 군왕도 먹어서는 아니 된다. 백성이 추우면 군왕이 먼저 옷을 벗어야 한다.

318

환자4   그게 왕이니라.

환자일동   왕은 아무나 하는 것이 아니다!

아버지, 아들, 통곡한다.(암전)

— 〈태몽〉 중에서(259~260쪽)

위 인용문은 정신병동에 갇힌 아버지가 환자들과 함께 대관식을 진행하는 동안 나누는 대화이다. 위 장면을 통해 알 수 있듯이 아버지는 지금까지 권력에 복종하며 지내왔다고 심경을 토로한다. 그러나 자신은 뒤늦게 그러한 자신의 잘못을 깨닫고 백성을 아파하는 군왕의 시대로 피신한 것이다. 그래서 아버지의 비상식적인 퇴행적 사유와 기이한 행각이 시작된 것이다. 아버지는 결국 정신병동에서 대관식을 무사하게 진행함으로써, 그의 후손인 아들만은 아파하는 군주가 되어 헐벗고 가난한 백성을 어여삐 여기게 된 것을 다행으로 생각한다. 작가는 환자3의 말처럼 "백성이 있고 왕이 있는 것이다. 백성이 굶주리면 군왕도 먹어서는 아니 된다. 백성이 추우면 군왕이 먼저 옷을 버려야 한다."고 군주의 바른 덕목을 제시하고 있다. 작가는 이처럼 한 인간의 퇴행적 사유와 행각을 통해 군부 정권의 광적인 권력의 야욕을 신랄하게 풍자하고 있다.

역사적 과오에 대한 부채의식의 트라우마: 〈나의 정원〉

이 작품은 2001년 9월에 자유바다 소극장에서 정경환이 직접

쓰고 연출한 작품으로, 앞의 작품들과 현실인식으로서의 주제의식 측면에서는 같은 맥락을 유지하고 있지만 내용과 형식에 있어서는 차별성을 보인다. 주제의식의 발언에 있어서 앞의 작품들이 직접적인 화법으로 명시적이라면, 이 작품은 작품 속에 묵시적으로 은유의 기법을 통해 용해되어 있다. 그리고 대사의 표현에 있어서도 앞의 작품들이 조금 거칠고 직접적이라면 이 작품은 조금 더 정제되고 시적인 은유성을 지니고 있다. 주제의식에 있어서도 앞의 작품들이 다소 도전적인 저항성이 강하다면 이 작품은 차분하고 부드러우면서 시적인 상징성이 도드라져 보인다. 그만큼 지난 역사를 보고 대하는 방식이 차분해지고, 냉철한 현실인식이 이성적으로 자리 잡고 있다는 뜻이다. 작가의 작품을 빚는 방식이 완숙해지고 현실을 보는 시각이 여유로워졌다는 증거일 것이다.

이 작품은 최근의 우리 현대사에서 정치적인 권력의 야욕으로 민중의 인권을 참혹하게 짓밟은 5·18 민주화운동을 다루고 있다. 주인공은 그러한 살육의 현장에서 권력의 하수인으로 참여했던 자신을 수치스럽게 여기며, 또한 그러한 악몽의 기억이 한 인간의 영혼에 어떤 후유증을 남겼는가를 이 작품은 처절하게 형상화하고 있다. 작품의 제목이 상징적으로 암시하고 있는 것처럼 이 작품에서 주인공이 스스로 유폐되어 있는 나의 '정원'은 그의 트라우마를 치유하는 정화의 공간으로 설정되어 있다. 즉, 주인공은 외부와 단절되어 있는 공간에 칩거하면서 악몽의 기억을 잊으려 하고, 또한 트라우마를 치유하려 하지만, 가족에게까지 그러한 트라우마를 전염시켜 궁지로 몰아넣기도 한다.

엄마   그만 그만! (소파에 앉으며) 나도 상처가 아물어가고 있
       었지… 너무나 행복했으니까. (갑자기 웃으며) 그런데 어
       느 날은… 향수를 사가지곤… 몽땅 여기에다 뿌리질 않
       겠니.

딸   왜?

엄마   자기의 냄새가 여길… 꽃의 정원을 더럽힌다고… 그러면
       꽃이 냄새를 내질 못한다고 말이야. 그리고 또 하루는…
       (암전)

천 뒤에 아빠 등장. 뭔가에 불만이 가득한 얼굴. 파리채를 들고 땅을 기며…

아빠   이게 뭐야? (땅바닥을 치며) 벌레새끼들… 감히 여기가
       어디라고… 더러운… 갑옷을 입은 병사처럼… 더러운 것
       들… 이것들이 언제부터 여실 숨어 들어온 거야… 너희
       들은 나의 정원에 올 수 없어…. (바닥을 헤매며 벌레를
       찾는다.)

엄마   그만하세요. 내가 약을 뿌릴게요. 내일요. 사람 사는 곳에
       언제나 벌레는 있어요.

아빠   (무섭게 변하며) 사람 사는… 곳엔… 벌레가 있다? 사람
       사는 곳엔… 말이야? …사람의 악취가 벌레를 부른다? …
       사람의 악취가? …여긴 안 돼…. 여긴 나의 순결한 정원

이야…. 내가 죽는 날까지 고귀하게 지켜야 해…. 나의 순결한 꽃을 위해 말이야…. 이것들을 용서하면… 우린 다시 저 하수구 같은 세상에서만 살게 될 거야…. 안 돼… 방심하거나 아량은 금물이야…. 그 사이로 우리를 상처 내서… 그 구멍 사이로 저들의 구더기를 뿌리고… 결국엔 그들의 악취로 우릴 굴복시킬 거야…. 안 돼! 죽어. 죽어. (온 바닥을 치며 헤맨다.)

엄마는 말려보지만 몰입되어 있는 아빠 모습에 공포감을 느끼고 도망가듯 퇴장. 암전

— 〈나의 정원〉 중에서(44~45쪽)

위 인용문은 이 작품의 마지막 장면으로, 주인공인 아빠는 자신의 정원에 악취가 풍긴다며 향수를 뿌리기도 하고, 심지어는 자신의 냄새(악몽의 기억)가 정원을 더럽힌다고 자책과 자학을 일삼기도 한다. 주인공은 자신이 칩거하는 정원 바깥의 세상은 권력의 횡포로 오염되었으니, 자신을 비롯한 가족은 절대 자신의 정원에서 나갈 수 없다고 주장한다. 이 작품은 오욕의 역사 현장에 참여한 한 인간에게 가해진 트라우마가 얼마나 끈질기고, 그러한 상처를 치유하기가 얼마나 불가능한 일인가를 섬뜩하게 보여주고 있다.

4. 정경환 희곡세계의 변모와 과제

한국의 근·현대사에 대한 단죄와 트라우마를 집요하게 추구하던 정경환의 직설적이고 치열한 현실인식은 2003년 4월 부산연극제 경연 부문에 참가한 〈아름다운 이곳에 살리라〉라는 작품부터 치열한 역사의 현장에서 한 발 비켜서서 '지금 이곳' 우리의 삶에 포커스를 들이대면서 변모의 조짐을 보이기 시작한다. 이 작품은 그해 부산연극제에서 연출상을 수상한 작품으로, 자살을 앞둔 한 연극배우의 순간적인 회상을 통해 연극예술의 존재 이유와 연극이 우리의 삶 속에서 어떤 의미를 지니는가에 대한 근원적인 문제를 천착하고 있다. 그러므로 이 작품은 연극을 통해 연극의 존재와 근원을 탐색하는 일종의 '메타드라마'의 형식을 취하고 있다.

2005년 12월에 공연된 〈달궁맨션 405호 러브스토리〉라는 작품에서는 더 큰 변모의 조짐을 보이기 시작한다. 이 작품은 '지금 이곳' 우리의 일상의 풍경을 통해 사랑의 본질과 이별의 아픔, 그리고 인간관계의 균열을 다루고 있다. 이 작품부터 그는 일상적인 세계에 포커스를 들이대고 '지금 이곳'을 살고 있는 우리 주변의 인물들을 따뜻한 시선으로 관조하는 변모를 보인다. 특히 이 작품은 한 무대 위에서 여러 공간으로 분할되는 표현주의적 무대 기법, 그리고 그러한 인물들이 서로의 공간을 넘나드는 초현실주의적 공간 이동과 침투, 또한 시적이고 환상적인 장면 분위기로, 정경환의 희곡 세계가 그 이전의 것과 확연하게 차별성을 보이는 계기를 만들어주었다. 이는 앞서의 한국 근·현대사의 부침과 굴곡에 대한 단죄와 트라우마라는 일관성 있는 접근과 천착이라는 희곡 창작의 한 시기를 마감한다는 의미와 그의 세상과 인간을 보는 눈이 그만큼 부드러워지고 연륜이 깊어진다는 이중적 의미를 지니고 있다.

앞으로 정경환의 희곡세계는 다음과 같은 과제를 지니고 있다. 첫째는 희곡이 공연텍스트로서의 기능도 중요하지만 문학적 깊이를 더하는 것도 그에 못지않게 중요하다는 점이다. 그러기 위해서는 거칠고 직설적인 대사보다는 시적인 상징성과 은유를 포함시켜야 할 것이다. 그리고 주제가 표층적으로 선명하게 드러나기보다는 묵시적인 은유로 작품 속에 용해되어 있어야 할 것이다. 즉, 대사와 지문 모두가 일차적 전달보다는 성찰과 사유를 요하는 상징과 은유를 지녀야 한다는 점이다. 둘째는 다양한 역사를 통시적인 관점으로 접근하고 천착하는 것도 중요하지만 특정한 사건에 보다 더 심도 있게 접근하는 태도도 필요하다는 점이다. 그러니까 지금까지의 희곡 창작이 통시적인 역사의 관점에서 다양한 사건을 다룬 총론의 성격이었다면, 이제부터는 특정한 사건을 중심으로 미시적인 접근과 천착이 필요하다는 말이다. 그리고 지금까지 발표한 그의 희곡은 공연텍스트로서의 성격이 강하여 시적인 상징과 은유로서의 문학성이 유보되어왔다. 이제부터는 연극성과 문학성이 한데 어우러지는 본격적인 희곡 문학의 창작에 힘을 기울여야 할 것이다. 왜냐하면 연극은 한 번 공연하고 나면 사라져버리지만 희곡은 영원한 생명을 지닌 채 문학성으로 평가받기 때문이다.

　정경환의 첫 희곡집 발간은 부산지역 연극계에 내리는 가뭄의 단비와 같다. 이는 또한 단지 공연텍스트의 기능이라는 일회성을 탈피하여 희곡에 문학성을 부여하는 의미 있는 작업이라는 점에서 더 큰 의의가 있다. 이번의 희곡집 발간을 계기로 정경환의 희곡세계가 앞으로 더 원숙해지기를 바란다.

'정원'의 '구멍'으로 스며드는
폭력의 기억과 상흔

– 연극 〈나의 정원〉

백로라

기억의 심층에서 불러온 어두운 현대사

지난 3월과 4월, 대학로 76스튜디오 무대에 올려진 〈나의 정원〉(정경환 작/연출, 3. 9~4. 8)은 비교적 조용하고 소박하게 공연된 작품이었음에도 불구하고, 두 가지 측면에서 관심을 불러일으켰다. 첫째, 이 작품은 그동안 부산을 주된 활동 무대로 하여, 창작극 위주의 공연활동을 전개해온 극단 '자유바다' (1993년 창단)가 서울의 중앙무대로 활동 영역을 넓히기 위해 마련한 의욕적인 무대였다는 점에서, 둘째 최근 우리 공연계에서 좀처럼 다뤄지지 않고 있는 어두운 현대사(광주민주화항쟁)를 개인의 기억과 상처의 문제와 연계시킨 작품이라는 점에서 흥미를 유발하였다.

〈나의 정원〉은 과거의 폭력적인 정치 역사적 사건(1980년 광주 민주화항쟁)을 직·간접적으로 경험한 사내와 여자가 이후 평화로운 가정을 꾸리고자 하지만 개인의 의식 속에 깊게 각인된 폭력의 흔적을 지우지 못하고 결국 자신뿐 아니라 다른 가족 구성원의 삶마저도 파괴해가는 과정을 보여준다. 이 극은 주로 일탈적인 가족관계, 가정 내에서의 폭력, 불안한 가족 구성원의 내면 심리 등을 보여주는 동시에, 그 원인에 해당하는 과거의 사건들을 인물의 기억을 통해 현재의 시공간 속으로 불러오는 구조를 취한다. 이로써 과거와 현재, 외적 현실과 내면 심리가 병치 혹은 중첩되고, 인물들은 시공간의 변화에 따라 순간적으로 다른 캐릭터로 변신하거나 혹은 내면의 목소리를 고백적인 어조로 들려준다.

기억의 재구성, 폭력의 재생산

다소 복잡해 보이는 극적 서사를 요약하면 다음과 같다.

현재 아빠나 남편으로 불리는 남자는 과거에 군의관으로 군대에 입대하여, 80년 광주민주화항쟁 사건이 발생했던 시기에 진압군으로 현장에 투입된다. 총소리가 난무하는 폭력의 현장에서 무고한 생명들이 죽어가는 모습을 지켜보면서, 그는 극심한 공포와 무력감을 느끼지만, 이상하게도 피 흘리며 쓰러진 시체를 바라보는 순간 성적 흥분을 느끼고 자위행위를 하고 만다. 한편, 현재 엄마와 아내로 불리는 여자는 80년 5월 군대에 입대한 애인이 광주 현장에서 죽자, 뱃속의 아기를 낙태한다. 이후 환자와 의사로서 만난 두 남녀는 서로의 정신적 상처를 치유해줄 수 있다고 믿고 결혼하여 정상적인 가정을 이루게 된다. 그러나 여자는 과거 낙태의 경험으로 인해 남자와의 성적 관계를 기피하며, 점차 폭력적으로 변하는 남편에 의해 육체적 심리적으로 억압당하게 된다. 또한 남자는 가족 여행길에서 우연히 전두환 대통령의 취임사를 화면으로 보고, 거리 곳곳에서 시민들이 축하 메시지를 전하는 인터뷰 장면을 목격한 이후로 가정 내에게 폭력을 휘두르게 된다. 이들의 딸은 아빠의 비밀스러운 자위행위를 목격하였다는 이유로 아빠의 폭력의 대상이 되자 가출한다. 결말 부분에 이르면, 정신적 고통을 견디지 못한 남자는 자살하고, 그 시체를 발견한 여자는 가출한 딸에게 전화를 걸어 '쓰레기'(남자의 주검)를 치워야겠다고 말한 후, 어떠한 심리적 동요도 없이 자신이 하던 일(뜨개질)을 지속한다.

이처럼 〈나의 정원〉은 사도-마조히즘적인 폭력행위에 의해 유지되는 비정상적인 가족관계 혹은 인간관계를 보여주고, 그러한 일탈적 행위(혹은 관계)가 본질적으로 80년대의 폭력적 정치상황과 깊게 연루되어 있음을 암시한다. 이 연극이 특징적인 것은 80년대 한국의 정치사가 갈등의 근원적인 원인으로 작동하고 있음에도 불구하고, 그것이 직접적으로 제시되지 않는다는 점에 있다. 그것은 오히려 개인의 공포와 무력감, 죄의식과 자책감, 일탈적 욕망과 무관심 등과 같은 심리적 기제를 통해 관객에게 '환기'될 뿐이다. 게다가 그것을 표현하는 방식도 직접적인 대사나 구체적인 사건으로 제시되지 않고, 의미가 모호한 시적 언어라든가 몽환적인 내적 독백을 통해 '암시' 된다. 바로 이러한 점 때문에, 〈나의 정원〉은 80년대의 암울한 상황과 과감하게 직면하지도 못하고, 그렇다고 그것과 정서적 거리를 두고 냉정하게 혹은 무심하게 그것을 되돌아보지도 못하는 것이다. 추측컨대, 이것은 아마도 작가 겸 연출가 정경환 자신이 극적 인물들과 유사하게 당대의 상황으로부터 심리적으로 자유롭지 못할 뿐 아니라, 심지어는 말로 표현할 수 없는 부채의식마저 느끼고 있기 때문일 것이다. 바로 이러한 부분에서, 〈나의 정원〉은 흔히 80년대를 다루고 있는 일반적인 '후일담' 작품과 결정적인 변별점을 마련하게 된다.

'정원' 과 '구멍' 의 메타포

추측컨대, 80년대의 폭력과 억압을 경험한 자들이라면 대부분의 경우, 개인의 의지와 무관하게, 공포감이나 무력감과 같은 특정한 심리적 트라우마를 갖고 있을 가능성이 크다. 이 때문에, 80년대의 정치적 상황이 어떠한 방식으로든 극적 서사에 개입될 경우, 그것은 무겁고 진지하며, 심지어는 숙연한 분위기를 조성하기 마련이다.

그래서 〈나의 정원〉에서, 작가(연출가)는 무거운 정치적 모티프가 불러오는 무게를 의도적으로 덜어내고자 했는지도 모른다. 극적 상황을 직접적으로 제시하는 대신 서정적이고도 모호한 표현방식을 선택한 것은 그 대표적인 예가 될 수 있다. 이를 위해, 라이브 음악의 연주, 추상적인 세트와 일상적인 세트의 혼합적

배치, 다큐멘터리와 같은 영상 이미지의 삽입, 조명을 이용한 그림자 연기, 배우들의 역할극 등 다양한 연극적 요소를 활용한다. 이와 아울러, 배우들은 사실적인 대사를 일상적인 톤으로 연기하다가도 어느 순간에 시적 대사를 내적 독백처럼 중얼거리면서 과거와 현재, 현실과 기억, 외부와 내면 공간을 자유롭게 넘나드는 모습을 보여준다. 이로 인해 관객들은 무대 위에 파편적으로 제시되는 다양한 기호들을 바라보면서 무거운 주제에 침잠하기보다는 그것이 산출해내는 의미들을 추적하는 데 주력하게 된다.

이 연극에서 무엇보다 눈에 띄는 것은 무대 오른쪽에 설치된, 구멍 뚫린 커다란 조형물이다. 이것은 무대 중앙의 뒤쪽에 설치된 거실의 풍경과 달리, 일상적이라기보다는 추상적이며 상징적이다. 인물의 대사와 그것을 활용하는 방식에 따라 다양한 의미를 산출하지만, 그 외형적 특성으로 인해, 그것이 '구멍'의 메타포임을 어렵지 않게 짐작할 수 있다. 즉 그 구멍은, 시체들의 몸에 남긴 총탄의 구멍, 남자의 성적 욕망을 자극하는 여성의 특정 신체 부위, 여성의 자궁, 마음의 구멍, 그리고 궁극적으로는 정원이라는 사적이고도 내밀한 공간과 냉혹한 외부 공간을 매개하는 '사이' 공간을 함축한다.

이러한 구멍의 메타포와 함께 이 작품에서 전경화되는 것은 '정원'의 메타포다. 〈나의 정원〉이 다소 복잡한 극적 서사와 다양한 연극적 요소에도 불구하고, 하나의 통일된 주제를 유지하고 있는 듯한 인상을 주는 것도 '정원'과 '구멍'의 메타포가 관객에게 반복적으로 제시되기 때문일 것이다. 사실상, 이 연극에서 정원과 구멍은 작품의 출발점이며, 주요한 극적 모티프로서 서로 긴밀한 상관관계에 놓여 있다. 제목에 이미 암시되어 있듯이, 이 연극에서 정원은 '우리'의 정원이 아니라 '나'의 정원을 의미한다. 80년내 군사정부가 시민과 학생들의 시위를 폭력적으로 진압하면서까지 구축하려고 했던 세계, 남자가 폭력을 행사하거나 가족 구성원을 집안에 감금함으로써 소유하고자 했던 세계, 여자와 딸이 다른 가족 구성원을 배제시키거나 타자로 호명함으로써 견지하고자 했던 세계, 이러한 세계는 각각 '국가', '가정', '개인의 사적 영역(내면)', 즉 각기 다른 층위의 '정원'을 의미한다. 이것은 타인의 욕망과 의지를 고려하지 않는다는 점에서 나만의 정원이 될 수밖에 없다.

이 작품에서 지적하고자 하는 것은 자신만의 정원을 구축하려는 욕망 자체가 아니라, 그러한 배타적인 정원을 욕망하게 만드는 외적 상황이며, 그것을 성취하는 폭력적인 방식에 있다. 자신의 존재론적 위치를 위협하는 외부 세계로부터 스스로를 보호하기 위해 자신만의 정원을 구축하지만, 그것에 내재된 폭력성과 배타성 때문에 그 정원은 폭력적인 외부 세계와 변별성을 잃게 될 뿐만 아니라, 스스로 그 안에 고립되고 마는 한계를 안게된다.

정원에 내포된 이러한 한계들을 총체적으로 함축하는 것이 바로 '구멍'이며, 보다 정확하게 말하자면 '구멍에 대한 인식'이다. 한편으로, 그것은 언제든지 외부 세계의 침입에 의해 와해될 수 있는 정원(세계)의 불완전성과 허약성을 암시하며, 또 한편으로는 그러한 한계를 저도 모르게 지각한 데서 비롯된 공포감, 불안감, 허무감, 고립감 등을 함축한다. 이러한 의미에서 보면, 정원이 필연적으로 구멍을 만들고, 그 구멍을 메우기 위해 또 다른 정원을 욕망하는 상황이 악순환되는 셈이다.

몇 가지 남는 문제

앞서 지적한 바 있듯이, 〈나의 정원〉은 지나간 시대가 개인에게 남긴 정신적 트라우마를 다양한 연극적 기법과 문학적 메타포를 통해 표현하고 있다. 이 연극은 최근 공연가에서 흔히 발견하기 어려운 진지한 주제를 풍부한 연극적 기법을 통해 무대화하였다는 점에서 높게 평가할 만하다. 그러나 다소 냉혹한 관점으로 이 연극이 남긴 한계에 대해 지적하는 것이 허용된다면, 몇 가지 짚고 넘어가고 싶은 부분이 있다.

첫째, 이 연극이 논리적인 인과관계에 따라 전개되는 사실주의 형식의 작품이 아니라는 점을 충분히 고려한다고 하더라도, 극적 사건과 행동, 그리고 인물들의 내면심리의 동기가 지나치게 작위적이라는 생각이 든다. 남자(아빠)가 폭력을 행사하거나 아내를 감금하는 일탈적 행위의 동기가 약하다는 것이다. 일례로, 그러한 행위의 동기로서 제시된 것은 단지 그가 과거(80년 광주) 시체를 보고 자위행위를 한 것밖에는 없다. 그래서 일부 관객에게는, 그의 과거의 행위(자위행위)가 단순히 변태적 성적 취향에서 비롯된 것으로 읽혀질 수 있으며, 현재의 폭력행위는 전형적인 '폭력 남편'의 그것으로 비춰질 가능성이 크다. 이러한 오해가 가능한 것은 두 가지 요소 때문인데, 첫째 80년대의 정치적 상황이 극 전체를 관류하는 주된 콘텍스트로 작동하지 않기 때문이며, 둘째 극적 행동의 동기가 구체적인 상황, 장면, 혹은 인물 간의 대사를 통해 표현되지 않고, 지나치게 추상적이고도 모호한 내적 독백으로 표출되기 때문이다. 특히 후자는 이 작품이 '사건'은 많되, '액션'이 부재한 연극이 되어버린 결정적인 원인이 될 수 있다.

다음으로, 오로지 남자 캐릭터를 구성하는 데 주력한 나머지 두 여성 인물의 캐릭터가 약화되었다는 점을 지적할 수 있다. 이 작품은 80년대의 폭력의 주체와 현재 가정 폭력의 주체(남자)를 병치시킴으로써, 폭력을 재생산할 수밖에 없는 아이러니컬한 상황을 표현하는 데 성공하였다. 그러나 바로 이러한 점 때문에, 폭력의 대상이 되고 있는 여자(엄마)는 극 전체의 서사에서 주변화 혹은 타자화되고 만다. 그녀가 남편과의 정상적인 부부관계를 거부하거나 남편의 가학행위에 저항하지 않는 것은 무엇 때문인가? 과거 낙태행위에 대한 죄의식 때문인가, 아니면 아이를 낙태시킬 수밖에 없었던 외적 상황(아이의 아버지가 광주에서 죽은 사실) 때문인가. 사실상 그 어떤 이유든 관계없다. 문제는 그 여성 인물이 낙태와 관련된 몇 마디의 내적 독백을 할 뿐, 이후로는 어떠한 존재론적 갈등도 보여주지 않는다는 데에 있다. 이것은 딸의 경우 더욱 심각하다. 딸은 아빠의 자위행위를 목격했다는 이유로 학대당하고, 가출한다. 그러나 그러한 학대와 소외의 과정에서 딸이 보여줄 수 있는 갈등이 구체적으로 제시되지 않는다. 이러한 이유 때문에, 엄마와 딸은 아빠의 정신적 상처를 극단적으로 보여주기 위해 선택된 기능적 인물로 비춰지는 것이다.

셋째, 연출 미학적 측면에서 이 작품은 관객의 상상력을 자극 혹은 증폭시키고자 한 노력의 흔적들을 보여준다. 그래서 무겁고 심각한 주제를 다룬 연극임에도 불구하고, 대부분의 관객들이 지루함을 느끼지 않았는지 모른다. 그러나 다소 주관적으로 말하자면, 무대에 활용된 연극적 기법들이 상투적으로 느껴진 것도 사실이다. 아빠의 자살 장면을 그림자로 처리한 장면, 사랑의 행위를 마네킹으로 표현한 장면, 시공간의 전황에 따라 배우들이 다른 캐릭터로 변신하는 장면들을 대표적인 예로 들 수 있다. 이러한 연극적 장치들이 미적 통일성을 가지고 구조적으로 활용되지 않았기 때문에, 상투적으로 보일 뿐만 아니라, 관점에 따라서는 산만한 느낌마저도 안겨주었던 것이다. 더욱이 시공간의 전환 장면(회상 장면)에서 배우들이 보여주는 역할극은 관객에게 혼란을 불러일으킬 가능성이 크기 때문에, 음악이나 조명을 적극적으로 활용해야 할 뿐 아니라, 역할극에 참여하는 인물과 그것을 지켜보는 인물의 영역을 선명하게 구별하고, 이들의 등·퇴장 경로도 시공간의 변화에 각기 다르게 설정해야 할 필요가 있다.

이와 같은 한계에도 불구하고, 이번에 공연된 〈나의 정원〉으로부터 어떤 가능성을 발견하였다면, 그것은 아마도 극단 '자유바다'와 연출가 정경환이 기존의 주류 연극이 추구하던 연극과 다른 연극을 지향하고 있음을 보여주었기 때문일 것이다. 사실상 우리 관객들은 개그콘서트를 방불할 만큼 재미난 내용에 기발한 연극적 기법을 선보이는 연극에 익숙하다. 그래서 80년대를 환기 시키는 연극에 관객들은 열광하지 않았을지도 모르겠다. 그럼에도 불구하고 이 작품은 묘한 감동을 안겨주는 부분이 있었는데, 그것은 작품 자체의 미적 완성도 때문이라기보다는 이 연극에 내재된 작가(연출)의식 때문일 것이다. 불합리한 정치적 상황에 직면하여 어떠한 저항 행위도 하지 않고, 그것을 그저 방조했다는 작가 자신의 뼈아픈 내적 반성과 무거운 부채의식을 어떠한 방식으로든 표현하고자 하는 태도, 대중성과 무관하게 자신이 지향하는 연극을 추구하고자 하는 정신은 참으로 근래에 발견하기 어려운 태도이며 정신이라 할 수 있다. 이것은 아마도 극단 '자유바다'가 앞으로 지속적이고도 발전적인 공연활동을 전개하는 데 가장 큰 밑거름이 될 것이라 생각한다.

＊이 글은 《한국희곡》(2007년 여름호, 한국희곡작가협회)에 실린 글입니다.

연극은 나의 구원

항상 내가 나에게 묻는 말이 있다.

"연극 왜 하냐?"

1993년 극단을 창단하고, 한 번도 외도하지 않고 공부 아니면 연극을 했다. 난 별로 우직하다거나 신념이 강하다거나 하는 성격이 못된다. 항상 의심하고, 갈등하고, 결론에 대해 비관적인 사고를 한다. 하지만 연극만큼은 아무런 의심 없이 행동했다. 아니, 겁도 없이 했다.

잘해야겠다, 못하면 어쩌지? 작품 잘 못 나오면 어떡하지? 하는 걱정. 그런데 맨날 걱정은 독으로 하면서도 그것에 대한 의문과 겁은 없었다. 그냥 하는 거다. 누가 뭐라 해서 내가 하고, 하지 않고… 그에 대한 의문이 없었던 것이다. 왜 그런 용기? 아니면 바보 같은 우직함이라고나 할까? 이런 것들이 내 성격에 어떻게 가능했을까?

나를 알고 싶었다. 하지만 알기가 참 힘들었다. 그래서 먼저 사람이란 뭔가부터 알고 싶었다. 연극은 그렇게 시작했고, 점점 사람에 대한 의문보다도 인간에 대한, 행동들에 대한 너무나 많은 사례와 다양함에 질려하면서도 흥미로워지기 시작했다. 연극은 인간을 찾아가는 행위이다. 나를 알기 이전에 무엇을 난, 찾고 있는가?

스물한 살 이후 이미 난 세상에 대해 비관했다. 아니 세상이 요구하는 삶을 살지 않겠다, 내가 하는 일에 대해 내 스스로 판단하고 실행하고 책임질 것이다, 하고 결심했다. 그 방법으로 작가가 되고자 했다. 군대생활 몇 년 빼고는 나의 젊음을 나를 위해 쓰자, 다 타버리도록… 그랬다. 잘 놀았다. 아니 지독히 돌아다녔다. 아마 대한민국 구석구석 내 발길 닿지 않은 곳이 없을 정도로 길에서 살았다. 그 길 속에서 사람을 만나고 마귀도 만나고 인간 같지도 않은 사람, 죽이고 싶은 사람, 존경하는 사람, 사랑하고픈 사람 등을 만났다. 피하기도 하고 그냥 몸으로 부대끼면서, 때론 관조하면서, 사람과 그 사람들의 삶을 쳐다봤다.

왜? 답은 모르겠다. 아니 그냥 언제 죽을지 모른다는 공포, 하고 싶으면 하고 해보고 싶은 만큼 하다가 가자였는지. 그러나 답은 몰라도 이유는 안다. 그 이유는 지독할 정도로 내 기억이 있는 날부터 나를 괴롭혀온 두려움이었다. 공포였다. 이 공포와의 싸움, 두려움과의 투쟁이 나의 내면의 행동의 시발점이었다.

유년의 기억

그때 난 강원도 태백 통리라는 탄광촌에 있었다. 함박눈이 내리는 겨울 그곳에서 난 태어났다. 우린 광부들의 동네가 아니라 상가 동네에 살았다. 우리 집 옆은 중국집, 옷가게, 식당, 진주약방이 있었고, 맞은편에는 남포옥, 안동옥… 밤마다 한복을 입고 있는 이모들이 많은 동네였다. 그냥 아무것도 모르는 나의 기억은 세 살부터다. 그 얼마 전 내 동생이 태어났다. 눈이 큰 여동생은 귀여움을 독차지했고 난 신기했다. 그런데 어느 날 엄마의 통곡소리와 함께 그렇게 죽었다. 강보에 싸인 애기. 얼마 후 동네 아저씨의 지게에 얹혀 조그마한 하얀 포개기에 싸인 애기 동생은 아버지의 뒷짐을 따라 산으로 올라갔다. 그 모습이 산속으로 사라질 때까지 슬픔도 모르고 그냥 무심히 쳐다보았다. 하늘을 올려다보았다. 기억나는 건 오늘 왜 이래 바람이 불지? 그 정서적인 느낌만.

다섯 살 겨울, 두툼한 면 파카로 머리를 덮은 아이는 황지읍으로 가는 마이크로 소형버스에 타고 있었다. 검은 코트 아버지 무릎 앞에 앉아서, 밖에 눈이 내리는 창 넘어 산들이 저 멀리 겹겹이 있던 모습을 물끄러미 쳐다보면서. 잠시 후 비명소리! 그 버스는 하얀 눈 위를 구른다. 난 아버지 코트 속에서 아버지의 누름을 아파하면서 그렇게 있었다. 잠시 후 머리에 통증이 오고 시커먼 기름 범벅을 한 아버지 손에 이끌려 창문을 통해 빠져나온 난 하얀 눈밖에 보이지 않는 곳에 있었다. 뒤를 돌아보았다. 비명소리보다 하얀 눈에 빨간 피 두 가지 색깔밖에 없는 그곳. 사람들은 죽어 있다. 핏빛은 유난히도 빨갰다. 무심히 쳐다봤다. 아버지의 손이 나의 눈을 가렸다. 머리는 혹이 나 자꾸 아파왔다.

부산에 오다

여덟 살. 초등학교 입학을 위해 부산에 왔다. 먼저 와서 학교를 다니던 형, 누나. 난 이렇게 바다를 처음 봤다. 수정동 산동네. 밤늦게 내린 기차로 다음 날 아침에 눈을 떠서야 난 처음으로 파란 바다를 봤다. 이상했다. 산만 보다가. 시커먼 산. 겨울에는 하얀 산. 산동네 촌놈은 바다를 처음으로 봤다. 이상하고 신기했다.

신은 없다

정신없이 노는 아이는 언제나 뭘 잃어버렸다. 오늘은 새로 산 잠바를 공 차다가 그냥 시이소 위에 놓고 왔다. 정신없이 뛰어갔지만, 없다. 죽었다. 어제 안경을 깨먹고, 그젠 신주머니를 잃어버렸다. 엄만 오늘 날 죽이려고 할 것이다. 벌써 몇 번인가? 우리 집은 오늘부터 청소를 못한다. 어제 맞을 때 이미 빗자루 몽둥이는 다 부러졌다. 그 때문에 난 살아났다. 오늘은 무엇으로 야단맞을까?

착한 사람은 하늘이 돕는다. 믿자. 지금부터 이 말을 믿자. 난 학교 앞에서 집까지 착한 아이가 되어 하늘의 도움을 받자는 생각에 그때부터 휴지, 아니 쓰레기를 주웠다. 담배꽁초, 비닐봉다리, 하드작대기 등……. 내 작은 손과 주머니는 쓰레기통이 되었다. 이러면 하늘이 도와서 엄마가 날 아무 일 없는 것처럼 용서할거야. 그래, 난 믿었다. 대문을 당당히 열고 엄마! 하고 소리쳤다.

"이놈이 미쳤나, 이 쓰레기들은 뭐꼬?"

"엄마, 이거 내가 길에서 주웠다. 내 착하제?"

잠바 잃어버린 것보다 등신 짓 한다고 더 맞았다. 새 빗자루는 하루 만에 누더기가 되고 난 그날 밤… 이불 속에서 하나님은 없다, 신은 없다고 소리쳤다.

거짓 같은 이야기들

6학년 가을운동회를 앞두고 설렌다. 1학년 때 한 번 하고 두 번째다. 연습을 하는데 조금 식은땀도 나고 그냥 몸이 아프다. 너무 열심히 뛰었나? 하룻밤 자고 나는 배가 아파 학교를 못 갔다. 그 다음 날도 점점 허리가 구부러진다. 새한약국 친구 아빠 약사는 오늘도 약을 지어준다. 엄마는 내일 병원 가잔다. 허리가 구부러진 채 간 병원. 바로 응급수술이란다.

수술? 참 너무하다. 내일이면 운동회인데……. 정말 재수 없다. 맹장염이 터져서 복막염이란다. 수술대 위에 누워서 본 하늘은 비행접시처럼 생긴 거대한 것이 있다. 주사를 엉덩이에 맞고 잠시 후 흰 가운을 입은 의사, 간호사들이 보인다. 다음, 비행접시에서 강한 빛이 나오고 그 이후 기억은 없다.

병실에서 배 위에 붕대를 감은 채 누워 있다. 12시간 수술. 엄마

는 문안 온 삼촌들에게 죽다 살아났다고 자랑하듯 말한다. 의사
도 장담 못하는 수술인데 잘 되어서 다행이라고 한다. 난 살았다.
나도 모르게 죽었다가 살아났다.

죽음··· 난 살았다

방구도 나오고 이젠 밥도 먹을 수 있는데 갑자기 고열로 밤새
끙끙 앓았다. 난 또다시 수술실로 갔다. 상처도 다 아물지 않았
다. 마취하면 위험하다면서 그냥 아물어가던 수술 부위 위에 가
위로 상처를 벌린다. 난 소리도 못 질렀다. 입은 거즈로 막고. 죽
다 살아났다. 이번엔 아파서 죽는 줄 알았다.

옆에는 나보다 한 살 작은 아이. 내 병실 친구. 그 친군 백혈병
이다. 나하고 며칠을 잘 놀고 하얀 천에 덮혀 병실을 나갔다. 씨
팔 의사새끼들. 나도 죽이려 하더니만 수술 잘 못해가지고··· 그
친구는 그렇게 죽었다.

중학생

교복 입고 교모도 쓰고 신나고 즐거웠다.
영화 '이본동시상영' 싸구려 극장이다. 참 많이도 봤다. 공부
도 잘했다, 그럭저럭.

고등학생

늙어 보이는 아이들밖에 없다. 이 새끼들은 매일 공부 이야기
다. 난 싫었다. 책가방엔 교과서보다 소설책, 시집, 철학책. 성적

이 곤두박질친다. 별 걱정이 되질 않았다. 오늘도 두통은 심했다. 매일 미열에 두통. 학교는 가기 싫은데…… 그냥 공부시간에 책만 봤다. 이것저것 집에 있는 형과 삼촌들이 남겨둔 책들. 일부러 어렵게 보이는 책만 골라서 가방에 넣었다. 그래야 공부시간에 시간이 잘 간다. 아버지, 학교 가기 싫습니다. 엄마 울음과 아버지의 고함소리에 두 번 다시 말도 꺼내지 못하고 내 생활은 그 나름대로 질서를 잡아갔다. 내 식대로. 마치면 친구들하고 돌아다니고 공부시간은 다른 책 보고. 두통은 당연한 것처럼 내 머리 위에서 맴돌고 그렇게 사춘기는 흘러갔다. 3학년이 되어서야 겨우 대학 안 가면 쪽팔릴 것 같아 공부 조금 해서 대학 갔다.

대학생

정말 다 해봤다. 성인 되면 할 수 있는 것. 1년 동안 미친놈처럼. 장발에 술주정, 오바이트, 디스코장. 노는 건 다 해봤다. 겨울 방학이 되자 추워지는데 마음이 더 추워졌다. 놀아도 마음에 구멍이 난 것처럼 찬바람이 불었다. 이제 맘껏 해보니 다섯 살 때부터 괴롭히던, 사춘기 땐 매일 괴롭히던 두통 이것도 사라졌는데, 이제 가슴이 아프다. 우울증. 친구들과 놀면 미친놈이 되는데 헤어져 혼자되면 나도 모르게 눈물이 났다. 그냥 이유도 없이. 두통이 가슴으로 와서 심통을 부린다. 억지로 2학년에 올랐다. 이젠 무엇이 날 재밌게 만들까? 처음으로 여자를 사귀었다. 또 다른 재미. 영화 보고 술 마시고 맨날 거짓말 같은 허풍만 쏟아낸다. 밤에 잠을 못 잔다. 난 말라갔다. 점점 심통이 저녁마다 불면을 일으킨다. 밤마다 담배만 피고 내 방에서 공상만 했다. 여름방학에 장티푸스에 걸렸다. 눈썹이 빠지면서 난 말라갔다. 또 살아야 했다. 그리고 살아났다. 휴학, 아니 자퇴다. 난 휴양을 해야 했다. 처음으로 나 혼자 남겨진 삶, 그리고 여행. 군대 갈 때까지 여행을 했다.

문학의 꿈

제대 후 서울로 대학을 갔다. 이제부터는 내 인생을 내 스스로 개척해보리라. 아르바이트로 생활비를 벌면서 대학을 다녔다. 새벽에 세차장에서 그리고 저녁엔 알량한 인쇄소에서 교정과 허드렛일을 하면서. 낮엔 강의실보다 서클룸에서 개기면서, 아니 문학을 이야기하면서 지가 마치 작가인 것처럼 온갖 야부리들. 그리고 데모……. 신났다. 욕을 할 만한 명분을 마음껏 제공하는 군사독재정권, 고맙다. 온갖 욕과 증오를, 내 마음속의 분노를 그곳에 쏟았다.

그리고 밤마다 작가가 되기 위한 나의 비밀스런 노력. 난 나의 길을 간다. 학비를 내 힘으로 벌겠다는 생각. 한 해 휴학하면서 세상과 좀 더 가까이 가자. 다른 학생들은 노동판에 위장취업도 한다는데 난 작가가 되기 위해서, 학비도 내 힘으로 벌면서, 나만의 비밀스런 음모. 한 해 휴학했다.

먼저 출판사와 인쇄소에서 일했다. 시간이 나면 취재하고 글쓰고. 분명 난 등단해서 작가가 될 거야. 나의 1년 음모는 실패했다. 신춘문예에 떨어지자 다음 해 학비로 그해 겨울 술만 먹었다.

다시 1년 더 해보자. 이번엔 더 많은 세상을 돌아다니자. 세상을 떠돌았다. 그해 내 소설 제목은 부생육기였다. 떠도는 삶에 여섯 가지 이야기로 화두로 정하고 전국을 다니면서 여인숙에서, 민박 집에서 글을 썼다.

그런데 이 무슨 기구한 장난인가? 떠다니면서 등단하려고 발버둥치는 내 모습에 실망을 한다. 세상은 저렇게 열심히 돌아가는데 난 혼자서 떨어져 뭘 하는가? 과연 가치를 아는가? 고민했다. 부질없다는 생각. 어쩜 자신감의 상실인가? 마음병이 다시 도진다. 그래. 집착하지 말고 그냥 돌아다니자. 돈만 생기면 구석구석 정처 없이 다녔다. 이제 미친놈 다 되어간다. 그래도 우울증이 나을 기미는 보이지 않고 세상의 모습은 내 마음병과 더해져서 우울증은 더 심해져갔다.

그해 신춘문예, 난 아무 데도 안 보냈다. 내 소설은 소설이 아니라 그냥 뭔지도 모르겠다. 이런 글을 근엄하신 심사위원들은 오히려 욕할 것이다. 난 나 혼자만 읽고 있는 글을 썼다.

새로운 음모

이제 외국으로 망명이다. 날자. 내 스스로 나를 외국으로 유배시키자. 그래 유럽이다. 미국은 체질이 아니고, 프랑스. 그래 몽마르뜨 뒷골목에서 놀자! 다시 신났다. 준비하자. 학교에 등록하고 공부만 하자. 한 학기 앙리앙스에서 영화도 보고 불어도 열심히. 이번 겨울은 부산에서 언제나 두서없는 막내 때문에 걱정하는 엄마와 함께 효도하면서, 봄에 학교 돌아가서 처음으로 학생답게 공부하자. 그해 겨울 처음으로 마음의 병 없이 우울 증세도 없이 부산으로 왔다.

엄마

엄마가 이상하다. 언제나 빗자루로 가르치던, 예전에 무서웠던 엄마가 너무 바보 같다. 내가 이제 나이를 먹어서 그렇게 보이는 건가? 엄마는 기억을 잃어갔다. 엄마가 너무 좋은데. 사랑스러운 엄마. 나에게는 뭐든지 이해해줬던 엄마가, 바보가 되어가고 있었다.

며칠 만에 난 그해 겨울 다시 서울로 왔다. 내 음모에 엄마는 방해꾼이었다. 내가 나약해져갔다. 프랑스 뒷골목은 사라지고 엄마가 보고 싶다는 감상. 효도를 해야 된다는 감상. 갈팡질팡 한 학기를 갈등만 하고, 그렇게 음모의 실천도 못 해보고 다시 학교를 휴학했다. 소개로 시작한 이것저것 프리랜서, 지난 출판사 소개로 광고일, 모든 걸 다 했다. 글도 쓰고 카피도 쓰고 디자인도 하고. 우습게도 나보고 일 잘한단다. 사실 취직이 아니라 난 그냥 돈만 필요했을 뿐인데 돈 더 준다고 여기저기 스카우트 제의도 들어온다. 난 돈이 필요했다. 빨리 돈이 생기면 아무도 없는 곳에서 나만의 삶을 살아보리라. 그곳에서 절망이든 희망이든 날 찾아보리라, 라는 나의 음모.

돈을 많이 준다고 취직하듯이 잡화점 같은 회사에 들어가서 일했다. 부산에선 엄마가 점점 심해진다. 아버지가 고생이란다. 의논하잔다. 난 안 갔다. 난 돈 벌어서 유학 갈 겁니다. 아니, 날 찾으러 갈 겁니다. 난 마음속으로 엄마를 버렸다. 아버지도. 내가 더 급했다. 내 가슴의 바람이 더 급했다.

난 돈을 벌었다. 비행기 값에 생활비 좀 더. 처음으로 돈을 가졌다. 그런데…… 양심 때문일까? 엄마이기 때문에……. 엄마가 보고 싶었다. 부산으로 왔다. 엄만 불쌍한, 너무나 나약한 새처럼 작았다. 그날부터 하루는 엄마가 불쌍했고 하루는 엄마가 미웠다. 이제 내가 나의 길을 찾고 있는데 엄마가 앞에 작은 새처럼 앉아서 날지도 못하고 삭아가고 있다. 미루자. 엄마가 불쌍하다. 난 자식이다. 엄마가 불쌍하다. 난 부산으로 왔다.

누가 연극이란다

이 죄의식과 모순을 이해하지 못하는 것이 싫었다. 서른 살이 다가오는데 정리 안 되는 내 모습이 답답했다. 아직도 난 아무것도 모르고 있었다. 나도 모르고 세상도 모르고. 갑자기 암흑에 빠진 사람처럼 난 장님처럼 헤맸다.

3년 전에 우연히 초대권으로 봤던 연극. 그날, 20대 젊은 날에 가슴에 뭔가를 채웠던 것들 중에 가장 꽉 가슴의 구멍을 메웠던 기억. 그 강렬했던 기억으로 난 편하게 연극을 공부했다. 난 작가이기 때문에 책 보듯이 눈을 아래로 내리고 가볍게 연극을 공부했다.

연극! 서서히 다가오는 거대한 그림자. 세상은 모든 게 연극이었어. 연극은 거짓이야. 세상도 나도 엄마도 모든 것은 거짓이다. 뭔가 정리되는 긴 방황의 끝이 아닐까 하는 생각. 편해졌다. 연극을 한 번 해볼까? … 그래 천천히 생각하고 옆에서 관조하면서, 아니 냄새를 맛보면서. 새로운 음모! 시간 나는 대로 서울, 부산 연극도 보고 쟁이들도 만나고. 난 연극을 탐색했다. 그러면서 내 식대로 공부를 시작했다. 어쩜 이것이 나의 마지막 구원이자 종교가 될 것 같다는 기대, 마지막 기대로서 말이다.

엄만 날개가 없어졌다

엄마의 병은 깊어졌다. 난 이제 시간이 없다. 더 이상 가슴에 아픔이 없었으면 하던 내 바람은 이제 나로부터가 아니라 가족 그리고 엄마의 고통으로 인해 날 괴롭히기 시작했다. 이 시점에, 새로운 절망이 날 원점으로 다시 돌이킨단 말인가? 내 긴 방황이, 이제 내가 문제가 아니라 엄마가 문제였다. 그리고 아버지, 가족이었다. 고시공부만 하는 무능한 형, 어쩔 수 없는 아버지, 모두가 미웠다.

난 이제 겨우 긴 터널을 빠져 나가려고 하는데, 또다시 동굴이란 말인가? 아, 미치겠다. 불쌍한 엄마가 더 밉다. 왜 아픈 거야? 뭣 때문에. 아직 살날이 많이 남아 있는데. 내가 자랑스런 아들이 되어 엄마가 기뻐하는 날이 오면 좋은데. 엄만 이젠 길도 잃어버리고 집에 갇힌……. 집은 엄마의 감옥이 되었다. 난 집에 가면 숨이 막혀오고, 밖에 나오면 가슴에 바람이 불었다. 내 병은 오히려 지난 시절보다 또 다른 모습으로 변형되어 날 괴롭혔다. 다른 형상으로. 다시 불면의 밤. 괴물들이 나타난다. 날 죽음의 늪에 빠트렸다 건졌다 하면서 괴롭히던 그 괴물이 또 나타난다. 난 무서웠다. 정신만 차리면 괴롭히는 그 공포. 하얀색과 핏빛 공포. 술이 아니면 잠이 오질 않았다. 다시 원점으로. 죽고 싶다.

두려움

교통사고. 죽었다. 난 죽었다. 분명 난 보았다. 죽어 있는 내 모습을. 병원에서 깨어났을 때 이상할 정도로 담담했다. 실어증 환자처럼, 아니 죄수처럼 한 달이 흘렀다. 오히려 누워 있는 시간 동안은 마음이 편안했다. 죽음보다 큰 것은 없다는 생각. 죽다가 살아났는데, 두려움은 사라졌다. 기나긴 나의 투쟁은 오히려 나를 버리면, 내가 없으면 세상의 모든 것이 없어진다는 것을 가르쳤다. 오히려 난 담담했다. 엄만 집에서 갇히고, 난 병원에 갇혔다. 두 사람 다 쓸쓸하고 외로웠다.

긴 여정의 끝, 모든 것은 연극이었다

난 모든 것을 새로 시작하기로 했다. 이 병원만 나가면 새로운 황무지를 개척하듯 아무 기대 없이, 욕심 없이, 그냥 정리하듯이, 내 인생을 관조하듯이 연극을 할 것이다. 세상과 내 정신과 마음을 무대로 삼고 난 연극을 할 것이다.

병원을 나왔다. 목발을 짚고 연극을 할 준비를 했다. 집에서는 아직도 어둠 속에서 엄마가 나와 아버지를 기다린다. 이제 남아 있는 정신은 얼마 없다. 엄마의 날갠 떨어져 삭았다. 털은 점점 알몸을 드러낼 만큼 빠져간다. 초라한 엄마. 불쌍한 우리 엄마!

극단을 만들다

연극은 혼자서 할 수 없다. 난 언제나 혼자 생각하고 행동했다. 이 차이를 어떻게 메울 것인가? 그래. 내가 먼저 희생하자. 나를 위해서. 난 같이할 단원들에게 나의 마음을 숨겼다. 내 목적을 위해서. 그리고 하나부터 열까지 내 손으로 하고 싶었다. 그래서 돈과 모든 것을 그 속에 쏟아 부었다. 그렇게 극단을 만들었다. 나름대로 화려했던 창단극과 또 한 편의 작품.

1년 만에 극단은 나와 몇몇 어린 단원, 강혜란 그리고 간판만 남고 모두 떠났다. 위선과 거짓과 함께. 아니 어쩜 처음부터 그런 건 없었는지 모르겠다. 돈이 없으니까. 원망하는 마음도 없다. 세상에 모든 것이 이러하다는 걸. 난 그저 현실을 모르는 이상주의자, 등신, 머저리였다.

고맙다. 오히려 허망한 돈과 시간이 짧은 기간에 나의 가슴의 구멍을 메워갔다.

이제 앞만 보고 가자

난 후배들을 작은 것부터 진심으로 대하고 천천히 사랑했다. 내가 이 세상 살면서 이렇게 남에게 진실해본 적이 있을까? 나도 연습이 필요했다. 내 가슴에 사랑이 자라는 연습. 아직도 난 부족했다.

엄마는 그해 여름, 이제 겨우 가슴을 메우는 방법을 찾은 아들을 두고 하늘로 갔다. 이 세상에서 가장 사랑하는 우리 엄마. 난 그때 사실 엄마에게 빌었다. 엄마 빨리 가라고. 저렇게 감옥 같은 삶, 지옥 같은 삶은 종식시켜 달라고. 나와 엄마, 그리고 아버지를 위해서. 엄만 편안하고 무심한 얼굴을 하고 가셨다. 너무나 조용했다. 난 울지도 않았다. 엄마 고맙습니다. 땅에 묻는데도 울지 않았다. 난 나의 슬픔을 아꼈다. 엄마를 너무 사랑했으니까.

하얀색, 백지 상태, 흰 종이. 다섯 살 이후 공포였던 하얀색은 이제 나에게 꿈이라는 생각으로 바뀌어간다. 난 이제 뭐든 할 수 있다. 모든 하얀색의 공포는 수의를 입고 대속하듯 엄마가 다 가져갔다. 그렇게 난 가슴이 편안해졌다. 고맙습니다, 엄마.

사랑입니다

한 여자가 있었다. 긍정적인 사람. 경직되고 차갑던 내 사고를 단숨에 녹이던 여자. 하지만 두려웠다. 내 병이 도질 것이라는 불안감. 그런데 엄마 장례를 치르고 나니까 아니다, 하는 생각이 갑자기 들었다. 이제 난 시작이다. 진짜 시작이다, 하는 긍정적인 변화. 다시 시작하고 싶었다, 사랑이란 것을. 여자, 가족, 그리고 사람들을. 난 그 다음 해, 정말 아무것도 없다는 것을 만천하에 공표하듯이 겁도 없이 그 여자와 결혼했다. 천천히 영원히 사랑할 것 같은 여자랑 가족이 되었다.

진짜를 찾아서

내 가슴에 진짜라는 만족을 위해 거짓이 아닌 진짜를 위한 새로운 여정이 시작되었다. 이젠 나 혼자가 아니라 한 여자와 단원들과 함께 진짜를 향해 행진한다. 새롭게 생길 나의 자식과 가족.

두려움보다 용기가 생겼다. 그 용기를 여자는 나에게 주었다. 연극 같은 삶을 살아온, 거짓으로 얼룩진 내 사고와 환경으로부터 벗어나게 하는 용기를 사랑으로 나에게 주었다. 난 정말 앞만 보고 달렸다. 아니 천천히 가려고 노력하면서. 이제 더 이상 실패하지 않아야 된다는 굳은 의지를 가지면서. 아니 절대 지지 않는다는 신념을 만들면서.

처절했다

나야 처절해야 하는 이유라도 있지만, 내 가족들에겐 강요하지 않겠다는 신념을 비웃듯이 연극쟁이 생활은 처절함을 나에게 요구했다. 하지만 한 번도 뒤를 보지 않고 앞만 보고 갔다. 옆의 비난도, 뒤의 유혹도. 정말 앞만 보고 갔다. 때론 고생하는 가족의 모습으로 아프고 흔들릴 때도 있었지만 난 그들을 믿었고 나를 믿었다. 두 가지, 사랑과 연극이 날 구원할 것이라는 믿음과 신념으로.

이제 와서 생각하면

난 지금 작가와 연출가로서 활동한다. 행복하다. 고맙다. 상처는 아물어갔다. 자유에 대한 열망. 그 길이 어디인지를 아는 단계. 천만다행이다. 여기까지 오는데 너무 이기적이랄까? 아니다. 진정한 자유는 사랑이라는 힘으로 찾는 것이란 것을 누가 가르쳐줬을까? 내 마누라, 그리고 내 새끼 인국이와 다경이가. 그리고 연극이.

늦은 첫 희곡집. 상처와 흔적이 많은 작품이라 고루하고 차가
움이 많을 것이다. 참아주길 바란다. 그동안 내 작품의 상처와 흔
적을 함께 느끼며 아파해준 출연배우, 동지들 고맙다. 이제 다시
만나자. 그래서 진정 자유를 함께 찾아보자. 나와 함께……